Welcome to *CLOUDSIDE*

“欢迎光临。”

“或许吧，或许我们曾经见过。”

“你的拿铁，小心烫。
祝你有个愉快的周末。”

YUNBIANKAFEIGUAN

Happy weekend

GELATO
BONUS
云边

不管明天是晴天还是雨天，
明天总会有让你感到快乐的事。

希望今晚，失眠的人都睡个好觉。
coffee
Yun Bian

信号丢失，世俗抛却，
去宇宙遨游，去冒险去爱，
让灵魂相拥在云层之上。

流浪银

WELCOME TO CLOUDSIDE

有爱的青春陪伴者

云边是什么？

是一家咖啡馆，

是她的“有求必应屋”，

是她与爱人相逢的地方。

jiangying and yunxian

是往后一切浪漫的开始，

是所有冒险旅途的归处。

云边咖啡馆

CLOUDSIDE

猪蝶
著
Zoody works

花山文艺出版社
河北·石家庄

图书在版编目（CIP）数据

云边咖啡馆 / 猪蝶著. -- 石家庄 ： 花山文艺出版社，2022.10
ISBN 978-7-5511-6269-2

Ⅰ. ①云… Ⅱ. ①猪… Ⅲ. ①长篇小说—中国—当代 Ⅳ. ①I247.5

中国版本图书馆CIP数据核字(2022)第164783号

书　　名：云边咖啡馆
Yun Bian Kafei Guan
著　　者：猪　蝶

责任编辑：卢水淹
特约编辑：张　磊
责任校对：贺　进
装帧设计：颜小曼　cain酱
封面绘制：齐桑树
美术编辑：胡彤亮
出版发行：花山文艺出版社（邮政编码：050061）
（河北省石家庄市友谊北大街330号）
销售热线：0311-88643221
传　　真：0311-88643225
印　　刷：长沙鸿发印务实业有限公司
经　　销：新华书店
开　　本：880mm×1230mm　1/32
印　　张：9.25
字　　数：274千字
版　　次：2022年10月第1版
2022年10月第1次印刷
书　　号：ISBN 978-7-5511-6269-2
定　　价：45.80元

目录

CONTENTS

目录

Yunbian Kafeiguan

C O N T E N T S

第一章·晚安好梦

『希望今晚，失眠的人都睡个好觉。』

姜迎走出写字楼的时候，外面正淅淅沥沥地下着雨。三月倒春寒，气温刚刚回暖又骤减，像是一下子回到了冬天。

路灯映亮浓重夜色，春雨含着粉白花瓣细细密密落了一地。

她从口袋里摸出手机看了一眼时间：3 月 12 日 23 点 48 分。

还有 12 分钟啊，她的生日就要过去了。

上了一天的班，策划案也没改完。刚刚要不是锁门的保安大叔催她，她或许要在这里耗一夜。

这雨下得倒是应景。

姜迎长叹了一口气，撑开糯米紫色的长柄伞步入雨中。

“社畜”哪配过生日，无非就是提醒她又老了一岁，又这么稀里糊涂地过完了一年。

今天下午姜迎出去过一趟，再回来时车位就被人占了，她转了一圈才找到位置停车。姜迎垂着头塌着肩，没精打采地步行过去。

人要是“水逆”起来还真是一件好事都没有。

姜迎刚要走到街口，抬眸间就被不远处一栋还亮着灯的小屋吸引了视线。

在寂静昏暗的凌晨时分，这栋亮着微光的小屋像是从魔法世界意外掉落的宝盒，突兀地藏于树木和高楼之间。

姜迎停下脚步，目光追随，禁不住好奇向那儿靠近。

早就听同事说了，附近新开了一家咖啡馆，装修得还挺漂亮。

都这个点了，还开着？

隐约瞧见里面的人影，姜迎走到屋檐下，收了伞抖落雨水，轻轻推开玻璃门。

门上挂了铃铛，碰撞发出清脆响声，惊扰了这安静的雨夜，也惊扰了操作台后的人。

是个年轻男人，白色衬衫外套了一件宽松毛衣，鼻梁上架着金边眼镜，成熟斯文的打扮。身穿灰蓝色的咖啡师围裙，但一眼可知他并不是店员，而是店主。

看到姜迎，男人有些错愕，回过神朝她点了下头，露出一个礼貌的微笑，道了句："你好。"

姜迎也朝他点点头，眼珠转溜，很快扫视了一眼店内的环境——白色为主色调，桌椅都是木质的，布了很多绿植。进门左侧是前台和后厨，大厅里有五六张座位。

简洁干净的北欧风格，但又有许多温馨的地方，暖黄色调的灯光，桌布是浅绿或黄色格子，每张桌上搁了一小盆花草，靠背椅上摆着印花抱枕。

"这么晚还不打烊？"她问。

男人只轻轻嗯了一声，继续低头收拾餐具。

云岘是这家咖啡馆的老板。

今天有雨，滴滴答答的声响会让本就失眠的他更难入睡，索性留在店里准备明天的食材，消磨点时间和精力。

但没想到这么晚了还会有客人来。

"现在还可以点单吗？"姜迎将雨伞立在门框边，向前台走了过去。

走近了看，发现这年轻男人还挺帅的。

个子很高，姜迎自己就有一米七，他起码得有一米八五吧。

薄唇高鼻，内双眼，皮肤很白，气质温和。

英俊的咖啡馆老板，能遇见这样设定的素人帅哥，姜迎抬手蹭了蹭鼻尖，掩住自己想要上扬的嘴角，心里偷着乐。

按理说已经结束营业了，云岘有些犹豫，但还是点了头：“可以，但不是所有餐品都能提供。”

姜迎没有看菜单，直接问：“还有蛋糕吗？”

今天正好还剩了一块，云岘本想自己带回家的。他留下一句“稍等”，转身进入后厨，再出来的时候手上端了一盘浅黄色的海绵蛋糕。

“就这么一块了，芝士冰激凌，可以吗？”

姜迎爽快地要下：“行，就这块吧。”

店里的收银机已经关机，云岘问她：“22 元，有现金吗？”

自从移动支付普及以来姜迎就没带过钱包，她摇摇头，又起了小心思，这可是个要到对方微信的好机会。

怕他下一句就要说“我开一下收银机”，姜迎加快语速提议道：“我微信转给你吧？我扫你？”

“好。”云岘从口袋里摸出手机，深蓝色的液态硅胶保护壳，品位很符合他的人设。

在他解锁屏幕点开微信界面的过程中，姜迎暗自在心里欢呼了一把，老天爷还是善待她的，给了她生日桃花 Buff。

——直到看见对方打开了面对面收款。

姜迎：“……”

她心里那点小九九被便捷人性化的应用科技无情扼杀。

姜迎脸上的笑僵了僵，输入数值付了 22 元过去。

页面上显示他的姓名是“*岘”。

这个字姜迎不认识，顺口就问了：“jiàn？”

云岘愣了一愣，反应过来对方说的是什么，回答道：“xiàn，我叫云岘。”

姜迎低声默念了一遍这个名字——云岘，读起来很顺口，又仙气飘飘的。

帅哥连名字都这么非同寻常哦。

收到款，云岘拿出包装盒想给她打包起来。

姜迎伸手阻止他：“不用包。你急着关店吗？我在这儿吃就行。”

“不急。”云岘放回包装盒，从碗柜里取出一个蓝色瓷盘，将蛋糕盛好递给姜迎，“请慢用。”

“谢谢。”

前台旁边设立了吧台，姜迎就近坐了下来。

店里音响播放着轻柔舒缓的歌曲。

姜迎挖了一勺蛋糕，芝士咸甜，口感绵密，她左手托着下巴，光明正大地看帅老板在操作台忙碌。

想到自己知晓了对方姓名，出于礼尚往来，姜迎启唇说道：“老板，忘了说，我叫姜迎。生姜的‘姜’，欢迎的‘迎’。”

云岘不知她为何要突然自报家门，只以为她是无聊想找个人说话，他微一颔首，把话题进行了下去：“你是在附近上班？”

姜迎点头：“嗯，至诚工作室，做游戏的。不知道你听没听说过。”

听到“至诚工作室”几个字，云岘勾了勾嘴角。

岂止听说，“至诚”这个名字都是他提议取的。

得知对方是好友的员工，云岘放松下来：“这么晚了吃蛋糕，不怕胖？”

“虽然还有几分钟，但今天是我的生日。”姜迎挖了一勺冰激凌夹心送入口中，冻得牙齿打战，口齿含糊地说，“仪式感。”

闻言，云岘抬头看了她一眼，略微感到惊讶，轻声道了句“生日快乐”。

女孩看上去挺年轻的，应该刚毕业不久。棕色长发扎成了一个低马尾，或许因为是单眼皮，让她的五官添了几分清秀柔和，是耐看的长相。

他对李至诚的工作室了解不多，但也知道，起步阶段，正是老板被投资方压榨，员工被老板压榨的时候。

游戏开发也是个“耗头发”的活儿，看她估计是刚刚下班，疲态尽显。赶上生日也没法好好过，只能在这雨夜趁着最后几分钟给自己买上一块小蛋糕。

要不是今天凑巧他还留在店里，她或许连一块蛋糕也没有。

大概是回想起自己刚工作那会儿的窘迫样子，云岘再看姜迎的时候眼神里就多了几分不忍。

想到这也算是李至诚造的孽，他微微叹了口气。

云岘转身回了厨房，没几分钟再回来的时候，手里拿着个小香薰。

他把灯关了，只留吧台顶上一盏，拿了打火机点燃香薰。

清甜的苹果香味，火苗在昏暗中簇簇燃烧。

他将香薰推至姜迎面前，说：“只找到这个。”

姜迎不明所以，视线从蜡烛上移到云岘的脸上，呆愣愣地盯着他：“啊？”

云岘挑眉示意她：“许愿啊。没蜡烛，拿这个将就一下吧。”

姜迎哦了一声，垂眸的瞬间嘴角扬起，嘀咕了句:“我当干吗呢。”

“嗯……”她想了一想，似乎也没什么太大的愿望，工作顺利、身体健康、找到男朋友。

许来许去总是那么几个。

音响播放的歌曲进入尾声，深沉的男声低低唱着——

Good night dear world.

（晚安，亲爱的世界）

Good night old trees.

（晚安，老树）

Good night and goodbye.

（晚安，再见）

“每年都给自己许了很多愿望，也没几个能实现。”姜迎双手合十，闭上眼睛，轻轻说道，“那就关心关心人类吧，我希望今晚，失眠的人都睡个好觉。”

她的音色很特别，不软不娇，声线偏低，语调平和，像是盛在玻璃杯里的果酒，晶莹剔透，香味浅淡，和她清恬干净的面容倒是很相称。

几秒后，姜迎睁开眼，吹灭蜡烛，仰起头和云岘道谢：“谢谢你啊，云老板。”

视线交汇相遇，云岘失神了一瞬。

雨夜天沉，屋里灯光昏暗，她的双眸却盛满烛光，仿佛收拢着世间所有的星火，偷偷在夜晚燃烧。

很少见单眼皮的眼睛也能这么大，水光潋潋，很有灵气。

睡个好觉。

对于失眠者来说，这句话太苍白。

旁人无法明白夜晚拖着疲惫的身心却久久无法入眠的痛苦，辗转反侧，神经脆弱敏感，明明用力让自己平静却越来越焦躁，大脑高速又无序地运转，像是台失控的机器，某一临界点后陷入崩溃状态，最后才是麻木、空洞。

所以“晚安”是云岘最害怕听到的一句话。

因为他的夜晚无法安宁，需要靠着药物强制将身体关机，等意识昏沉归于一处，最后跌入混乱的梦境。

他们素未谋面，姜迎不可能知道面前这个男人的困扰。

萍水相逢，她将“晚安好梦”许作愿望。

如果是愿望，那么这句话就太温柔了。

雨声停了，长夜回归静谧。

焦虑不安的情绪突然得到了安抚，云岘偏头望向窗外，或许是因为身心放松了下来，他生出几分难得的困意。

云岘正了正表带，带着后悔说：“早知道是你生日，这块蛋糕该我请你。”

姜迎笑起来，勾起的弧度扯出两边的酒窝：“这算新顾客的福利大礼包吗？”

她指了指桌上的蜡烛：“没事啦，你已经帮我庆祝了。”

云岘仍想补救：“这样吧，明年生日你来我店里，我给你补上。”

姜迎浅浅笑着应声好，抱拳道了句“老板大气”，心里只当这是句客套的场面话。

云岘却是认真的。想想还是过意不去，他从前台抽屉里找出便利贴和笔，俯下身子粗糙地自制了一张优惠券。说粗糙是真的粗糙，蓝色的纸上就只有“生日券”三个字和他随手画的一块小蛋糕。

云岘拿起看了看，又在下面添了一行小字——“姜迎所属”。

在纸的右下角，他留了自己的签名，字迹潇洒，算是盖个章以保信用。

他将那张便利贴递给姜迎，语气诚恳道：“我说真的，拿着，明年来找我兑换。”

姜迎接过，看见纸上的字被逗乐笑出声：“兑换什么？你和我约会陪我过生日吗？”

云岘没料到她会这么理解，脸上闪过一丝尴尬，不太自然地解释道：“我的意思是送你一块生日蛋糕。”

气氛陡然变得有些微妙，云岘边脱围裙边转身回了前台，姜迎咳嗽了一声，撇开视线将脸颊边的碎发夹在耳后。

正当她将纸小心叠好放进肩包里的时候，男人又折返回来。

他手里还拿着未叠好的围裙，十指修长，骨节分明，衬在深色布料上的手背皮肤更显白皙。

姜迎抬起头与他对视，问：“怎么了？”

云岘抬手推了一下滑落的眼镜，姜迎这才发现他左眼正下方有颗小痣，因为被镜框挡住所以不明显。

不知道从哪儿听说，有泪痣的人爱哭，心也柔软。

或许确实如此，因为她听见云岘说——

“过生日也可以，如果那天没人陪你的话。”

玻璃窗外雨夜寂寥，姜迎的双眸里映着橘黄色的灯光，浅浅勾起嘴角。

“好啊，那明年见。”

走出小屋，姜迎从包里拿出那张便利贴，展开捏在指尖。

不管明年这家咖啡馆还在不在这儿，这张券能不能被兑换，在所有的祝福和礼物中，这已经是她收到过的最难忘和最好的一份。

姜迎在她第一次驻足的地方停下脚步，回身透过玻璃窗去看里头的人。

“云岘。”

她默念着温习一遍这个名字。

姜迎，刚过完二十五岁生日，新晋“社畜”一只，最害怕老板和周五例会。

此刻，她怀里抱着电脑和笔记本，一手握在门把上，没有立即推开，先深呼吸了一口气。

上高中那会儿被老师叫到办公室就这心情，刺激又骇人。

会议室里她是最后一个落座的。

复印好的文件已经分发到每个座位上，坐在主位上的是老板李至诚。

姜迎拉开椅子坐下，和对面的运营总监方宇点了个头算是打过招呼。她用余光瞟了一眼李至诚，穿着熨帖的黑色西装，正面无表情地玩着手里的钢笔。

金属笔帽在桌面一顿一顿轻敲，声响不大，在场所有人的心脏都跟着这节拍发颤。

惯常的部门汇报，李至诚挨个儿询问了一下近况和进度。视线扫了一圈，最终落在姜迎身上，男人的声音成熟低沉，带着领导者的威严：“修改后的方案我看过了。”

轮到自己，姜迎只觉全身神经都被吊了起来，煎熬地等他说出后半句话。

“总体还行。”

简单四个字，却让姜迎如释重负般地舒了口气。

“但是……”

她立马又提气坐直，屏息凝神。

李至诚的手指落在桌面上，说：“我说过，模拟类手游要想做得出色，玩家的代入感很重要。你们别搞得那么小言情，接一接地气，对话语言也生活化一点儿。”

姜迎虚心接受：“是。玩家的反馈我也看到了，我们组会重点讨论和改进这个问题的。”

李至诚点了点头，又问：“下一次主线更新，你有什么想法？”

上课的时候最怕哪种老师？

就是这种，批改完你的作业，还要问你有没有预习下一课的。

蒙了一瞬，姜迎清清嗓子，端起一副从容的姿态，打开笔记本停留在某一页，同时大脑飞速运转，简单地措了一下辞后，她启唇汇报：

“下一章的主题我觉得可以考虑《春日咖啡馆》。

“上班族日日忙碌，高楼大厦间的咖啡馆就是他们的休息站，弥漫着咖啡的醇厚香气，橱柜里陈列着精致的蛋糕，音乐舒缓放松身心，在这里紧绷的神经得以短暂放松。

“之前市场部做过调查，其实我们的手游占比最大的用户是二十岁至二十五岁之间的年轻工作者，我相信咖啡馆这个主题比起之前的几章会更具吸引力，代入感也会更强一些。”

李至诚未表态，先问其他人：“你们觉得呢？”

“我觉得挺好的。”方宇率先开口表示支持。

“前几章打的都是情怀牌，剧情是不错，但玩家也反映场景不够细致，如果是咖啡馆，我们美术组会有很大的发挥空间。”

“确实更迎合受众人群的喜好。”

有惊无险地过关了，这个灵机一动的想法算是得到了初步的认可。

“策划组下周给个详细方案，今天就先到这儿。”李至诚放下交叠的腿，宣布散会。

这话堪比下课铃，姜迎耸了耸肩，呼出一口气将额上的刘海吹起。

正当大家收拾了东西陆续走出会议室的时候，李至诚朝姜迎看了一眼，发话说：“姜迎，等会儿来我办公室一下。”

老师的绝招——留堂。

散会的轻松愉悦刚冒头就被无情驱散，姜迎勉强挤出一个笑容：“好的，我知道了。”

李至诚的办公室在最里间，姜迎敲门进去的时候，他正靠在椅背上看手机，姿态懒散。

她放轻脚步走过去，喊了一声“老板”。

李至诚收起手机，指了指面前的椅子：“坐。”

“前两天加班到很晚吗？”李至诚也没做铺垫，开门见山地问了。

这话问得倒是出乎姜迎的意料。

他怎么关心起这个了？是保安大叔和他告状的？他心疼公司的电费了？

卑微打工仔赶紧解释：“啊，也没有很晚，我看没剩下多少就不想打断。下次我一定带回家做！”

李至诚抿着唇，无奈地叹了一口气：“我不是这个意思。我不提倡熬夜加班，下次别这么晚，早点回家休息。”

姜迎快速眨了几下眼睛，她没听错吧？

冷面魔王什么时候施行人道主义了？

李至诚又问：“是我给的 DDL（Deadline，截止日期）太紧？”

姜迎连忙摆手：“没有、没有。”

他也料到对方不会说实话，起身从挂在衣架上的外套口袋里摸出一张卡：“去给大家买点下午茶，这段时间辛苦了。吃什么你定，我报销。”

姜迎的眼睛偏狭长，这下因为倍感受宠若惊而睁得老圆。她双手郑重地接过银行卡，就差鞠躬谢恩：“谢谢老板！”

李至诚挥挥手：“去吧。”

姜迎刚从办公室出来回到自己座位，周晴晴就坐着椅子滑了过来，凑近她小声问：“李天王找你说什么了？”

姜迎勾起嘴角，用拇指和中指夹着银行卡在周晴晴眼前晃了晃：“说要请大家喝下午茶。”

“我的天！”周晴晴忍不住惊呼，被姜迎瞪了一眼，赶忙掩嘴降低音量，“李天王变慈父了？”

姜迎猜测道：“可能是今天开会顺利心情好吧。”

周晴晴认同地点头：“说起来，你今天那咖啡馆的方案什么时候想的？他提问的时候，我都慌死了。”

“什么时候？”姜迎拿起桌上的本子，翻到那一页递给周晴晴，“就刚刚。”

周晴晴接过那本子，上面哪有什么方案，纸上七七八八列着姜迎近来的开销，右下角还有她开小差画的简笔画。

“不过也多亏了它。”姜迎的视线停留在最后一行字上——芝士蛋糕，22元。

刚刚就是看到这一行字，她想起那天的事，才灵光乍现提了个“春日咖啡馆”的想法。

姜迎举着笔记本，眼前又浮现那晚男人在前台忙碌的身影。

好几天没见，对方的长相模糊在记忆里，她只记得他左眼下方有颗小痣。

“晴晴，我去买下午茶了啊。”姜迎腾地起身，从桌上摸了手机和卡就快步出了工作室。

今天天晴，微风暖洋洋的。

云岘订的几株幼苗到了，他自己动手栽在了店外的空地上。

前几日刚好是植树节，这也算为绿色地球做了一份贡献。

衬衫沾染了泥污，一双白净的手也脏了。刚刚在劳动不觉得，这会儿洁癖犯了，云岘举着手走回店里，用手肘打开水龙头，仔仔细细打了两遍洗手液将里外都洗个干净。

等洗完了手，他把衬衣外套脱下收了起来，里面就穿着一件T恤。

云岘出生在9月，处女座人士，虽然性格不咄咄逼人惹人厌，但典型的那些小毛病也不少。洁癖还好说，爱干净怎么说都是好习惯，就是有点强迫症，受不了白色的东西被弄脏，多小一个污点都不行，看着扎眼，心里难受不舒坦。

他偏又最喜欢白色，衬衫T恤多是白色，店里的主色调也是白的。

——要不怎么说处女座事儿多呢。

今天是工作日，到店里的顾客不多，一个下午也就来了三桌，中午的时候倒是卖出去许多杯咖啡。

春困伴着天气回温侵袭人类，赵新柔边擦杯子边打哈欠，一个接着一个。

都说哈欠会传染，苏丞坐在一边的小板凳上打游戏，也跟着打哈欠。

两个人此起彼伏，跟二重唱似的。

云岘终于看不下去，边用纸巾擦干手边对两人说：“小赵、苏丞，今天客人不多，明天周末有的忙，就给你们放半天假吧。”

赵新柔眼冒星星：“谢谢老板！”

苏丞热泪盈眶：“哥你人真好。”

两人的困意荡然无存，兴高采烈地脱了围裙拿上自己的背包准备下班。

云岘低头笑了笑。下班的动作倒是迅速，生怕他这个老板又改了主意。

手机发出提示音，他从口袋里取出解锁屏幕，是好友李至诚发来的微信。

至诚：“刚散会，把小姑娘叫到办公室安慰了一下，还掏卡请员工吃了下午茶。”

至诚：“有被仁慈的自己感动到。”

见山：“公鸡拔毛，难得啊。”

至诚：“还不都是你给我吓的。”

至诚：“让我负罪感满满了一天。”

他又发了一张表情包，攥紧拳头的小胖手。

云岘看着屏幕上的消息，低声笑起来。

今早签收树苗的时候他想起姜迎来，那个在植树节过生日的女孩。

他妈平日最爱给他转发推送文章，从当季养生食补到最新社会新闻，各种各样，全方位涵盖。

云岘翻了几页聊天记录，挑了几篇给李至诚发过去。

“惊！公司职员连续在岗 24 小时猝死！”

“五十条熬夜的危害！看完你还敢熬吗？”

“员工过劳死，公司赔偿五十万……”

收到推送的李至诚给他发了一排问号，还打了个电话来确认是不是他本人，有没有被盗号。

云岘给李至诚简单叙述了那晚在咖啡馆遇见他员工的事儿，省去诸多细节，重点突出雨夜凄凉的气氛和加班后女孩楚楚可怜疲惫忧愁的神态。

听得李至诚心里发虚，愧疚不已。

至诚：“我今天给卡的时候，觉得自己特别霸道特别帅。”

至诚：“给卡的那一瞬间我是爽的，给完我又觉得心好疼。”

见山：“至于吗你？”

至诚：“在攒老婆本，正拮据呢，你懂个屁。”

云岘懒得再和他费话，直接发了个红包过去堵他嘴。

对方乐颠颠地收了，给云岘回了一个小狗歪头的表情包。

店里最后一桌客人也离开了，云岘道了声“慢走”，放好手机起身去收拾桌子上的餐具。

他刚将碗碟叠好拿起，就听到身后铃铛响，下意识地张嘴说：“欢迎光临。”

树荫下前几日雨后积起的水潭还未干，暖阳落在人间，白云淡薄，和风吹过枝叶，世界金黄灿烂。

女孩背着光踏入门内，云岘只能看见一个模糊的身形，往前迈了几步，光线切换，面容才置于明亮下。

是姜迎。

穿着浅紫色的针织衫，淡蓝牛仔裤勾勒出一双笔直匀称的腿。

许是阳光正盛，将她也映得柔暖。

“云老板。”姜迎叫他，嘴角的笑容像是春日的山樱，两眼目不转睛地盯着他看。

“你好。”云岘端着碟盘回到前台，瓷盘被放进水槽里，摩擦碰撞发出声响。

他洗了把手，抽出纸巾擦干水渍，递了一张菜单给姜迎，问：“今天想吃什么？”

姜迎粗略扫了一眼：“十份蛋糕，五杯拿铁五杯美式吧，帮我打包。”

云岘猜到她为何而来，却明知故问：“给同事买下午茶啊？”

姜迎点头，摸出卡晃了晃：“今天我们老板请客。”

爽快地划拉一下，李至诚的手机收到扣款提醒，却不知这笔钱进了谁的口袋。

十份制作起来要些时间，云岘有些后悔今天让赵新柔和苏丞提早走了，但至少有事可忙碌能让他不那么无聊。

姜迎也不着急，坐在吧台边的高脚凳上撑着下巴看他熟练操作，恍惚间好像又回到了那个雨夜。

“你什么时候开始学做咖啡的啊？”

云岘搅拌着美式回她话:“就这两年,有兴趣所以学了一点儿。”

姜迎夸他:“但你看起来特别专业。”

云岘笑了笑没说话。

全部餐品制作完毕,云岘找了个纸箱给她打包好,他自己拿起来拎了拎,发现重量不轻,问:“拿得动吗?要不叫你的同事来帮忙?”

“没事,拿得动。”姜迎小心捧起箱子,有些吃力,但拿到工作室没问题。

“云老板,再见啊。”说着,姜迎就要转身走。

“哎,等等。”云岘叫住她。

姜迎将箱子的边抵在桌沿,问:“怎么了?”

云岘递过来一张便利贴,上面写着一串数字:“这是我的号码。以后要是再给公司买下午茶,打个电话来,我让店员给你送过去。”

姜迎接过纸,攥在手里:“行。”

走之前,她犹豫了几秒,还是鼓起勇气问他:“方便加你微信吗?”

没等对方回答,她又急急补充:“这样联系你方便一些。”

云岘点头:“可以。”

得到应允,姜迎怀里抱着沉甸甸的十杯咖啡和十块蛋糕,心情却轻飘飘,像踩在云上。

云岘走出前台送她到门口,帮她推开玻璃门:“小心一点儿,再见。”

女孩的声音很轻快:“老板再见!”

云岘保持着嘴角的弧度,目送她抱着纸箱离开,背影很快消失在拐角。

等又空闲下来，他回身看着空荡荡的大堂，突然感到有些无所事事。

白昼越来越长，又要做些什么消磨时光呢？

姜迎将正方形的便利贴攥在手里，等到了公司再摊开。纸张已经被掌心的汗沾湿了，皱皱巴巴的，好在上面的数字没被模糊掉。

她把纸箱递给周晴晴，让周晴晴给大家分发下午茶。

一听有吃的，无论手头在做什么的都停了下来，围了过去。

姜迎退到人群之后，回到自己的座位。

她点开微信的搜索功能，一个一个数字敲下，缓慢而认真。

很快，便跳出那人的名片。

微信昵称是“见山”二字，头像是夜晚的云与月。

地区写的是北京，怪不得听他口音不像本地人。

朋友圈里没发几条，有的也都是些无关紧要的日常。

对着寥寥无几的信息，姜迎反反复复地看了许久。

直到周晴晴端着蛋糕过来，问她：“你是不是在云边买的？”

“云边？”姜迎揭开咖啡杯的盖子，抬起呷了一口。

温热拿铁，微苦，回味在口腔里的是淡淡奶香。

“就旁边那家新开的咖啡馆啊，我和你说过的。”

“啊……”姜迎点了点头，原来叫“云边”，她去过两次，竟都没留意店名。

周晴晴倚着桌沿吃蛋糕，光明正大地摸鱼和姜迎闲聊:“怎么样，你有没有见到他们老板？”

“老板？怎么了？”姜迎按下添加到通讯录，把手机翻扣在桌上，打开盒子里的蛋糕。

周晴晴啧了一声："难得一见的优质型男啊，你没注意到吗？"

还没等姜迎说什么，周晴晴又自顾自地道："最近这一片女人的话题都是他，'今天在不在店里''穿了什么衣服'，随便点开哪个群都能知道。"

姜迎吃蛋糕的动作顿了顿："大家都认识他啊？"

"嗯，你想啊。"周晴晴凑近姜迎，轻声道，"年轻的咖啡馆老板，财务自由，时间自由，长得又不错，天啊，谁能不动心哪？这人设太完美了。"

姜迎用勺子戳着蛋糕上的杧果果肉，有些心不在焉。

周晴晴还在喋喋不休："楼下那工作室的美女摄影师你知道吧？很文艺很有气质的那个，听说最近天天去云边刷存在感。哎，我等草芥之辈就不肖想了，欣赏欣赏颜饱饱眼福就满足了。"

等一块果肉被姜迎戳得面目全非，她啪一下放下勺子："说到人设，这两天好好想想新章节男主的人物设定和剧情大纲，下周一前交给我。"

周晴晴叼着勺子，瞬间蔫儿了："啊，可今天是周五欸。"

姜迎拍拍周晴晴的肩："那就周末加个班，我陪着你呢。咱们组这次得赶赶进度，别像上次一样全卡着截止日期才交，到后面都来不及。"

周晴晴挤出一个假笑："好的，我知道了。"她没了兴致再聊天，回到座位上老实工作。

耳边清静下来，姜迎舒了口气，拿起手机点开微信。

消息列表顶端显示："你已添加见山，现在可以开始聊天了。"

姜迎挺直了背搓搓手，一瞬间紧张起来。

拳头握了又松，她在键盘上敲下"你好，我是姜迎"发送过去。

看到“对方正在输入中……”，姜迎提了一口气，眼睛紧盯着屏幕。

见山：“你好。”

你好。

然后呢？

然后她要回什么？

姜迎正发愁，瞥到手边的蛋糕，又立马恢复了活力。

落日橙：“今天的蛋糕是什么口味的？挺好吃的。”

见山：“杧果千层。”

落日橙：“不过我还是更喜欢上次吃的那块。”

见山：“芝士冰激凌对吧？不巧今天小师傅没做。”

落日橙：“那等下次。”

见山：“嗯。”

话题又终结了，姜迎瘫在椅背上，还真该和周晴晴学学没话找话的本事。

离下班还有两个小时，她打算在周末到来之前列好下周的工作安排，再把任务分工下达给其他组员。

姜迎虽然从小成绩不算拔尖，但有个优点，一旦开始某件事就会全身心投入其中。

同事们陆陆续续打卡下班，格子间里又只剩她一人。

姜迎敲下最后一个回车键，保存文档收拾东西。

拿起手机，她才发现五点多的时候云岘给她发了新消息。

见山：“下周小师傅要做新品，红丝绒和海盐芋泥，可以来试试。”

时至傍晚，夕阳呈现血橙色，沉入大厦与树木之间，天际吹过微风。

姜迎的心情因晚霞和周末将至而轻松愉悦起来。

也为这句勉强算是的邀请。

落日橙："好。"

周六，难得能一觉睡到自然醒，姜迎起床时已经快到下午。

她给自己点了份外卖，盘腿坐在地毯上，后背靠着沙发，翻阅起微博首页。

某位知名情感博主发布了一篇新文章，标题叫作——"我发现，恋爱真的会让人变得小气"。

姜迎没点开全文，只是视线久久停留在这句话上，咬着吸管不知在想些什么，一杯柠檬水快要见底。

茶几上的笔记本电脑发出提示音，是一封新邮件，来自周晴晴。

姜迎放下手机，移动鼠标点开附件，几页文档，是初步拟好的剧情梗概和人设。

她回复说："收到，辛苦啦，好好过周末吧。"

至诚工作室成立于两年前，旗下开发的游戏"小世界"自去年年底正式上线，是一款面向年轻人的以美食为主题的手游，将传统经营模拟游戏和角色扮演结合。玩家以主角苏小的身份展开故事，在品味美食的途中找回丢失的记忆，邂逅新朋友，经历各种有趣事件，逐步解开多年的谜团。

触屏手机初被使用时，单机游戏最先风靡。随着手机性能的不断发展，如今最流行的是大型实时对战类手游。此类游戏一局耗时十分钟以上，长者甚至要达半个小时，不易利用碎片时间。

《小世界》不同，一个关卡和剧情的推动往往只需两三分钟，且剧情和新模块在不断更新，玩家就像在追一部连载漫画，体验感更强。除此之外，《小世界》画风清新治愈，对美食的画面制作精致逼真，被玩家称为“最下饭游戏”。

姜迎是美术生，但在老板李至诚的建议下进了策划组，如今除了闲暇时练练笔，在工作上她基本不参与绘图，现在看着这屏幕上的几行字，她脑子里隐隐约约浮现出一个形象来。

灵感来了就有点手痒，姜迎按捺不住冲动，利落起身从柜子里翻出数位板，连接好设备，点开绘图软件，提笔开画。

“简影：咖啡馆老板，32 岁。深棕色头发和双眸。着装：淡蓝色衬衫和西裤，戴一副银框眼镜。性格温和稳重，谦恭礼貌中带着疏离，来历无人知晓。”

人设图的要求是简影坐在店里一角，手持一本书，桌上咖啡热气缭绕，窗外樱花盛开，春意融融。

并不难。姜迎戴上耳机播放音乐，一边在脑海中构思，一边在数位板上移动画笔。

不知是这人设意外地与某人契合，还是最近去云边的次数太多，等粗略地绘出草图勾了线，姜迎才恍然发现自己一直代入了云岘的样子。

甚至最后收笔时，她还放大人物眼部在眼睑下方点了颗小痣。

心虚使然，姜迎越看画面上的人物越觉着像云岘。

脸噌地就红了，像是被揭开了隐秘的心事。

她咬着下唇擦去眼下的小黑点，又狠狠心，把图上人物的五官和神态做了调整。

可刚刚画上的人物五官比例拿捏精准，这会儿要再改，就得牵一发而动全身。

她擦了这边线条又补了那块阴影，结果却适得其反，越看越不顺眼。

姜迎在工作上一直是个完美主义者，画图一定得先改到自己满意，实在不行就重新来。

她新建画布，深呼吸一口气，重新提笔勾勒线条。

两个小时后。

姜迎烦躁地揉乱自己的头发，扔了画笔趴在桌面上，一脸挫败。

屏幕上的男人双腿交叠，姿态从容优雅，手中捧着一本书，垂眸浅笑，似是心绪已沉浸于书中情节，认真专注。他坐在深绿色的布艺沙发上，半边身子浴在阳光中。木桌上咖啡冒着热气，白色瓷杯旁边是一片金色镂空云纹书签。

身后玻璃窗外，春日暖阳，一树繁花灿若云霞。

怎么画，都能在简影的身上瞧见云岘的影子。

难道咖啡里还能下蛊不成？姜迎捶了捶脑袋。

怎么就满心满眼都是人家了。

姜迎起身，坐在阳台的小秋千上，前几日忙于工作忘了打理花草，这春天万物生长的季节她养的橘色月季却没精打采地垂着头。

不知谁家孩子在楼下追逐打闹，笑声稚嫩清亮，并不吵，反倒添了几分热闹。

三月里的晴天，风吹过邻居家窗台上的藤萝，金黄阳光洒进室内，橘色花瓣被映得透亮。

她突然想起上次顺道去了一趟大觉寺。

寺庙百级台阶，爬上去要了她半条命。她不信神佛，但既然来都来了，总要求点什么。

她跪在蒲团上，虔诚地闭眼叩头，许了个庸俗的愿望。

“菩萨，佛祖，信女空窗期许久，实在有些寂寞，你们帮我给月老捎个信儿，求他保我来年有个好姻缘。”

云岘是不是她的好姻缘她不知道。

姜迎想明白了，她看上人家了。

因为他长得合她眼缘，因为雨夜的苹果味香薰，因为他写的两张便利贴。

因为她发现，那天周晴晴说起他有多么受欢迎的时候，自己的不开心应该又叫作“吃醋”。

毕竟，喜欢一个人就会变得小气。

第二章·欢迎光临

『祝你有个愉快的周末。』

《春日咖啡馆》的策划在稳步推进，姜迎交了初步方案。

周晴晴给美术组发文件的时候一同把姜迎画的那张人设图发了过去，对方也就索性按照着绘制。最后呈现出来的效果很好，姜迎自己也挺满意的。

李至诚审完后没提太多意见，只是目光在新角色的形象上驻足了很久，最后也没说什么，让姜迎完善好后尽快交给程序部制作。

一切顺利，只是在为简影找配音演员的时候遇到了点波折。

成熟温柔的男声并不难找，但试了几个 CV 姜迎都觉得不够满意。

纪晗快把圈内所有适合这个风格的配音演员找了一遍，姜迎还是摇头要她再找。

“姐，哪里不行了？我看禾风老师挺适合的啊。”

姜迎略微思索，开口道：“声音不错，但还是少了点感觉。”

纪晗拿笔戳着桌面，要不是姜迎平时对她挺好的，她都要觉得这是在故意刁难了。

纪晗想了想，说：“是不是你有心仪人选了？大佬级别的？那咱们不一定能请来。”

姜迎背靠在椅背上，换了个坐姿，否认道：“没呀，我这不也在找。”

纪晗欲哭无泪：“那要不再考虑考虑禾风老师？”

禾风是圈内小有名气的配音演员，音色和声线多变，但以温润公子音最为知名。

他来为简影配音，是最好不过的选择。

纪晗的话让姜迎反思了一下自己。

她好像是偏了方向，明明应该是为简影挑配音演员，现在却成了一门心思要找一个与云岘相似的声音。

带了私人情感果然容易误事。

姜迎屈指用关节揉了揉眉骨，对纪晗说："给我再听听禾风的音频。"

纪晗一听是还有戏，赶紧找出片段点击播放。

禾风录的是简影初见苏小的三句台词。

——"欢迎光临。"

——"或许吧，或许我们曾经见过。"

——"你的拿铁，小心烫。祝你有个愉快的周末。"

禾风不愧是专业的CV，不加背景音乐和画面，这三句话还原了最本质的音色，清冽如泉，温润如玉，礼貌谦恭与克制在心中的感情都拿捏得恰到好处。

确实不错。

"就定禾风老师吧。"姜迎决定。

"耶！我立马去和老师说！"纪晗一扫之前的沮丧，从椅子上一跃而起。

姜迎意识到什么，眯着眼打量她："夹带私货？"

纪晗娇羞地笑："不是啦。人家就是觉得老师很适合，看到他被选中很开心。"

姜迎笑着摆摆手，让纪晗赶紧去联系好演员准备正式录音。

会议室安静下来，姜迎起身，拖动进度条将音频再次播放了一遍。

禾风适合简影，却不像云岘。

听了这么多道声音，也没找到一个有几分相似的。

配音演员的声线经过专业训练和打磨，音色语调近乎完美无瑕，每一句台词都是把握好的速度和轻重。

正因如此，也比平时说话少了几分自然随意，面对话筒，总要端着几分。

云岘的声音没有那么惊艳，说出口的字句轻缓不急，过耳却不会被轻忘。

她到现在都记得他那晚说的话，一字一句没什么特别，但想起来就让人心情愉悦。

比起禾风，他更像是春日拂过草木的微风和秋天林间潺潺涌动的溪水。

温和无害，自然而质朴。

想着想着，姜迎拿起桌上的纸杯喝了一口咖啡，涩意蔓在舌尖，她嫌弃地皱起眉头。

这速溶的果然比不了手冲的。

她舔了一下嘴唇，又想去云边了。

6点，姜迎打卡下班。

才4月，天气已热得发闷，到了傍晚也没凉快下来。

如往常一般推开云边咖啡馆的玻璃门，伴随铃铛声一同响起的是一句“欢迎光临”。

“姜姐姐，你来啦。”赵新柔正在拖地，看见是她露出笑脸甜甜地打了个招呼。

“嗯。今天客人不多？”姜迎坐在吧台的老位置上，取下挎在身上的包。

苏丞端着一盘蛋糕从后厨出来，见到姜迎便问她今天想喝什么。

姜迎用手扇着风，问苏丞：“有没有凉快一点儿的，热死我了。”

“给你来杯白桃气泡水？”

“行。”

这一个月，姜迎成了云边咖啡馆的熟客。

云岘不总在店里，遇上他，姜迎就坐在吧台欣赏忙碌的云老板，偶尔闲聊几句。没遇上他，她就点杯咖啡坐一会儿，算是下班以后的短暂放松时刻。

与云岘没什么新进展，她和店里两名店员倒是打熟了。

苏丞今年22岁，是店里的甜点师傅。留着利落的寸头，总是穿着黑色衣服，看上去像个痞里痞气的不良少年，但橱柜里精巧的蛋糕都出自他之手。

云岘爱叫他“小师傅”，姜迎打趣他是心有猛虎细嗅蔷薇。

赵新柔是溪城大学英语专业大三的学生，咖啡馆的工作是兼职，没课就会来店里帮忙。店里客人不多的时候，总能看见她戴着耳机嘴里背着英文单词。

苏丞手脚麻利，一会儿一杯冰饮就制作完毕——白桃果肉垫在杯底，苏打水冒着小气泡，还用一叶薄荷作了点缀。

“谢谢。”姜迎接过，一口就喝了小半杯。冰凉的液体灌下去，解了闷热和口渴，顿觉心情也好多了。

玻璃门又被推开，顺着铃铛声，姜迎偏头望去。门口站着的女人长发微卷，妆容精致，一条黑色吊带裙衬得人骨感清瘦，迎面走来的时候能闻见她身上散发的淡淡香水味。

姜迎认识她，楼下工作室的美女摄影师Wendy。

Wendy走到前台，环顾了一圈，十分自然地问："云老板不在啊？"

赵新柔微笑着回："是的。您要喝点什么？"

美女的失望溢于言表："那给我打包一杯冰美式吧。"

姜迎坐在一旁默默地喝着苏打水，等Wendy拎着打包好的纸袋离开了店里，才装作不经意地问："云老板今天不在啊？"

赵新柔擦着桌子回她："嗯，岘哥今天去医院了。"

姜迎心里一紧："他生病了？"

赵新柔说："没，好像是他朋友吧。今天老板接了个电话就走了。"

"哦，这样啊。"姜迎用吸管搅着杯子里的果肉，暗自舒了口气。

恰好这时手机铃声响起，见备注名是"弱智老板"，姜迎飞快拿起接听："喂，老板。"

"下班了没？"

"下班了，有什么事吗？"

李至诚的声音听上去嘶哑虚弱，没了平时的中气："我得请几天假，有什么事你和方宇先定夺，每天下班后抽时间和我汇报。"

"好的。"姜迎犹豫了一下，想起今天一天李至诚都没来，还是多嘴问了一句，"老板，你是……生病了吗？"

电话那端沉默了几秒，传来一声"嗯"。

姜迎还在想接下去要怎么说，李至诚就先一步开口了："胃病，小问题。"

"啊，那你要好好休息。"

心中刚可怜他一下，姜迎就又听到李至诚用虚弱但冰冷的声音说:“我的手机连着公司监控,实时监督你们,好好上班,不许偷懒。”

“好……”

李至诚这人，嘴毒、严肃、要求高，发起火来更是可怕，但只要不是更新前的死亡周，平日里对员工们还是挺好的。

考虑到他是一个没人照顾的单身男人，这种时候又是拍马屁献殷勤的好时机,姜迎温柔了语调,轻声问:“老板,你在哪个医院呢？”

对方并不买账：“干吗？来看看你老板奄奄一息的样子然后在心里暗爽吗？”

姜迎呵呵笑了几声：“没有，我就是想代表公司同事去探望一下你。”

电话里响起一声冷哼:“人民医院 16 楼。来的时候别带花和水果,给我打包一份皮蛋瘦肉粥。我报销。”

“好的，我马上就到。”

姜迎挂了电话，拿起挎包，和苏丞、赵新柔挥手道别：“我走了啊。”

人民医院 16 层 A76 病房,李至诚穿着条纹病号服懒懒躺在床上,他头发黑且浓密，衬得脸色更苍白。

“不吃了？”

桌上的餐盒还满满当当，显然是没动几口。

“我嘴里发苦，你还给我喝白粥，就不能多点料吗？”李至诚侧躺着玩手机，发大少爷脾气。

云岘抱着手臂看他，觉得像是养了个叛逆期儿子。

“你要是现在觉得难受，昨晚那酒你别喝啊。”

又戳中伤心事，李至诚一捞被子盖过头顶，单方面切断对话。

云岘边收拾饭盒边数落他："当初周以要出国，你借酒消愁，现在人家回来了，你还喝酒。你倒是首尾呼应上了。"

被子里发出闷闷的声音："谁说的？我心情不好喝喝小酒都不行？"

云岘伸长手臂扯下他的被子："小酒？大哥，你空腹喝了一斤白酒。你当胃病是小事？"

李至诚堂堂七尺男儿，能屈能伸："岘岘，好岘岘，快回去吧，'沓沓'还等着你投喂。"

云岘无奈地摇摇头，替他掖好被子："那我走了，夜里有事给我电话。"

"好的。"李至诚噘起嘴朝云岘送了一个飞吻，肉麻得云岘直起鸡皮疙瘩骂他二愣子。

沓沓是李至诚养的橘猫，意为一沓一沓钞票财源滚滚早日暴富。

他宿醉昏睡到中午，被胃痛闹醒，云岘把他送到医院，一天折腾下来，可怜"小主子"还没人喂。

云岘从病房出来，叹了一口气。怎么每次李至诚和周以折腾最后受罪的都是他？

他正思考如何自然无痕地把李至诚住院的消息透露给周以，就听到前方有人叫他。

"云老板！"

那声音带着惊喜，在安静的走廊突兀地响起。

医院不宜喧哗，或许是意识到自己的音量过高，姜迎赶忙捂住嘴，朝他快步走了过来。

刚要问他怎么在医院，又想起在店里赵新柔说了，今天他来探望朋友。

心里的话绕了一圈，到嘴边变成一句：“好巧啊。”

云岘点点头，问：“你怎么在这儿？”

姜迎举了举手里的袋子：“看我老板，他生病了。”

闻言，云岘的视线落在她手里的包装袋上，右边眉毛轻挑。

想起李至诚在病房里那副㞞样，云岘勾了勾嘴角说：“倒是不忘压榨员工。”

姜迎没听清，问他：“你说什么？”

云岘摇摇头：“没什么。快去吧，我先走了。”

“哦，好。再见。”

“嗯，再见。”

告别云岘，姜迎找到病房，轻轻推开房门，在最里面的病床上看见了李至诚。

“老板。”

李至诚此时见到她如同见了亲人，头一次用热情无比的声音说道：“你来啦！”

“粥还热着，你快喝。”姜迎支起小桌子。除了粥，她还点了一份奶黄包，一打开盖子，香味扑鼻而来，一天没怎么进食的李至诚闻着味都觉得满足了。

他刚拿起勺子舀了一口粥送到嘴边，手机屏幕亮起，传来一条新微信。

李至诚瞟了一眼，手一抖，勺子脱落掉进碗里。

见山：“皮蛋瘦肉粥好喝吗？”

姜迎见李至诚惶恐地左看右看上瞧下瞧，不解地问：“老板，怎么了？”

李至诚微微缓了过来，问她："你刚刚在路上遇见谁了？"

姜迎有些蒙，摇摇头："没谁啊。"

那还真是奇了怪了。

李至诚一掀被子，抓起手机啪啪啪打字。

至诚："你在哪里装了监控？"

见山："你脑子里，趁你昏迷的时候我让医生给你植入了芯片。"

至诚："？"

不知道是不是心理作用，李至诚真觉得脑子隐隐作痛。

姜迎见他捂着头，关切地问："老板，你头疼吗？要不要我叫医生？"

"不用。小姜，把皮蛋瘦肉粥收了吧，我突然没什么胃口了。"

"哦，行，那等会儿你饿了再吃。"

手机屏幕再次亮起。

见山："我正好遇见姜迎，你让她买的粥吧？"

见山："少吃一点儿，尝两口解解馋就行。"

李至诚心里直道无语，给云岘发了一张小人挥拳的表情包。

至诚："你吓得老子差点去开颅！"

屏幕那方，云岘轻笑一声，低骂了句"二愣子"。

悬疑科幻剧落幕，李至诚手一挥，如坐镇朝堂的君王指点江山："小姜，把粥拿来，我又想吃了。"

刚收了桌子的姜迎抿着唇看了李至诚一眼，表情一言难尽。

回去的路上，姜迎点开微信，屏蔽老板和同事发了一条朋友圈。

"老板生病，脑子坏了。我深感震惊，原来他也有脑子啊。"

到了小区门口，云岘给李至诚发了条微信说到家了。

看见朋友圈一栏有个眼熟的头像，他随手点开，看见了姜迎刚发布的朋友圈。

读完屏幕上的两行字，云岘没忍住，扑哧一声笑了出来。

他想这条一定是屏蔽那位“老板”的，所以放心大胆地留下一个赞。

回到公寓，云岘换鞋开灯，将手中的购物袋放在玄关处，先喊了一声“沓沓”。

小主子慢悠悠从客厅出来，拿毛茸茸的肥脸蹭他裤脚管。

云岘蹲下身把它捞在怀中，顺了顺毛：“饿了吧？”

给沓沓换了水倒了猫粮，云岘把购物袋里的东西分类归置整齐，长舒了一口气瘫倒在沙发上。

猫主子餍足地吃着晚饭，云岘还饿着肚子。

腹中空空，他却懒得再料理自己，从客厅茶几上拿了一包李至诚的小熊饼干，捻了一块放进嘴里。

过甜的巧克力味，云岘觉得腻，但高热量的东西饱腹感也强。

又吃了两块，他拍怕手上的碎屑，喝了一口杯子里的凉水。

天已完全黑了，夜色深重，城市亮起万家灯火。

有些无聊，平时要是两人都在家，李至诚会拉着他看球赛玩游戏，现在那个二愣子在医院，家里突然冷清下来。

想起还有正事没干，云岘打开手机，编辑了一条朋友圈。

“纪念李至诚的青春复兴。”

下面配的图是他临走时抓拍到的李至诚，穿着一身病号服，脸色苍白表情愣怔，猝不及防就被他留下黑历史。

考虑到李至诚 30 岁的脸面，云岘设置了分组，仅李至诚和周以可见，但为了营造效果，他故意在底下评论了几条。

“喝酒喝多了，胃痛。”

“学妹，不用太担心你李师兄。”

“谢谢大家关心，病人现在情绪稳定。”

云岘一边打字一边把自己逗乐了，看看他为兄弟爱情付出的良苦用心。

很快，他就收到李至诚发来的问号攻击。

至诚：“？”

至诚：“？”

至诚：“？”

至诚：“赶紧给我删了！”

至诚：“哪个学妹关心我？我怎么看不见评论？”

见山：“没学妹，分组可见，就周以能看见。”

至诚：“你不屏蔽她还仅她可见？”

五分钟后，云岘看见周以的评论，没忍住笑出了声。

“让医生治治他的中二病。”

李至诚也看到了，立马小窗私戳云岘。

至诚：“她什么意思？”

见山：“说你幼稚。”

至诚：“我幼稚？她怎么不去治治公主病？”

云岘揉了揉脖子，无意听两人隔屏明嘲暗讽。

见山：“早点休息吧。”

退出聊天框再回到朋友圈，他随意往下翻了翻。

他的好友不多，大多都是同学和以前的同事，匆匆扫过，也懒得动手点赞。

手指滑动到一个粉色头像时却停下了。

姜迎的头像和微信昵称似乎是配套的，黄昏时分天际橘粉色的落日余晖。

她的朋友圈大多都是文字，像是随时随地的有感而发。

吐槽老板、抱怨天气、期待周末，或是分享一张随手作的画。

包括现在这样，带着烟火气息的一碗鸭血粉丝。

“老板请的夜宵！他是世界上最帅气最优秀的人！”

云岘看见李至诚点赞了，有些心疼这二愣子，估计正为这马屁偷着乐呢，殊不知人家刚刚怎么嘲讽他的。

姜迎这个女孩其实与她给人的初印象出入很大。

看外表是个清清淡淡的姑娘，没什么特别，但进一步了解之后，就会发现她的有趣和可爱。

云岘闲暇时很喜欢翻看她的朋友圈，尤其爱看她提起李至诚。

也许是因为她的狗腿和吐槽都那么坦然真实，一如这个人鲜活而明亮。

图片上的美食经过调色更诱人，云岘摸着空瘪的小腹，饥饿感又袭来。

挨饿实在痛苦，云岘自我挣扎了一下，还是决定顺从内心，遵循马尔克斯所说的“诚实的生活方式”。

于是，他打开姜迎的聊天框，编辑文字点击发送。

见山：“可以问问鸭血粉丝是哪家的吗？”

对方几乎是秒回。

落日橙：“等等，我把店铺分享给你。”

落日橙：“你要是喜欢吃，有空一定要去南京吃吃正宗的。”

见山：“好。”

落日橙："我倒是没想到你也会吃这种东西。"

见山："？"

落日橙："你看上去太仙了，像只喝露水的。"

落日橙："吃青菜都要撇撇油那种。"

云岘读完屏幕上的字，被对方的言语逗笑。

他还是第一次见这样的形容，夸不像夸贬不像贬。

见山："确实不常吃。"

落日橙："这家是溪城最好吃的，你放心！就在咖啡馆旁边那条街上，很卫生很干净。"

见山："好的，谢谢你。"

姜迎发来一张表情包，是粉色的兔子在嘬面，云岘猜测她的意思是"祝你用餐愉快"。

当晚十点，一天只喝了几口粥的李至诚收到云岘发来的一张图片。

画面上是一碗浇着辣油的鸭血粉丝，汤底浓郁，鸭血鲜嫩，点缀着香菜，堪称色香味俱全。

见山："改天去金陵玩玩吧，尝尝正宗的。"

至诚："呵呵，Faatybuterhamburg。"

见山："？"

至诚："麻瓜，不懂了吧，我给你下咒了，你的腹肌马上就变成肥肉。"

见山："反弹。"

周五，姜迎下班后打算去云边打包一块蛋糕留着周末吃。

一进店门就看见正要出去的云岘，对方今天罕见地穿了一身运动装，清爽活力。

姜迎问他："你要去健身啊？"

云岘拧紧水杯的盖子，嗯了一声。

姜迎的眼珠子转了半圈，开口问："健身房？"

云岘回："嗯，就街角那家。"

"那家啊！"姜迎面露喜色，"我在那儿有卡。"

云岘望着她，浅浅勾起嘴角："经常去？"

姜迎点点头，拉伸着胳膊，面不改色地扯谎："我挺喜欢运动的。"

卡的确有，去年年会她抽到的奖，合理怀疑是李至诚办了不想去才设置了这么个鸡肋奖项。

人家都是 iPad、switch，再不济也是养生壶泡脚桶，就她这个不爱运动的肥宅偏偏抽到了健身卡。

云岘垂眸，默不作声地打量她。

4 月里天气暖和，姜迎今天穿了 T 恤和牛仔半裙，她不胖，也不算清瘦，露出的一截小腿白皙匀称，单看线条就能知道她平时不怎么运动。

偏生出了使坏的心思，他故意逗她："那一起去？"

"啊？"姜迎显然没料到会是这个发展，扯起一个尴尬的笑，"今天我有事，下次，下次吧。"

云岘压住想要翘起的嘴角："那我先走了，再见。"

姜迎挥挥手："再见。"

目送对方出门，姜迎放下笑脸颓丧地走到吧台，有气无力地点单："给我打包一块芝士蛋糕。"

"叮！"手机响起提示音，姜迎滑动屏幕解锁。

是一条 7 秒的语言消息。

“虽然我是咖啡馆的老板，但还是要提醒你一下，最近是不是甜食吃得有点多了？”

他的声音贴着耳朵响起，姜迎噌地红了脸，双颊冒热，她在心底暗暗嘀咕：吃得多还不是怪你呀！

从云边咖啡馆出来，姜迎开车回了父母家。

工作以后，她另外租了房子，和家里说的原因是离公司近，每天早上可以多睡 20 分钟。但其实是考虑到自己时常熬夜加班写策划，怕父母念叨。

刚掏钥匙打开门，她一句“我回来了”憋在喉咙口没能说出来。

沙发上邵玲芳正坐着打电话，语气严肃，一口吴侬软语骂起人来也彪悍。

“一顿饭吃到 8 点还不够？你还要不要回来？

“去之前就和你说别喝多了，又喝到烂醉回来我才不管你！”

姜迎提着一口气，小心翼翼地换鞋进屋。

邵玲芳气愤地挂了电话，和女儿发泄不满：“你说说你爸，一把年纪了，上次去医院就说血压高脂肪肝，还喝！”

“好了好了，别生气了，我给你打包了蛋糕。”姜迎打开盒子，挖了一勺喂给她妈。

“怎么这么甜啦，要胖死我了！”

“吃点甜的心情好嘛。”记着云岘的话，姜迎只尝了一小口，“我爸在哪儿吃呢？我去接他吧。”

邵玲芳报了地方，嘴上说着不管了，却还是起身去厨房煮醒酒汤。

姜迎刚坐下不到 5 分钟，又拿了车钥匙去接人。

饭店离家不远，她给姜天晖打电话，却不承想是别人接的。

“姜迎？”

对方是个年轻男人，声音听上去有些耳熟。

姜迎还在脑子里检索是谁，他就自报了姓名：“我是符晨，你还记得吗？”

咚！

那两个字像是石块，拖拽着她的心情下沉。

姜迎被定格住，举着手机脑袋空白，直到红绿灯跳转，后面的车辆按响刺耳的喇叭，她才回过神，快速说了一句：“和我爸说一声我来接他了。”

几分钟的路程，姜迎把车停好，却没立即下车。

她降下一半车窗，坐了好一会儿，才开门下车。

刚一转身就看见姜天晖被人扶着从大门走出来，她爸红着一张脸，脚步虚浮，醉态尽显，嘴里不知在念叨什么。

姜迎赶忙迎上去，皱起眉抱怨：“怎么喝成这样？回家又要被骂了。”

醉鬼听不到，摇摇晃晃嚷嚷着还能喝。

“先扶叔叔上车吧。”

姜迎抬眸瞥男人一眼，没多说话，只点了点头。

符晨比以前成熟不少，穿着衬衫西裤，头发被发胶梳成背头。

他是单眼皮，眼尾上翘，有些凶的长相。

以前上学的时候女生就偷偷讨论过，有人说符晨很 man 让人有安全感，也有人说他长了一张攻击性太强的“家暴脸”。

不管那些两极分化的评论，单对姜迎来说，他是学生时代避之不及的噩梦。

姜迎抑住自己对他的排斥，尽量语气平和道：“谢谢你，我们先走了。”

“哎，等等。”她刚转身就被符晨拉住胳膊。

姜迎警惕地往后退了一步，几乎是下意识地躲避。

对方见她的反应，耸了耸眉，不动声色地收回手插在口袋里：“听叔叔说，你现在在科技园那块上班？”

姜迎低头避开他的视线：“嗯。”

“有机会出来聚聚？”

“再说吧。”

车里姜天晖哼哼了两声，姜迎认准时机，说道：“我先走了。”

急匆匆地上车启动，她打转方向盘，从后视镜里看到符晨还站在原地看她。

男人举起手挥了挥，朝她喊：“下次见。”

姜迎皱眉，在心里说了句“下次见个鬼”，一踩油门绝尘而去。

姜迎这个人不爱记仇，尤其是这么多年前的事情，过去了就过去了。既然如今毫无瓜葛，那要是偶然重逢，彼此平淡地打个招呼问句近况，互相留一个体面就好。

面对符晨的微信好友申请，姜迎决定先晾着不管，但对方却很执着，不知道又从哪里要到了她的手机号码，接连发了三条短信。

姜迎怕再不理下去，符晨甚至会给她发邮件。

微信一来一回太耗时间，姜迎没心思跟他掰扯太多，干脆利落地拨了一个语音通话过去。

电话接通，对方先开的口：“最近很忙啊，现在才回我消息。”

姜迎忍住心头的不悦，用公事公办的语气说：“不好意思，确实挺忙的。找我有事吗？”

符晨在电话那头笑起来：“没什么事啊，就想找你叙叙旧。”

听到这话，姜迎沉默了一会儿，哼笑一声问：“叙旧吗？咱俩那应该叫算账吧。”

在符晨回话之前，她又抢先说道：“我真的挺忙的，没事就先挂了。”

等按下红色按键通话结束，姜迎没有一丝停顿地把对方拉进了黑名单——哪儿凉快哪儿待着去吧。

符晨的出现只是一个小插曲，姜迎并没有放在心上。

她最近来云边的次数越加频繁，有的时候周末觉得在家工作效率不高，就会把笔电带到云边。怕一楼吵闹，她常常一个人坐在二楼的角落里。

二楼光线不太好，云岘遇上她几次看她都在工作，便又买了一盏落地灯调节亮度，还把木凳子换成了松软的单人沙发。

那张位置除了姜迎不常有人坐，渐渐地，似乎成了她的专属。

这天下午阳光晴朗，姜迎一边捏着脖子，一边推开玻璃门。

云岘调着咖啡，抬头瞟她一眼：“脖子不舒服啊？”

姜迎懒懒嗯了一声，拉开吧台的高脚凳坐下：“一直坐着没起身，酸。”

“久坐对颈椎不好，偶尔也起来活动活动。”云岘把菜单递给她，“今天想吃什么？”

姜迎揉着瘪下去的肚子：“鲜芋牛奶和双重芝士吧，我现在急需糖分。”

云岘看她一副有气无力的样子，问：“没吃饭？”

姜迎点头：“我忙完才发现午休时间都快过了，偷溜出来的，快饿死了。”

云岘收走菜单：“那也得记着吃饭。”

姜迎朝他笑了笑。

“姜迎？”

听到有人喊自己的名字，姜迎回头看去。

是个和她年纪相仿的男人，穿着随意休闲。她觉得他的相貌眼熟，却一时想不起来对方是谁。

见她皱着眉苦想，男人走近一点儿，自我介绍道：“我是徐航。你还认识吗？高一的时候咱俩一个班的。”

“哦！”这么一说，姜迎就想起来了，“我记得你。好巧啊，你也在这儿。”

徐航说：“是挺巧的，我本来还打算要联系你。”

姜迎愣住，指着自己问：“我？”

她和徐航算不上熟，短暂的一年同学生活里也没什么交集，她只记得他那时是班级里的体育委员，运动系男孩，人缘很好。

姜迎把头发捋到耳后：“找我有什么事吗？”

徐航低头看了一眼表：“你现在方便吗？我想和你聊一聊。”

姜迎犹豫了两秒，点头答应：“行。”

两人换了一个位置落座，等饮品和甜点上齐了，姜迎搓搓大腿，对徐航说：“说吧，找我什么事？”

徐航喝的是加浓美式，一口苦涩下去，他连眉头都没皱一下，他问：“最近是不是见到符晨了？”

姜迎心里一咯噔：“他和你说的？”

徐航敛目笑了笑。

“他最近在群里频繁地提到你，还和大家打听你的消息。”

这句话暧昧不明，姜迎听得不太舒服：“你有话就直说吧。”

“他之前交的女朋友不下七八个，认识的女生也多了去了，但现在——”徐航顿了顿，“他就只记得你一个人，你说奇不奇怪？”

心底泛起一阵怪异的感觉，像是打翻一杯变味的番茄汁，褐红色的浓稠液体散发酸味，让人作呕。姜迎靠在椅背上，无语地发笑：“怎么，他还是反斯德哥尔摩啊？”

徐航放下咖啡杯，他的态度同样让人捉摸不透：“他怀着什么心思我不知道，我只是想来告诉你，前几天在饭局上他打了个赌，扬言一个月的时间要把你追到手。”

其实徐航已经重新组织了一下语言，那天符晨说的原话是——你们猜我遇见谁了？姜迎你们还记得吗？没想到啊，她现在变得还挺漂亮的，就是太记仇了，对我贼冷漠，正眼看都不看一眼。嘁，老子还不信了，你们看着，顶多一个月，我让她贴着我还来不及。

姜迎听到这话只觉得好笑：“为什么啊？”

徐航只是提醒她：“最近离他远一点儿吧，他疯起来什么样你也不是不知道。”

姜迎警惕地看着徐航：“那你又为什么要来和我说这些？觉得我真会上他的当？”

徐航笑着摇摇头：“就是觉得该说一声。”

姜迎垂眸，用指腹摩挲着玻璃杯口，像是想起了什么。

徐航这个人总是笑着，待人不亲不疏，好像和谁都是朋友。

她以前在学校没什么交好的同学，之所以还能喊出徐航的名字，就是因为他是为数不多给过自己好意的人。

姜迎低着声音说："谢谢。"

徐航的真实情绪如往常一样隐没在笑脸里："不用。"

姜迎抬起头："是欠你的那一句，体育器材室是你给我开的门吧。"

和徐航道别后，姜迎又在云边坐了一会儿缓缓神。她撑着下巴对着屋外发呆，看着人来人往，玻璃门一开一关，清脆的铃铛声时不时地响起。

门前的空地上停了一辆黑色保时捷，姜迎瞥到车牌号觉得熟悉，还没反应过来，她就看见李至诚从车里下来了。

还有什么比上班时间偷溜出来被老板正面逮住更可怕的事？

姜迎心中警铃大作，压低声音骂了句脏话，飞快起身，四处张望，想找地方躲。

云岘察觉到她的动静，问她："怎么了？"

姜迎来不及思考，眼看门就要被推开，她看了不远处的李至诚一眼，又回头望向云岘，大脑空白，心跳得快要冒出嗓子眼。

铃铛声再次响起的时候，姜迎刚刚猫着身子在操作台后蹲下。

听着李至诚的皮鞋踩在地板上发出的哒哒响声，她紧张得快要爆炸，下意识地攥住云岘的一截裤脚管，胸腔起伏，捂着嘴不让自己发出一点儿声音。

李至诚忙了一天，脸色都苍白了，恹恹地对云岘说："快给我一杯柠檬茶续命。"

云岘偏头看了看远处架子上的茶包，面不改色道："没了，你喝别的吧。"

李至诚不信："这还能没？"

"嗯，忘记补货了，喝别的吧。"

李至诚只能妥协："那行，你给我做一杯气泡水吧。"

云岘又偏头看了看冰箱，显然也不在他现在能活动的区域范围内。

目光锁定在面前的一台咖啡机上，云岘面无表情地问："只有咖啡，你喝不喝？"

李至诚在投资方那儿当了一天孙子，这会儿还要被如此对待，气不打一处来，一拍桌子就提了嗓子吼道："我去，你们店就对顾客这种服务态度？你故意的吧？"

缩成一团的姜迎被吓了一跳，手指攥得发白。

救命，怎么还吵起来了啊？

李至诚发起火来挺可怕的，但云岘不怵他，知道怎么给他顺毛："就喝咖啡吧，我新学的拉花。"

闻言，李至诚眯着眼睛上下打量他，哼笑道："哦，想让我尝尝你手艺不早说，那我勉为其难就喝咖啡吧。"

听到李至诚拉开椅子坐下，姜迎松了一口气，也松开了一直抓着云岘裤脚管的手。

他穿着深色的西装裤，被她攥紧的那一块有些皱了，她轻轻抚了抚。

感觉到那股阻力消失了，也看到她的小动作，云岘用手蹭了下鼻子，想要掩盖嘴角的笑。

危机暂时解除，操作台后，姜迎从包里拿出手机，偷偷拽了拽云岘。

云岘不动声色地低头看她一眼，咳嗽了声，手指有意一带，金属长柄勺从台上掉落在地。

清脆的一声响，惊动李至诚向他看过来，见没什么，又扭过视线，继续低头玩手机。

云岘往后退了一小步，蹲下身子和姜迎平视，用口型问：“怎么了？”

姜迎把打好的字给他看：那个就是我老板！他今天下午不在所以我就偷溜出来了，鬼知道在这里遇上了！我要是被他逮到奖金就没了！救命！让我躲一会儿！

匆匆把屏幕上的字扫完，云岘看了姜迎一眼，捡起地上的勺子起身。

“今天不去公司？”他问李至诚。

李至诚回：“等会儿去看一眼吧，也没剩几个小时下班了。”

听到这话，姜迎想死的心都有了。

云岘用余光瞥到姜迎脸上精彩纷呈的表情，抿唇偷笑。

他把做好的咖啡递过去，催李至诚道：“快去吧，老板在这儿偷懒像什么样子。”

李至诚一副理所应当的样子：“老板偷懒怎么了？员工别给我偷懒就行了。”

无意中被“内涵”了的姜迎闭上眼睛，心里默念阿弥陀佛。

所幸李至诚喝了半杯咖啡，坐了大概十分钟就走了。

待男人消失在视线中，云岘低头说：“他走了，起来吧。”

姜迎抬手搭在桌沿，想借力站起来，刚一使劲却被一阵酥痒感冲击，极速流窜在腿部。

“嘶——”她别扭着身体，要站不站要蹲不蹲。

云岘问：“腿麻了？”

姜迎皱着脸，欲哭无泪地点了点头。她动一下就会牵起一阵刺骨的麻，难受得直吸气。

云岘上前一步扶住姜迎，给她一个支撑："别急，站一会儿就好了。"

姜迎咬着下唇点点头，再尴尬也只能硬着头皮借男人的力站稳。

两个人就这么以一个怪异的姿势站了三四分钟，等稍稍缓过去，姜迎试探着往前走几步，觉得没事了拔腿就要跑："我先走了啊。"

看她急匆匆的背影，云岘喊了句："专心上班，再有下次我可不包庇了。"

姜迎挥了挥手，推开门跑了出去。

回到公司，姜迎喘着粗气，把工作证重新戴在脖子上，挺胸抬头，一脸淡定地走向格子间。

大家都在认真做事，没人注意到她。

姜迎滑动椅子凑到周晴晴身边，问："李至诚回来了？"

周晴晴抬起头说："嗯，刚进办公室。"

姜迎问："他看见我不在了吗？"

周晴晴拿手掩着嘴，小声说："当然看见了，他还问你去哪儿了呢，我说厕所。"

姜迎松了口气，拍拍她肩道："好姐妹，改天请你喝奶茶。"

周晴晴抽了张纸巾摁她脸上："奶油擦擦，去哪儿吃好东西了？"

姜迎笑了笑没回答，攥着纸巾回到自己座位。危机解除，她点开微信给云岘报平安。

落日橙："我到公司啦！"

见山："你老板没说你吧？"

落日橙：“同事谎称我去厕所了，啥事都没！”

见山：“同事人不错。”

落日橙：“嗯嗯，为报恩我请她喝下午茶了。”

见山：“那我呢？”

姜迎咬着指甲盖，试探着发了一句。

落日橙：“那改天我也请你吃饭？”

见山：“不用，我开玩笑的。”

见山：“专心上班吧，别又被抓到在摸鱼。”

姜迎噘高嘴，别不用啊，可以请的，这么客气干什么呢。

既然人家让她专心上班，姜迎也不好再多说什么。正当她打开文档开始审阅，前台的同事喊她，说有她的快递。

姜迎想不起自己有什么东西寄到了公司，疑惑着走了过去。

前台小吴看见她，把东西递了过来，笑着说：“姜迎姐，好漂亮的花呀！男朋友送的？”

面对怀里的一大捧玫瑰，姜迎蒙了，她眨眨眼睛，看见花上夹了卡片，赶紧拿起打开。

周五晚上一起吃饭吧——符晨

ps：拉黑可是个不礼貌的行为

第三章·樱桃耳坠

『她今天格外漂亮。』

匆匆扫完两行字，姜迎简直气得翻白眼，低声骂了句“神经病”，捧着花回去不是，扔了也不是。

这难处理的花最后只能被寄存在前台。走之前，姜迎不放心，凑近小吴小声叮嘱：“别说出去哦。”

小吴心领神会地点了点头，只当她是为人低调不想张扬。

回到办公桌前，姜迎喝了一口咖啡，让自己的心绪重新平静下来。

她把符晨从黑名单里放了出来，发了一句“行，周五晚上不见不散”。

对方回得很快，姜迎却没再理他，专心干着手上的事。

大概是她的回应给符晨打了一针鸡血，这几天里微信消息不断，早中晚日常问候，时不时就来一句“你在干什么”。

姜迎偶尔回个“哦”终结聊天，绝对不多说，符晨太能扯了，一个人自言自语都能刷屏。

周五，等六点下班铃响起，同事们陆续起身离开。

姜迎拎了包，没立即下楼，先去了洗手间借着镜子给自己补妆。

平时上班她都化淡妆，但今天不一样，眼妆精心铺色，睫毛夹得根根分明，眼线拖长上挑，正红色唇釉，腮红也打得比平时重了一些。

她的五官清秀，属于淡颜系，鲜会化这么明艳的妆容。

一个精致的略带攻击性的妆给姜迎增添了不少底气，收拾好化妆品，她给连衣裙腰间的系带重新绑了蝴蝶结，散了马尾抖抖头发，将发圈箍在手腕。

在镜子面前反复检查，确定全身没有不顺眼的地方，姜迎才深呼吸一口气走了出去。

符晨说要来接她，被她拒绝了。上车之后根据他发来的位置定了导航，她打转方向盘前往目的地。

晚餐在一家新开的西餐厅，也许是那一大捧玫瑰花让符晨确定物质是攻略姜迎的关键，而他最不缺的就是钱。

姜迎不喜欢烦琐又讲究的西餐，觉得这样拘谨安静的环境让人浑身别扭。她站在门口，理了理头发，跟着服务员的指引到了符晨订的桌位旁。

“来啦？”符晨抬眸看见她，嘴角勾起一抹笑。

在他要过来尽绅士礼仪的时候，姜迎不解风情地自己拉开椅子坐了上去。

符晨只能收回手，笑了笑，对她说：“你变得还挺多。”

姜迎摊开餐巾叠在腿上，问他：“哦？那我以前什么样？”

这问题太犀利了，符晨没法回答。说是叙旧，但他心里清楚，要想今晚聊下去，以前的事最好一个字别提。

他不动声色地把话题扯到别处去，问了些姜迎的近况。

姜迎有问必答，也没再摆脸色。

她看着眼前西装革履、举止得体周到的男人，真是感慨。

几年生意场上的打拼让他变得圆滑，从前那个嚣张跋扈的纨绔子弟再也看不到痕迹。

聊了一些无关紧要的话题，很快菜品陆续上桌。

猩红液体倒入玻璃杯，姜迎举起杯子浅浅抿了一小口，并不涩嘴，甘甜顺滑，她忍不住又多喝一口。

符晨意味深长地盯着她看，说："姜迎，这几年我总是会想起你。"

姜迎放下酒杯，勾起嘴角问："为什么？"

"我本来也想不明白，但那天看见你的时候，我好像知道原因了，你对我来说很特别。"

姜迎安静地听他说话，嘴角始终保持若有若无的笑意："特别？其实我也对你记忆挺深刻的。"

符晨满意地笑了笑："是吗？"

姜迎拿起刀叉切着盘子里的肋眼，轻笑一声后开口说："实在难忘啊，没有证据就咬定流言是我传的、孤立我排挤我、把我关在器材室害我上课迟到、运动会自作主张给我报名了 800 米，还有什么来着？"

一件一件事罗列出来，符晨的脸色沉了下去，摸着脖子尴尬道："这些事就不用再提了。"

姜迎夸张地哦了一声："还有把只印了单面的试卷发到我桌上，害我作业没做完，在体育馆用篮球砸我，应该也是你故意的吧？我听到你和那群男生在笑我。"

符晨咳嗽一声："欸，姜迎，现在说这些就没意思了啊。"

姜迎放平嘴角，冷冷地看着面前的人："我以前忍气吞声，是觉得多一事不如少一事，等你觉得没意思了就行了。当然，也是我没本事敢跟你对着干。过去的事情是没必要再提，我也早把你忘了，但你现在又非要来恶心我。"

手中的刀尖划过瓷盘，发出一道高频刺耳的声音，让人嫌恶地皱起眉头："现在呢，我不怕惹事了，咱们就新账旧账一起算，好好掰扯掰扯。"

姜迎的态度在符晨的意料之外，他扯了扯领带，冷笑一声，饶有兴致道：“姜迎，你什么样我难道还不知道吗？”

姜迎平静地看着他，想起自己以前懦弱不敢吭声的样子，认同地点了点头：“确实，我以前是个㞞鬼。”

嘎吱一声，椅子滑动，姜迎越过桌子走到符晨面前站定。

清脆的一巴掌打在脸上，果断而用力，符晨瞬间大脑空白，瞪大眼睛看着姜迎说不出话来。

这一下动静惊动大厅里的其他客人纷纷看过来。

姜迎的手心泛起密密麻麻的刺痛，她尽力克制住声音里的颤抖，问符晨：“那你看看我现在呢？”

符晨的戾气一下被点着，凶狠地瞪着她，猛地站起来要扬手。

姜迎下意识地抬起胳膊想挡住脸，却突地被人扯了一把跌进怀里。

她的胯骨撞到桌角，刀柄掉落在地上，叮当响了两声，她喘了一口气，抬起头来。

四目相对，云岘皱着眉，同样呼吸急促，头次见他这么慌张的样子。

眼前这张熟悉的脸让姜迎的怒气值瞬间清零，她张着嘴不知道该说什么，他怎么会在这儿，看到了什么，看到了多少，又会怎么想她。

云岘握住姜迎的手臂，把她带到身后，肃着声音问符晨：“想干吗？”

符晨看了看四周的看客，不少人举起手机窃窃私语。他这人好面子，脸涨得通红，指着姜迎，留下一句“这巴掌就当我欠你的，我们两清了，以后别再让我看见你”，便快步离开。

他身后，姜迎忍不住张牙舞爪追着喊："两清个屁，你欠我的多着呢！"

察觉到有人在举着手机拍摄，云岘抓住姜迎挥舞的手，有意遮住她的脸，拿起桌上的背包带着她走出店门。

夜晚 7 点，正是热闹的时候，大街上人来人往，城市灯光闪烁。

微凉夜风一吹，姜迎晃了晃脑袋，沉沉呼出一口气，冲动的情绪也慢慢消退了。

"你怎么在这儿啊？"她问云岘。

云岘回："和朋友吃饭。"

姜迎挠挠头发："你都……看到了？"

"嗯。"

姜迎挑了一处台阶坐下，用手捂着脸，发出懊恼的一声叹息。

云岘走过去，坐在她身边："现在知道丢人了？"

姜迎抱着膝盖小声说："没，我就没想到你会在那里。"

"我也没想到你会这么……"云岘顿住，没继续说下去。

姜迎替他补完："这么猛这么勇是吧？"

云岘笑了笑，算作默认。

姜迎偏过脑袋，咬着下唇看向云岘。

云岘问："怎么了？"

姜迎诚实回答："我在犹豫。"

"犹豫什么？"

为了留一个好印象，她在云岘面前其实一直是压着性子的，不过今晚这么轰轰烈烈地干了一场都被人看见了，她现在有点儿想破罐子破摔。

她看着街道问云岘："是不是对我很失望？"

云岘只问她："为什么失望？"

姜迎伸出手指列举自己的罪状："说脏话，还打架。"

云岘说："就是有点想不到。"

姜迎点点头，他这是在委婉地表达他的失望。

她知道云岘想问，所幸自己说了，这会儿心头烦乱，也确实想找个人倾诉："那个，是我高中同学，我爸是他爸的下属。上学的时候，有人传了一个流言，说他进我们学校是他爸花钱的，他还做过不少坏事，都是他爸拿钱摆平的。后来不知道怎么的，他一口咬定是我说出去的。

"老实说，虽然我真的对他的种种事迹略有耳闻，但我没这么无聊。不过这也不重要了，他咬定是我，那我怎么辩驳也没用。然后我就成了众矢之的，被同学排挤孤立。他那点脑细胞，估计每天全用来想要怎么折磨我了。"

曾经漫长的噩梦如今三言两语就能说完，姜迎轻轻叹了一声："本来是陈年往事的，这弱智不知道最近犯什么病，和他的狐朋狗友打了个赌，说一个月就能追到我。我今天来就是想和他说清楚，以后别再来烦我，刚刚脾气一上来没忍住，就……"

姜迎懊悔地嘀咕："早知道你在，我肯定不会这么冲动。"

云岘沉默着听完，并没有对她的举动做出评价，只是告诉她："小姑娘一个人在外面，还是尽量不要和人起正面冲突。"

姜迎老实认错："知道了，我以后绝对……"

原本要说的话戛然而止，因为云岘突然抓住她的右手，拨开她的掌心。

男人的温度和声音都是温温和和的："你打他，疼的也是你自己。”

姜迎垂眸看着自己通红的手掌，现在还有火辣的痛意。

云岘拎高她的手，轻轻吹气。

大概是这人长得实在太正太谦谦公子，这样的举动并不狎昵也不轻浮。

他怎么能这么好？姜迎的脑袋里只剩下这句话。

风一吹，姜迎才如梦初醒般回过神，抽走自己的手，偏过脑袋想要藏起自己绯红的双颊：“那个，你能不能忘了今天的事情啊？”

云岘失笑：“知道了，我删除记忆。”

姜迎试图挽回自己的形象：“这虽然可能是真实的我，但绝对不是全部的我。”

云岘笑着没说话。

眼前的女孩红裙妖冶如滴血的玫瑰，面容绯红。她今天格外漂亮。

云岘说不清自己心里的想法，有意外，有无措，有担心，以及他可以肯定的，眼前这一幕将会被他永远刻在脑海里。

就像是朱茵的紫霞仙子眨眼，林青霞的东方不败饮酒，成为类似于电影的经典镜头，让人想来就心绪起伏的画面。

旁边是一条步行街，两边全是琳琅满目的摊贩，空气中飘散着各路小吃的香味。

姜迎一晚上没吃什么，这会儿闻到香味突然觉得肚子饿了。

云岘顺着她的目光看去，放眼十里热闹非凡，比天上繁星更明亮的是城市灯火，于是他提议道：“我们去逛逛吧。”

姜迎应好，站起身拍拍衣服，她走出去几步，发现云岘没跟上来，便回头看去："怎么了？"

云岘摇了摇头，跟上她的脚步："就觉得有什么事忘了，算了，走吧。"

西餐厅内。

李至诚狂敲手机。

"人呢？"

"人呢？"

"我上个厕所回来你去哪儿了？"

"喂？云岘？"

"摩西摩西，你被外星人绑架了吗？"

步行街人声鼎沸，路灯亮着橘黄色光芒，小贩们的吆喝声此起彼伏，狭窄的道路挤满了行人。

云岘和姜迎并肩前行，步伐不紧不慢，权当散步。

看路边有人卖关东煮，姜迎买了一杯，鲜嫩的鱼丸浇上番茄酱，比刚刚那盘沙拉美味多了。

她餍足地嚼着甜不辣和北极翅，心情指数一点儿一点儿上升回及格值。

走了没几步，姜迎察觉到异样，低头看了一眼。

"云岘。"她喊住他，"等一下，我鞋带散了。"

闻言，云岘垂眸，视线跟着看过去。

姜迎今天穿了一条到膝盖的法式连衣裙，领口偏低，露出锁骨的线条，棕色微卷的长发披散在肩背，脚上是一双白色帆布鞋。

平时她是清冷的池中白月，今天却明艳得像在春日成熟的樱桃果实。

姜迎的五官不算出众，江南多美人，她也仅仅是个耐看的长相，但云岘愣愣地借着月色看了她许久。

直到姜迎要把手里的纸杯递给他，他才恍然回神。

“你穿着裙子，不方便，我来吧。”说着，他就单膝跪了下去。男人的手指修长，灵活地打了一个漂亮的蝴蝶结。

意识到男人在做什么，姜迎四肢僵住，只觉身体里炸开了一簇烟花，火星子四处飞舞，心跳怦怦，连带着呼吸也错乱了频率。

即使心里知道对方只是出于绅士风度，但姜迎还是不争气地沦陷了。

她看着白色帆布鞋上的蝴蝶结发呆，心里乱糟糟的。

几分钟前她才刚刚说服自己，这个人应该是和你没机会了，和他做朋友就好，但是这一刻，因他而掀起的怦然心动却无法克制。

云岘见她一直没跟上来，停下脚步转身：“姜迎？走了。”

姜迎咬着下唇，没吱声，只默默迈步走到他身边。

步行街很长，街头街尾却是两种光景，他们快走到尽头，周遭渐渐安静下来。

晚风吹乱头发，姜迎将拂在脸上的一缕夹到耳后。

“云老板。”她叫了云岘一声。

云岘停下脚步看向她：“怎么了？”

姜迎说：“忘了和你说谢谢了。”

云岘点点头：“嗯，不客气。”

姜迎又说：“还有抱歉，不好意思啊，给你添麻烦了。”

云岘回：“没有的事。”

姜迎还想说些什么，却见云岘驻足在一个卖首饰的小摊前。

老板是个年轻姑娘，正坐在椅子上打游戏。

听到动静，年轻姑娘飞快地抬头扫了他俩一眼，和队友急急说了句：“我客人来了，先挂下机啊。”

姜迎朝年轻姑娘笑了笑，体谅道：“你继续玩吧，我们自己看看就行。”

“好嘞好嘞，不好意思啊。”年轻姑娘又风风火火地捡起手机杀回游戏。

见云岘俯着身子在认真挑选，姜迎问他：“你要买啊？”

“嗯。”他点点头，拿起一对给姜迎看，“这个怎么样？”

云岘挑的一对耳环是樱桃样式，金色的叶柄，圆润的果实鲜红晶莹。

姜迎评价道：“挺漂亮的。”

年轻姑娘边操作着游戏人物边问他：“帅哥要拿一对吗？都是纯手工制作的，款式就这么一副。”

“嗯，就要这对。”云岘爽快地扫码付了钱。

年轻姑娘指了指一旁的礼品盒：“要给你打包吗？”

云岘摇头：“不用。”

他握着那对耳环，转过身对姜迎说：“戴上试试？”

姜迎这才反应过来，指着自己一脸不可思议：“这是买给我的？”

“不然呢？”云岘把耳环递给姜迎，“戴上看看。”

姜迎有些愣怔地接过耳环，俯低身子凑在镜子前，不知道是不是因为光线太暗，她怎么戴都戴不上。

“嘶——”针尖刮到肉，姜迎轻呼了一声。

“我来吧。”云岘接过她手里的一只耳坠，抬手用拇指和食指轻轻揉了揉被戳红的耳垂肉。

借着一盏照明灯，云岘找到耳洞，他的动作生疏笨拙，但十分小心。

他俯身靠近的时候，姜迎屏住了呼吸，移开视线偏头看地上的影子。

——亲密地贴合在一起，像在拥吻。

年轻姑娘抬头看了他俩一眼，笑眯眯地说："你男朋友眼光太好了，好配你今天的裙子。"

有了经验，另一边的耳环他为她戴得很快。云岘直起身子，退后半步，满意地评价道："不错，挺适合你。"

耳垂上多了一点儿重量，姜迎咽了咽口水，连耳朵尖都泛起淡红色。

年轻姑娘在游戏中击杀了一名敌方英雄，霸气的女声宣布："You have slain an enemy.（你击杀了一名敌人。）"

姜迎只觉得她也在疯狂掉血，即将被对方收割"人头"。

"为什么给我买这个？"她问。

云岘答："觉得适合你。不是什么贵重东西，就当戴着玩玩。"

顿了顿，他又道："姜迎，今天晚上的事情，你只要从这条街开始记忆。"

晚风吹拂，姜迎摸了摸耳坠，天地广阔，她的世界里好像只有眼前这个男人，再看不到其他。

他们并肩回到餐厅，姜迎喝了酒没法开车，喊了代驾，上车前云岘叮嘱她到家报个平安。

姜迎平静地挥手和他道别，平静地回到家，平静地给云岘发消息说到家了，平静地准备卸妆洗漱。

却在摘下耳坠的那一刻，再也抑制不住表情管理，嘴角疯狂上扬。

雀跃在心尖的躁动让姜迎急需一个人分享此刻的心情。

沈暄刚接起电话，就听到一串的“啊啊啊啊啊啊”。

“你啊什么呢，我要聋了！”沈暄边揉耳朵边控诉。

姜迎语调激昂道：“沈暄，春天到了！”

电话那头的人沉默几秒，问：“你是不是喝酒了？”

“喝了一点儿，但还好，没醉。”姜迎抬手摸了摸滚烫的脸颊。

“那你装什么喜鹊给我报春？”

“不是，我是说，”姜迎发出一阵呵呵呵的傻笑声，“我的春天到了。”

沈暄立马会意：“哟，有情况了？谁啊？”

姜迎翻了个身：“就是我和你说过的，楼下咖啡馆老板。”

沈暄催促她：“快展开说说！他都干什么了？”

姜迎抓着手机，正欲开口却又止住，她今天和符晨起冲突的事情还是不能说。

想了一下，她直接跳过前面的情节，从长街开始回忆。

姜迎一边分享，一边在脑海里快速闪回那些画面，悸动又浮上心头，她咧着嘴：“我今晚好几次都想停下来掐自己人中，真的要晕过去了。”

沈暄嗑着瓜子，忍不住感叹：“这也太甜了吧！”

“我本来已经打算放弃了，都在他面前彻底暴露本性了。”姜迎的声音低下去。

“但是沈暄，我真的好喜欢他哦。”

春天到了，山樱盛开，沉寂了一个冬天的昆虫王族卷土重来，小区里的猫儿不分昼夜懒懒地叫唤。

暧昧和悸动在这个季节疯狂生长。

与她的柔肠百转不同，手机里沈暄直爽道：“喜欢就去追呗。”

“可是我……”

不敢啊。

她正想让闺密出出招，就听对方腻腻歪歪说道：“我老公回来了，不说了哦。祝你和你的‘湘琴’早日一吻定情。”

姜迎还没来得及再说什么，对方已经挂了电话。

“无语。”她翻了个白眼，愤愤然在心里记了这已婚女人一笔。

姜迎的生日在植树节，又姓姜，所以得了个“姜植树”的花名。

湘琴？

和云岘的形象也太违和了。

姜迎打开微信，找出云岘的聊天框，点开设置，给他改了一个新备注。

改完，她自己又反复欣赏，苹果肌笑到酸痛。

记忆不能清除，也无法消失。

但以后回想起这一晚，她不会记得餐厅里和符晨的那一幕闹剧。

她只会记得热闹长街和樱桃耳坠。

云岘站在餐厅门口的时候，终于想起他忘记了什么。在通知列表里找到微信栏，匆匆扫了一眼，全是李至诚发来的，赶紧拨了个电话过去。

“喂。”

李至诚立马接道：“绑匪吗？撕票吧，我不赎人。”

云岘的声音透着笑意：“你还在餐厅吗？”

李至诚反问：“你还在地球吗？”

云岘自知有错，诚恳道歉：“我突然有点事先走了，忘记和你说一声，不好意思啊。”

“滚吧，臭男人。”李至诚骂完，又小声问道，“你在哪儿，要不要我去接你？”

云岘笑起来：“不用了，我自己回去。”

回到家，李至诚正坐在客厅打游戏，云岘从冰箱里拿了两瓶啤酒，扔给他一瓶。

李至诚操控着手柄，问他：“突然出了什么事啊？”

云岘拉开拉环，喝了一口冰啤酒，面不改色地扯谎：“苏丞请了个假，我去店里打烊。”

“这你都能忘了和我说？”李至诚拿起个抱枕就朝云岘砸。

云岘稳稳接住：“年纪大了，记性不好。”

李至诚哼了一声，说道：“不过你今天错过好戏了，我后来听说大厅里有一男一女打起来了。”

云岘心不在焉地嗯了一声，靠在沙发上给姜迎回消息。

落日橙：“我到家啦。”

见山：“嗯，早点休息。”

李至诚说：“好像还是男的被揍，狠狠挨了一巴掌，啧啧，估计是出轨被抓。活着不好吗，惹什么女人。”

云岘脑子里闪过餐厅里的那一幕，姜迎落掌的时候没有一丝犹豫，快、准、狠。

他拍了拍李至诚的肩，语重心长地叮嘱道：“以后对你员工好一点儿。”

周末，晴空万里，暖风吹过窗边的藤萝。

姜迎抱着笔记本电脑推开云边的玻璃门，一进门就看见云岘抱着手臂站在一面白墙前，一动不动，仿佛在面壁思过。

她走到前台，小声问赵新柔："他这是怎么了？"

赵新柔解释道："昨天店里有几个小朋友调皮，往那墙上踩了几脚，老板在盯着那脚印看呢。"

姜迎不解："脚印有什么好看的？"

赵新柔耸了耸肩："谁知道呢。"

人似乎总爱跟自己过不去，越看不顺眼的东西就越管不住自己的眼睛想往那儿瞟。

云岘今日路过那面墙四五次，明知道白墙上的脚印会让他心里不舒坦，像被人捏皱，再铺不平的白纸，视线却还是不由自主地跟过去。

每看一次，他就会皱着眉叹声气。

姜迎实在看不下去了，问他："要不要拿颜料覆盖一层？"

云岘摇摇头："还是会脏。"

姜迎看向那白墙，远看那小小的脚印其实根本不显眼，于是她意识到什么，含笑问："云岘，你是处女座吧？"

云岘："……"

沉默代替回答，姜迎满脸写着"我就知道"。

她打量了那面墙一眼，位于楼梯口，上面挂着一排装饰相框。常有小朋友在楼梯上跑上跑下，所以那面墙才格外容易脏。

姜迎提议道："要不试试墙绘？那面墙还挺适合的。"

云岘的目光从墙移到她身上，认可地点头："可以啊，好想法。"

"画个夜景吧。"姜迎坐在高脚凳上，伸出手比量，"这儿画夜空，月亮在右边，这里画一个咖啡馆的轮廓，旁边一棵大树。你觉得呢？”

云岘看着白墙，在脑海中想象姜迎所说的画面：“好，我现在就来找人。”

看他要拿出手机，姜迎制止住，拍了拍自己的胸脯，骄傲道：“不用麻烦，有我啊，我可是专业出身的。”

她从椅子上起身，走到那面墙前：“我大学的时候画过学校的墙绘，不难，几个小时就能搞定。”

云岘也没客气，问她：“那你什么时候能给我画？”

“就今天吧，正好周末我不上班。”姜迎偏头看向云岘，话里带着笑意，“也怕再不抓紧，我们处女座云老板就要抓狂了。”

当天晚上云边咖啡馆打烊后，云岘和姜迎留下来开了个夜工。

姜迎先制订好一个草稿，大片的铺色云岘来，姜迎负责勾勒细节。

即使穿着灰色围裙，没一会儿身上和衣服上还是沾到了颜料。

姜迎边捧着调色盘画画边不忘调侃云岘：“你身上也脏了，能忍吗？”

云岘无奈地看了她一眼，语气严肃地为自己辩解：“我没有洁癖，也没有强迫症，我只是不喜欢看到白色东西上的污点而已。”

姜迎赶紧哄着他：“好好好，我知道了，我懂我懂。”

他俩专注在绘画上，等进度快过半，云岘起身，甩了甩有些酸的手臂，问姜迎：“渴不渴？”

刚刚不觉得，这会儿问起来姜迎才发觉喉咙干涩，说：“给我拿杯水吧。”

云岘回了前台，倒了一杯水，拿了一根吸管插着，走到姜迎身边递给她。

姜迎两只手都拿着东西，低头凑过去，咬着吸管一口气喝了半杯水。

看她豪饮的样子，云岘笑了笑："要是累了今天就画到这儿吧。"

姜迎摆摆手："马上就结束了，我不累，半成品放在这儿也不好看。"

一直在工作，姜迎出了汗，觉得有些闷热，长发被汗沾湿黏腻在脖子上，很不舒服。

画完咖啡馆的轮廓，她从伸缩梯上下来，放下手中的调色盘和画笔，取下手腕上的发圈给自己随意绑了个马尾。

姜迎今天穿着一件方领的白色上衣，长发被握成一簇束起，露出她流畅的肩颈线条。

云岘看见她左肩的文身上——好像是一颗星球和红色玫瑰。

姜迎喝着水，站远了打量自己的作品，问云岘："这就是大概的样子了，还差点细节，你觉得怎么样？"

原本单调的白墙变得斑斓，墨色夜空悬一轮明月，星星散落四周，咖啡馆亮着暖黄色灯光，树下站着一个男人。

云岘指了指那个男人的背影："他身边再画个人吧，看上去好孤独。"

姜迎点了点头："好。"

夜深了，等姜迎画完最后一笔的时候，窗外月光皎皎，万籁俱寂。

她伸了个懒腰，长长舒了口气："画完啦！"

云岘把水拿给她喝："辛苦了。"

姜迎揉着酸痛的肩膀，在云岘的笑里又消退了满身疲惫，再辛苦都是值得的。

他们并肩站着，和墙上的一双人影重合。

“现在就不孤独了吧。”

“嗯，不孤独了。”

云岘送完姜迎回到家的时候，已经快夜里两点多了。他简单洗漱完，从冰箱里拿了两瓶啤酒推开李至诚的房门。

键盘和鼠标发出噼里啪啦的响声，李至诚戴着耳机，盘着腿坐在椅子上，正全神贯注在游戏里。

云岘在床沿坐下，把一瓶啤酒放在他手边，问：“什么时候打完？”

李至诚双手忙着，掀眼看他一眼，又快速回到屏幕上：“等等啊等等——啊，不是让你等等，你给我上啊！”

云岘有时候特别羡慕这二愣子，他半夜不睡觉只可能是在打游戏或看球赛，玩累了看困了就倒头睡下，一觉到天亮，睡眠质量好得出奇。

李至诚情绪激动地与游戏里的队友交流：“你能不能注意点儿大哥？老子来玩枪又不给你当‘奶妈’，我这十几分钟别的没干全用来扶你了。”

云岘皱眉，露出一个嫌弃的表情：“你今天火气这么大干什么？周以又怎么你了？”

他不提还好，一提李至诚又闹心了，又叭叭叭地胡乱骂了一通。

李至诚的纯粹发泄式战斗很快就结束，他摘下耳机，疲惫地叹了口气，拿起桌上的啤酒拉开拉环灌了一口，问云岘：“什么事啊？大半夜的。”

云岘小口抿着酒：“我妈又给我打电话了，让我回去。”

李至诚从电脑旁的零食盒子里找出两包牛肉干，扔给云岘一包："那你怎么想的？"

云岘说："我当然不乐意了，但凡能多忍一天，也不至于刚升职就辞职。"

李至诚嚼着牛肉干，点了点头："嗯，是，放着这么好的工作不要，我是你妈我也骂你。"

云岘白他一眼，继续说下去："我以前觉得我来溪城是为了逃避，等有一天我也厌烦了这里我就走了。但是这两天……我突然就想留在这里也挺好的。"

"遇见喜欢的人了？"

云岘抬眸看向李至诚，表情复杂。

"我猜对了？"

云岘沉默以对。

李至诚的一针见血打蒙了云岘，大概是认识的时间太久了，李至诚总是被他喊作二愣子，他忘了面前这个人聪明又敏锐，并且最了解自己。

无论是身边的好友还是以前的老师，都说云岘要比李至诚稳重很多，但其实云岘心里明白，反倒是李至诚比他成熟，比他更通人情世故。

他这两天心里乱着，各种事情堵在一起找不到个豁口发泄，这才大晚上来找好友聊聊。

"差不多吧。但你知道的，说好听点，我来溪城是想换种生活方式，但其实我就是来治病的。我自己的人生都还没过明白，这种时候去谈这些，不合适。"

"那哪种时候合适？"李至诚看着云岘，啧啧叹着摇了摇头，"你把这事儿想得太复杂了。难道只有那些功成名就生活如意的人才谈情说爱吗？可遇不可求你懂吗？人海茫茫里挑出一个顺眼的就不容易了，你顾虑总是这么多，小心错过良人。”

李至诚正经完，又凑近云岘露出一个不怀好意的笑容，八卦道：“那姑娘漂不漂亮？哪家的啊？你喜欢人家什么啊？”

云岘往后躲了躲，移开视线，抬起酒瓶喝了一口。

李至诚兴致来了，喋喋不休道：“我说实在的，你要真想把人生过个明白，就得谈场恋爱。你知道吗？在一个女人身上你能学到的东西无穷无尽……”

云岘揉揉眉骨，觉得头疼，起身道：“走了，你早点睡。”

“哎，等等。”李至诚叫住他，“我话还没说完呢。”

云岘没理李至诚，挥了挥手，迈步回房。

回了自己房间，云岘躺上床，揉了揉酸涩的眼睛却生不出困意。

黑色厚重窗帘阻挡了所有光亮，屋子里漆黑一片。

深夜的寂静在某种程度上能给他一种安抚，他讨厌失眠，却又矛盾地喜欢凌晨时分。

云岘闭上眼，打开歌单，从淅淅沥沥的雨声到海浪拍打礁石，脑袋里回想起刚刚李至诚说的话，心里又变得烦躁。

他睁开眼睛，摸到手机解锁屏幕，无聊地翻着朋友圈，看到姜迎分享了自家阳台种植的月季花，他停下滑动的手指点了个赞。

往下翻翻没什么有趣内容，云岘刚想退出微信，却发现一分钟前姜迎发来了消息。

落日橙：“还没睡？”

见山：“嗯，有点失眠，睡不着。”

刚发完这行字，页面上就跳出一个语音通话。

云岘点击接受，把手机放在耳边。

“我给你读英语吧。”姜迎说，“我读英语特别催眠，上学那会儿每次早读课读英语都能给我同桌读困，也算个超能力吧。”

她的声音贴着耳边响起，云岘笑了笑：“行啊，你读。”

姜迎那儿发出窸窣声，好像是起身在找什么，她问：“你想听什么？”

云岘想起她左肩的文身，说：“《小王子》吧，有吗？”

“有。”姜迎打开蓝色封面的纸书，页面摩挲发出轻微响声，模仿助眠视频里的主播，用近乎耳语的声音说，“你现在躺好，换个舒服的姿势，闭上眼睛，把手机放在耳边。”

云岘听话地照做，懒懒地嗯了一声。

姜迎放轻了声音，语速平缓道：“Once when I was six years old， I saw a magnificent picture in a book， called *True Stories from Nature*， about the primeval forest.It was a picture of a boa constrictor in the act of swallowing an animal（在我六岁那年，我在一本书中看到了一幅精美的图画，那是一本关于原始森林的书，书名叫《自然界的真实故事》。这幅图展现的是一条大蟒蛇正在吞并一只野兽，这是这幅图的摹本）……”

是标准的美式腔，云岘在她平和温柔的声音里放松了神经。

也许是真的累了，也许是难得不想着其他烦心事，也许是姜迎的超能力生效了，云岘生出困意，意识逐渐空白。

“云岘？”

他好像听见有人在叫他，迷迷糊糊地嗯了一声。

电话那头，姜迎轻轻道了句“晚安”。

云岘不记得自己的“晚安”有没有说出口。

难得一夜好眠没有中途惊醒，等到再次睁开眼，云岘拿起掉落在枕边的手机起身下床，先拉开了窗帘。

阳光洒进来，他眯起眼睛适应光亮。

4月天，楼下的海棠开了，暖阳透过枝叶的缝隙落下斑驳光影，鸟啾啾叫了两声。

他鲜能清醒后如此精神，心情愉悦地伸了个懒腰。

李至诚说得没错，珍贵的东西总是可遇不可求，就像他路过那间废弃厂房，决定在这里开一家咖啡馆，就像那个初春的雨夜，姜迎推开玻璃门走到他的眼前。

父母从小告诉他，人要学会权衡利弊，学会选择和舍弃。

他曾经认真权衡，做出舍弃，可是他们又说——你这是胡闹，你是不是疯了？

他没有胡闹，也不会后悔。

辞去高薪的工作不是，离开生活三十年的北京不是。

比起曾经的浑噩度日，他现在过得很好。

不用每晚睁着眼睛盯着天花板，厌弃自己的一切和这索然无味的生活。

这一刻云岘望着窗外的寻常风景，突然觉得心房酸胀，像是春日的新芽破土而出——他从来没有这么期待过新的一天来临。

5月上旬，《小世界》就要更新主线剧情，至诚工作室的员工们整日忙碌，还要随时随地提防最近脾气更加古怪莫测的老板。

连轴转了小半个月，直到五一假期来临姜迎才得以好好休息。

换作以前的小长假，姜迎一般都是和沈暄满世界地跑，想去哪个城市就去哪个城市。但今年年初沈暄被查出怀孕了，乘风破浪的计划只能暂时搁置。

在家也挺好，姜迎打算利用劳动节好好弥补缺失的睡眠。

谁承想假期第一天的清早她就被一通电话吵醒。

“喂。”姜迎凭着感觉摸到手机，眼睛还闭着，半梦半醒道，“谁啊？”

“姐！救命啊！”

“媛媛？”听到堂妹的声音，姜迎瞬间清醒，以为她是惹了事，腾地坐起身，“怎么了啊？”

电话里姜媛媛和姜迎抱怨道：“我被小模特放鸽子了！现在啥都准备好了，她告诉我说她来不了了。”

姜迎一听又软了身子倒下，扯过被子裹住自己：“那你找我干吗？”

“姐。”姜媛媛央求地叫了一声，“你救救我，来给我当一天模特呗？”

“我？我不行。”姜迎的声音越来越含糊，像是随时能再次睡过去。

“你就帮帮我嘛！就拍两张宣传图，很简单的，帮帮人家啦！”姜媛媛捏着嗓子，撒娇道。

姜迎不为所动：“我要睡觉。”

“睡个屁啊，你妹我屁股着火啦！”姜媛媛软招使了不管用，就要来硬的了，“姜迎，你帮不帮我，你不帮我我就告诉大伯你经常去酒吧。”

姜迎深吸一口气：“你威胁我？”

"救命的呀姐姐，摄影师到了，男模特也到了，五一本来就忙我就约了人家今天，你不来帮我真的要完蛋了。"

电话那头的人沉默了，姜媛媛知道她姐要妥协了，趁热打铁拿出撒手锏："今天的模特小哥巨帅，你不来后悔死你。"

姜迎："来接我……"

"我爱你！"

姜迎挂了电话，揉了揉头发试图让自己清醒过来，不情不愿地洗漱换完衣服。她刚抹好防晒，姜媛媛就风风火火地到了。

车上，姜媛媛先给了她一个热情的熊抱，待看清她素面朝天的样子，又嫌弃地推开："你怎么妆都没化？"

姜迎翻了个白眼："那我也得来得及啊。"

眉眼在那儿，她素颜并不丑，就是差点气色，加上之前连续加班熬出来的黑眼圈，现在更显得憔悴。

姜媛媛从自己的包里掏出化妆包，不由分说就往姜迎脸上拍打涂抹。

"幸好今天拍JK，化个淡妆就行。"姜媛媛边给姜迎描眉毛边说。

姜迎困意未散，闭着眼补觉，以至于她并没有在意姜媛媛说了什么，敷衍地嗯了一声。

五一外出游玩的车辆多，路况差，司机师傅慢慢地往前挪，十分钟过去了还在一条街上。

姜媛媛等得心焦，姜迎却恨不得就这么堵着，她好多睡一会儿。

等姜媛媛把姜迎叫醒，姜迎已经做完一个短暂的梦，一脸迷糊惺忪。

她想揉眼睛，被姜媛媛阻止："别把眼妆蹭花了，我包里有薄荷糖，你含一颗提提神。”

“哦。”姜迎剥了一颗薄荷糖塞进嘴里，觉得四周的环境有些眼熟。

她下车，看见姜媛媛从车后备厢里拿出今天拍摄要用到的衣服——白色衬衫、蝴蝶结领花、五颜六色的格子短裙。

姜迎察觉到不妙，睁圆眼睛，指着那堆衣服问：“今天要拍这个？”

“对啊。最近JK很流行，怎么样，是不是特别青春洋溢？”姜媛媛说着晃了晃手里的裙子，满脸期待。

姜迎只觉被那花花绿绿晃晕了眼，大脑宕机。

姜媛媛的网店刚开业时请不起模特，会找堂姐姜迎帮忙拍摄。

之前上架的女装或温柔或甜美，姜迎都能撑得住。

但这学生服，显然不在她能招架的范围之中，再怎么说也二十好几了。

突地，薄荷的清凉味直冲天灵盖，姜迎猛然惊醒，回身望去。

精致温馨的小屋，店里熟悉的装潢，以及门边白墙上挂着的logo，蓝色云纹打底，秀气潇洒的两个白色大字——“云边”。

第四章·春光明媚

『要是娶个溪城姑娘或许就得留下来了吧。』

如果时光倒退到一个小时前，姜迎就算被她爸打断一条腿，也不会受姜媛媛威胁同意帮这个忙。

自从上次给云岘画完墙绘，她有段时间没来了。平时在公司图方便就泡杯速溶的，还怪想念云边那台价值昂贵的咖啡机。

但想念是一回事，在云岘面前扮纯情学生妹又是另一回事。

疯了，真要疯了。

姜迎被姜媛媛拖着不情不愿地进去，一路以手掩面，她飞快瞟了一眼前台，只看见赵新柔在忙碌，苏丞应该在后厨。

没看见云岘，姜迎心里暗自松了一口气。

她扯了扯姜媛媛，做最后的挣扎："人家还要做生意呢，在这儿拍不好吧？我们换个地方，去公园怎么样？"

"我和老板沟通过了，人家同意拍摄的，而且早上没什么客人。"姜媛媛把裙子和衣服塞姜迎怀里，把人推进洗手间，"快去换，快去换。"

既然逃不掉，索性速战速决，早点拍完早点溜。

只要不在熟人面前，姜迎这人其实不怕羞，有次和沈暄在海岛上，有演员扮成土著民拉她俩跳舞她都能大大方方玩起来。

换好衣服，姜迎抻了抻衣领，把领花摆正，推开了洗手间的门。

她飞快地进入角色，十分少女地转了个圈，甩甩头发问姜媛媛："怎么样？"

虽然和平时的风格出入很大，但她穿上齐膝的百褶格裙竟意外合适，年轻姣好，昭昭元气。

姜媛媛左看看右看看，满意地点头：“姐，你保养得真好，一点都看不出来你 25 岁了。”

姜迎的嘴角瞬间放平：“你还是别说话了。”

和她合拍的男模特穿着同色的格子裤和白衬衫，瘦高个，长相清秀，年龄大约二十出头，是来兼职赚外快的大学生。

姜媛媛给姜迎绑了个高马尾，将蝴蝶结别在她的头发上：“姐，等会儿自信一点儿，你要相信你就是今天全溪城最嫩的女人！”

姜迎皱起眉，低声警告她：“给我闭嘴。”

摄影师挑了一个光线好的座位，点了两杯饮料和蛋糕做桌面的摆饰。

“等会儿呢，两位可以有一些小互动，不用太亲密，有点羞涩的校园恋爱的感觉。”摄影师比画着为他俩耐心讲解。

姜迎不时地点点头，视线偶尔落在对面的模特小哥上，心里偷偷感叹现在的孩子真会长，她上大学那会儿怎么就没遇见这样的帅哥呢。

“姜迎姐，原来是你要拍摄啊！”赵新柔端着餐盘来到他们桌边，面露惊喜。

姜迎挠挠头发，讪讪地笑，指了指姜媛媛说：“这是我妹妹，来帮她拍照的。”

赵新柔点点头，夸赞道：“你今天好可爱。”

姜迎不好意思地笑了笑：“装嫩、装嫩。”

正式开拍，摄影师摆好桌上的装饰，根据光线调好设备：“两位低头……男孩子看女孩子……对视。”

模特小哥似乎很有经验，也很敬业，几个动作做得十分自然，表情也恰到好处。

对方的自如让姜迎也渐渐放松下来进入状态。

这一组的场景就是他们面对面坐在咖啡馆里，没什么难度。

又给衣服拍了几张特写，姜媛媛让她去换下一套。

而另一边的前台，赵新柔把后厨里的苏丞喊了出来，两个人凑在一起跟看戏似的围观他们拍摄。

赵新柔擦着杯子，感叹道："姜迎姐今天好漂亮好少女哦。"

苏丞拿了一盘边角料水果，边吃边说："老板怎么偏偏今天不在呢。"

赵新柔停下手里的动作向苏丞看去，两人交换了一个眼神，心领神会。

——"你也看出来他们俩有问题？"

——"我还以为是我想多了呢！"

嗑 CP 之心熊熊燃烧。

"我观察很久了。"赵新柔小声说，"只要老板在，姜迎姐就留在店里；只要他不在，她要么外带要么坐下玩会儿手机就走了。"

苏丞也从记忆里搜寻蛛丝马迹："还有那天下午，老板放了一块芝士蛋糕在后厨冰箱。有个客人点了，我刚要去拿，他直接说已经卖完了。后来姜迎姐来了我才知道他是给人家留的。"

一顿情报分享完，两个人击掌为盟达成共识——这两人必有"奸情"！

赵新柔琢磨了一会儿，问苏丞："你说咱要不要告诉老板姜迎姐在这儿？"

苏丞往那儿看了一眼，好家伙，都喂上蛋糕了。

"说！换我我肯定忍不了。"

当机立断，赵新柔拿出手机偷拍了几张远处的拍摄现场发在工作群里。

赵新柔："老板，姜迎姐在店里拍照呢，好像是给她妹妹拍网店的宣传图。"

苏丞："那男模特给她擦嘴了。"

赵新柔："好甜啊！姜迎姐笑得好开心！"

苏丞："不错，我看他俩挺般配的。"

……

两人一唱一和添油加醋转播战况，一连刷了几十条，越说越来劲。

突地，沉默许久的云岘终于出现。

云岘："店里很闲？没事干了？"

群里霎时寂静无声。

老板平时太和善，他们都忘记自己的薪水命脉掌握在谁手中。

苏丞回后厨继续制作蛋糕，赵新柔拿起杯子仔细擦拭。

一瞬间店里又回到平常的状态。

"云岘？别玩手机了，看着你的竿，我刚刚好像看见它动了。"李至诚跷着二郎腿坐在折叠椅上，一副悠闲大爷姿态。

云岘收了手机，确定了一下自己的鱼竿，水下并无动静，他重新坐下，望向湖那头的远山。

平静的心思被搅得一团糟，刚刚还气定神闲，现在突然变得坐立难安。

今天一大早他就被李至诚拉着来山里钓鱼，到现在已经坐了两个多小时。

云岘干咳了一声，开口道："我看差不多了，就到这儿吧。"

李至诚摘下墨镜，表示质疑："你一条我一条，这就够了？"

"今天店里忙，我这个老板游手好闲说不过去，你不尽兴就自己再钓会儿。"云岘起身收竿。

李至诚一个人也懒得在这郊外陶冶情操："行吧，那今天就到这儿吧，过两天去烧烤不？"

"再说吧。"

李至诚把鱼拎回去，春暖水涨，湖里的鱼正肥美，虽然只有两条，但个头都挺大。他在水边洗了把手，问云岘："留下吃午饭再走吧，钓了一早上呢，不尝尝？"

"不了，帮我和叔叔阿姨说一声，走了。"云岘挥了挥手，拿了钥匙上车。

从山庄回城里要近一个小时，云岘提了车速，到云边门口时刚好过去40分钟。

缕缕灿阳透过云层，春花招展，麻雀栖于屋檐，年轻人的笑声融进暖风里。

姜迎无意中望向窗外，恰好看见男人踏着一地落花而来。

他穿着白色T恤，外面罩了一件衬衫，浅蓝色牛仔裤和白色板鞋，很清爽的打扮，好看得让人移不开眼。

昨夜下过雨，春风吹落一地粉白花瓣，像是为他铺了一条鲜花簇拥的路。

察觉到什么，云岘突然停下脚步向玻璃窗望去。

对视的那一秒，姜迎只觉心神一荡，春风灌了满怀。

他微微翘起嘴角，朝她点了点头，又移开目光重新迈步向前走去。

“姐？姐？”姜媛媛喊。

“啊？”姜迎回过神。

姜媛媛问：“你看什么呢？”

“没什么。”

门上的铃铛响起，姜迎听到前台那儿赵新柔说了一句：“老板回来啦！”

摄影师在为拍摄讲解，她却心不在焉只听到几个字。

下一组是外景，模特们要站在树下互动。

“你俩怎么站这么远，靠近一点儿。”摄影师半蹲在地，举着相机指挥两位模特。

姜媛媛在旁边看着，问姜迎：“姐，你是不是害羞啦？”

姜迎提高声音反问：“我害羞什么？”说完她就往模特小哥旁边跨了一步，两人肩挨着肩。

摄影师满意点头：“很好，就这样。”

姜迎咽了咽口水，没来由地感到心虚。她朝云岘那个方向看了一眼，却发现对方也在看她，还是隔着那扇玻璃，一个在屋里一个在屋外。

她瞬间被钉在原地，四肢僵硬。

模特小哥蹲下身，从地上挑了一朵干净完整的花别在姜迎耳后。

摄影师摁下快门抓拍到这一幕：“不错。来，你们两个面对我，牵一下手。”

姜迎移开目光，总觉得云岘的视线还落在自己身上，她突然变得束手束脚，完全不知道下一步该干什么。

太奇怪了，像当着面和别人偷情。

这个想法诞生在脑海里，姜迎忍不住唾弃自己——偷什么情！呸呸呸！你怕什么！扭扭捏捏什么！

她继续给自己洗脑：今天是劳动节！所谓干一行爱一行！你要敬业、敬业！

姜迎心一横，抬起胳膊牵上小哥的手。

“好，来，看一下对方，笑一笑。”

快门声连续响起，像是在提醒她这只是工作。

“好了！辛苦两位了！”摄影师确认最后一张照片无误，宣布今天的拍摄结束。

“谢谢大家，辛苦辛苦。”姜媛媛给他们递上矿泉水。

姜迎打开盖子灌了一口下去，脸都晒红了，额头上也冒了层细汗。

模特小哥和摄影师收拾了东西先行离开，姜迎和姜媛媛姐妹俩留下整理衣服和道具。

姜迎换回来时穿的那套衣服，T 恤、牛仔裤和帆布鞋，瞬间觉得自在不少。

想来还是要打个招呼，姜迎让姜媛媛先去车上等着。

“结束了？”云岘站在操作台后，正在挽衬衫袖子。

“嗯。”姜迎点点头。

云岘笑了笑，揶揄她：“我还不知道你有这种副业呢。”

“没有、没有。”姜迎连忙摆摆手，“就是被我妹拉来做苦力，不是副业。”

“挺好看的。”云岘舀了一勺冰块到塑料杯里，倒了半杯牛奶。

姜迎只当他是客套，胡乱接了一句：“哦，你喜欢制服啊？”

云岘正用茶筅搅着抹茶，闻言动作一顿，抬起头不解地看向姜迎。

“我是说……清纯可爱的，你喜欢清纯可爱的？”

云岘挑了挑眉，将搅拌好的抹茶倒进杯子里，深绿与奶白相融，形成一杯清新香甜的抹茶拿铁。

“我就是觉得你穿还挺好看的，看起来像还在上学。”盖好盖子，云岘用毛巾擦了擦杯身，拿了一根吸管递给姜迎，“拿着喝吧，看你好像渴了。”

姜迎接过那杯饮料，脸颊上的红加深了一个度。

云岘双手撑在桌沿，看着店外他们刚刚站过的地方，突然问：“鼋头渚的樱花是不是很漂亮？”

春日樱花季，鼋头渚繁花十里，绚烂如天边云霞，是享誉全国的好风景，吸引无数游客。

姜迎点点头：“是啊，但都5月了，马上要谢了吧。你想去啊？”

云岘收回视线，对上姜迎的目光：“嗯，想去。要不赶个末班车，带我去看看？”

姜迎没有理由拒绝。

五一假期的第二天，姜迎吃了昨天的教训，为能够满足一觉睡到自然醒的小小愿望，她把手机设置成静音模式。

万万没想到，她躲过了电话却躲不过早上八点的门铃声。

对方按得很有水平，似乎是料到她不会立马就开，很有节奏地间隔一段时间再摁一遍，每个间隔时间都正好掐在她“醒过来”和“即将睡去”的节点上。

被这么折磨了快五分钟，姜迎实在赖不下去，眯着眼跌跌撞撞走到门口：“谁啊？”

“美团外卖。”门外响起一道慵懒的女声。

姜迎认出声音的主人，瞬间清醒，带着惊讶打开门：“你怎么来了？”

沈暄对着她笑了笑，拎起地上的两大包东西进屋：“来找你玩啊。”

姜迎关上门，走到卫生间洗漱，边挤牙膏边问沈暄：“坐高铁来的？”

“老周开车送的，一直到门口呢。”沈暄把袋子里的东西取出，都是给姜迎带的。

小杨生煎、网红青团、蛋黄酥、猪扒包和排骨年糕，满满两大袋子，不知道的还以为她是申城小吃代购。

姜迎露出一个幸灾乐祸的笑：“你俩吵架啦？”

“吵个屁，他现在敢惹我生气吗？”沈暄摸了摸微微隆起的小腹，“他今天下午要去羊城出差，家里没人我无聊。”

姜迎洗好脸，屁颠屁颠走到茶几边，东瞧瞧西看看，惊喜地指着生煎包道：“我馋这个好久了！”

沈暄起身，把盒子里的生煎放进微波炉里叮了两分钟，问她：“五一没约‘湘琴’出去玩？”

姜迎反应了两秒才意识到沈暄说的是云岘：“约了去鼋头渚，不过不是五一，五一人太多，我俩打算下个周末去。”

沈暄说：“那会儿花都谢了吧？”

姜迎不以为意：“难道还真去看花吗？”

沈暄领会她话里的意思，捶了一下她的肩：“你可以啊，‘姜植树’！”

姜迎叼着一个生煎包，嘚瑟地向她眨了眨眼。

吃完早饭，沈暄拉着姜迎要去逛街。

她前三个月的时候胎儿情况不太好，一直待在家里没敢出门，等现在情况稳定了，她就闲不住，总想出去走走。

换衣服的时候，姜迎习惯性地拿出白 T 恤和牛仔裤。

沈暄啧了一声，问她："你就穿这个？"

姜迎看了看手里的衣服："怎么了？又不出去浪。"

沈暄把姜迎手里的宽松 T 恤拿走，塞了件紫色一字肩上衣过去："穿漂亮点，你总不想输给孩子妈我吧。"

姜迎眯起眼上下打量沈暄。

沈暄无论在何种时候都是精致又漂亮的样子。从前她的发色隔一段时间就会换一种颜色，从亚麻青到葡萄紫，画画的时候会用根黑色发圈随意地扎个丸子头。

一看就是个艺术家！姜迎总是这样评价沈暄。

现在这位怀有四个月身孕的准妈妈，一头深棕色中长发，除了微微隆起的小腹，身材依旧苗条如少女，吊带外披了件绿色薄针织外套，下半身是一条牛仔短裤，露出一双笔直纤细的腿。

因为觉得屋里闷热，沈暄把衣袖往上卷了卷，布满手臂内侧的文身若隐若现，不知从手腕一直蔓延到何处。

简直是辣到不能再辣的妹。

姜迎若有所思地点点头，朝沈暄敬了个礼："向您看齐，戒掉粗糙，争做都市丽人。"

姜迎化妆的时候，沈暄边躺在床上和老公发微信边说："别人看咱俩，都说很多事情是我带坏你的。但其实我真冤枉，姜迎，你可比我敢多了。你就是天天装得贤良淑德。"

她们两个人，沈暄眉眼明艳，性格也洒脱恣意，美得张扬外露。而与她相反的姜迎看上去安静内敛，在人前总是保留着乖乖女的形象。

但其实吧，就像那天姜迎和云岘说的那样，人们看到的也许是真实的她，但绝对不是全部的她。

身在摩登城市，心在四方江湖，说的就是姜迎。

19 岁那一年跟着沈暄去酒吧玩，21 岁的时候在左肩文了一颗星球和一朵玫瑰。

前一刻在朋友圈吐槽老板假期还逮着她修改方案，资本家惨无人道，下一秒又在个人微博上兴致勃勃地写下小作文，记录她在凌晨三点的海边偶遇某位不知名歌手，收获一场沙滩边上的月夜限定演唱会。

——“最廉价的场地和最稀少的听众，啤酒的麦芽味混着咸湿海风，我听着或快或慢的音乐，突然感谢前一晚上脑子抽风，用十分钟买下机票订好酒店逃来鹭岛的自己。”

姜迎只是个普普通通的女孩子，但她又是活在世俗里的浪漫至上者，即使成年人的世界总是遍布鸡零狗碎，生活工作无聊无趣，她也得往自己那本书上绘出几笔或许突兀，但色彩斑斓的线条。

姜迎挑了一支眼线笔，凑近镜子微抬下巴，说：“好想出去旅游啊，咱都好久没出去玩过了。”

沈暄摸着肚子，失落道：“我也是呀，但怕是没有机会了。”

“为什么没有机会了？”

“孩子妈是没有自由的。”

姜迎透过镜子去看沈暄，又好像恍惚间透过那层玻璃看见了八年前的她们。

初相识的时候，她们有着相似的孤独，格格不入地游离在人群之外。

好像也就是因为这样成为朋友的。

姜迎涂好口红，完成整个妆容，她拿起桌上的香水喷在手腕——罗意威的事后清晨，缠绵之时，破晓之后，充满欲望又温柔浪漫的气味。

她微笑着起身，面容明艳如春光："但你永远是沈暄哪，你的名字不是谁谁谁的妻子也不是谁谁谁的妈。"

这话是沈暄曾经告诉她的。

在每一次她自我怀疑和自卑颓丧的时候，沈暄不会说什么鼓励的话，从来只有这一句——"但你永远是姜迎。"

所以做自己就好，你是独一无二的存在。

现在姜迎把这句话送还给沈暄。

在为人妻为人母的同时，沈暄依然是沈暄，她永远可以拥有一个鲜活明亮的自我。

沈暄看着姜迎也笑了，也许是孕期情绪敏感，她吸了吸鼻子，眸光闪动，说："姜迎，我现在怎么有种吾家有女初长成的欣慰感呢。"

姜迎朝她嘻嘻一笑："咱明年去川西旅游吧，听说那里的星空可漂亮了。"

沈暄鼓掌欢呼："好欸！我要看康巴汉子！"

沈暄一共来过溪城两回，每次来都会去姜迎中学对面那条街上的馄饨店。

孕妇口味多变，这一次沈暄没吃两口就放下了勺子。

姜迎担心她，问她有没有其他什么想吃的。

沈暄托腮做思索状：“嗯……我想吃蛋糕。”

“蛋糕？旁边好像有面包店，我去买啊。”姜迎说着就要起身。

“欸，等等。”沈暄拉住她，意味深长地笑起来，“我是说，我想吃你家‘湘琴’店里的蛋糕。”

姜迎了然她的心思，重新坐下：“你就在这儿等着我呢？怪不得让我今天穿漂亮点。”

沈暄晃着姜迎的手：“走吧走吧，我可期待了呢。到底有多帅啊，被你吹成这样。”

姜迎想了想，形容道：“这么说吧，我每次去茶水间倒水，都能听到我们公司的姑娘讨论他今天穿了什么，都快成科技园红人了。”

沈暄听罢咂咂嘴，提醒她：“那你可得抓紧了，别被其他女人捷足先登了。”

“不会。”姜迎摇了摇头，“据我所知，我们公司楼下那个美女摄影师到现在连微信都没要到。”

沈暄微微眯起眼，问：“那你怎么要到的？”

姜迎美滋滋地喝了口汤，惬意地笑着答：“他主动给我的呀。”

丁零零——

“欢迎光临。”云岘正忙活着手里的拉花，头也没抬直接问，“想喝点什么？”

姜迎熟练地点单：“一杯拿铁，一杯青柠养乐多，再来一块芝士蛋糕。”

听到熟悉的声音，云岘抬起头，视线先在姜迎身上停了几秒，然后移向她旁边的那位女孩子。

“朋友？”他问姜迎。

“嗯。”姜迎挽住旁边的人，介绍道，“沈暄，住在申城，来找我玩的。”

云岘微笑着向沈暄点了点头，莫名觉得对方的眼神不太友好，准确地说是带了一种直白的审视和考察。

——像是在把关女婿的丈母娘。

想到这个比喻，云岘微不可见地勾了勾嘴角，嘲笑自己跳跃的思维能力。

开好单子，云岘把小票递过去：“找个位置坐吧，稍等。”

姜迎刚要往大堂走，沈暄就拉开吧台的椅子一屁股坐下。

“坐这儿？”姜迎问。

沈暄点头：“嗯，就坐这儿。”

“行吧。”姜迎也跟着坐下，取下挎在肩上的包。

和前台的距离太近，沈暄凑近姜迎压低声音说道：“可以啊，一表人才。”

姜迎挑了挑眉，仿佛是夸在了自己身上：“我的眼光能错吗？”

“多大了？”

“30岁。”

“本地人？”

“不，北京的，去年才来溪城。”

“家里人做什么的？”

“你调查户口呢？”

“我嫁‘女儿’我不得问仔细点。”

姜迎失笑：“我亲妈都没你操心。”

很快两杯饮料和蛋糕就被端在她们桌上，姜迎问云岘：“今天新柔不在啊？”

“嗯，我放了她假，和同学去玩了。”

“哦，这样啊。”

等云岘一走，沈暄就揶揄起她：“哟哟哟，对店里员工那么熟悉，不愧是要做未来老板娘的人啊。”

姜迎瞪沈暄一眼，咬牙警告：“别胡说。”

她俩坐着聊了一会儿天，从八卦秘闻扯到家长里短，许久不见倒是有说不完的话。

突然，沈暄一拍桌子，咋呼道：“你看我这记性，把这事儿给忘了。”

姜迎被她吓一跳，问：“什么事？”

沈暄低头在包里翻找：“一个意外之喜，不过不是你的喜啦。”

姜迎有种不好的预感：“什么意思？”

“恭喜你，红色炸弹。”沈暄从包里摸出一张请帖递到姜迎面前，又把自己的话否定，“不对，这种级别的得是导弹。”

姜迎接过那张请帖，刚要解开丝带就听沈暄缓缓启唇道：“陆廷洋把婚期提前了，这是请柬。”

姜迎猛地抬头，不自觉地提高声音：“他不是下半年才办婚礼吗？”

沈暄说：“他老婆怀孕了，要不然也不会把日子定在他生日吧，毕竟你俩也是他生日时在一起的。”

姜迎攥紧拳头，忍住自己想飙脏话的冲动。

沈暄偏还看热闹不嫌事大地说：“我怎么记得某人当时说届时一定到场，还要带着男朋友一起。”

姜迎小声为自己辩解：“我那不是想着事情还远，‘口嗨’一下嘛，谁让他分手的时候说我这种人不配谈恋爱的。”

沈暄摇摇头，评价她：“死要面子活受罪。”

“现在怎么办？不去，显得我㞞，一个人去，又打我脸。”姜迎捣着杯子里的澳白，漂亮的爱心拉花已经看不出原样。

沈暄清清嗓子，捋着头发说：“我也是这样想的，所以陆廷洋给我请帖的时候，我说好的，姜迎一定会带着男朋友到场的。”

姜迎听了这话只觉得好笑，有气无力地问：“我哪儿来男朋友？”

沈暄的声音轻飘飘地响起：“他问我你男朋友姓什么，我说，姓‘云’。”

姜迎瞪大眼睛，提起一口气，一脸“你在说什么”的表情。她大喘了一下，手忙脚乱地解开丝带打开喜帖，那撒着金色细闪的红纸上赫然写着“诚邀姜迎小姐”，以及一看就是后来才添上去的“和伴侣云先生”。

她心一咯噔，脱口而出五个字：“云你个鬼啊！”

效果可谓掷地有声，一屋子的人都朝她看了过来，包括云岘。

他们的目光对上，云岘拿手指了指自己，问：“我？”

姜迎赶忙摆手：“不是、不是。”

云岘点头，移开目光继续做咖啡。

姜迎扶着额头，咬牙切齿地对沈暄说：“我真是谢谢你。”

沈暄笑嘻嘻地回：“不客气。”

姜迎盯着手边的请柬，打开又合上，坦白道：“我承认如果他真能陪我去的话我一定能在陆廷洋面前狠狠扬眉吐气，可是我要怎么和人家开这个口啊？”

“这不简单？”话音刚落，就听到沈暄举起胳膊喊道，“湘，啊不对，云老板，姜迎有事找你。”

姜迎来不及捂她嘴，只在云岘闻声过来之前狠狠剜了她一眼。

“什么事？”云岘放下手中的杯子，在围裙上擦了擦手。

“就是……”姜迎脑子里一片空白，窘迫得抓耳挠腮，“那个，我……”

云岘露出微笑，十分善解人意道：“没关系，你说。”

姜迎绞着手指，硬着头皮问：“有个忙你能帮我一下吗？”

云岘问：“什么忙？”

姜迎心里乱着，提了口气脱口而出道：“你能做我男朋友吗？”

在姜迎和云岘眼瞪着眼彼此蒙圈的时候，沈暄出声打断：“姜迎，你说什么呢？”

姜迎回过神，意识到自己刚刚的胡言乱语，连忙补救道：“啊，是这样的，我有一个婚礼要去参加，所以……”

云岘反应过来，接着她的话问：“所以要找个走过场的男伴？”

姜迎一拍手：“对！”

店里来了新客人，云岘对姜迎说了句“稍等”，转身回了前台。

沈暄撑着下巴，视线在姜迎和云岘身上流转。她搅拌着杯子里的饮料，乳酸菌加了柠檬，是很合她孕期口味的清爽酸涩，也像极了此时两人之间的微妙气氛。

姜迎低着头，神色恹恹，瞪了沈暄一眼，怨道：“都是你，突然叫他干什么，我都没准备好，刚刚都说了些什么呀。”

沈暄笑了笑，端详着云岘：“你说‘湘琴’会答应吗？”

姜迎哼了一声：“谁吃饱了没事干才答应。”

沈暄的手机铃声响起，是她老公打来的：“我出去接个电话啊，老周查岗了。”

姜迎叮嘱她：“小心点，别走太远。”

另一边，云岘把后厨的苏丞叫出来守店，然后朝姜迎的方向给了一个眼神示意她往门边走。

姜迎点点头，拎起自己的包跟上他的步伐。

云岘带着她上了停在后院的车。

车厢狭窄私密，座位与座位横亘着隔断，也不用面对着面，缓解了他俩之间的尴尬。

姜迎不喜欢过浓的车载香水，也不喜欢皮革座椅的味道。云岘的车里没有这两种气味，只有极淡的一阵清甜柑橘香，像是从他身上散发出去的。

“是谁的婚礼？”云岘先开口问。

姜迎不想撒谎，但也没说实话：“我一个大学同学。”

“为什么要找个人陪你？”

姜迎抠着肩包带子，沉默了一会儿才说：“我……当时脑子一抽，说到时候我一定带着男朋友亲自祝福，结果人家现在把婚期提前了，我还没找到男朋友。那天是同学聚会，挺多人都在场的，估计都等着婚礼上看戏呢。”

云岘问：“所以想找个人帮你应付过去？”

姜迎点点头：“你是不是觉得我很幼稚，沈暄也骂我死要面子活受罪。”

云岘从杂物盒里摸出一个铁盒，放在手里开关盒盖。

心理学上说，这是有些焦虑烦躁的表现。

“那你为什么不直接推掉不去？”

姜迎还在想怎么回答，云岘又问：“是前任吧？”

他直白的揭穿让姜迎噌地红了脸：“对……”

车厢里陷入安静，只有铁盒一开一关的嗒嗒声。

许久，云岘才启唇淡淡说了句："行，我陪你去。"

姜迎偏头看向云岘，他的侧脸线条流畅，像是精雕细琢过的艺术品，锐利而显锋芒。其实他的五官也硬朗，只是平日里的气质太温和，所以显得亲和好相处。

如今不悦全摆在了脸上，像罩了层浓雾，突然生出距离感。

姜迎察觉到他的心情，开口道："你不用勉强的。"

"不是勉强。"云岘稍稍缓和了语气，"上次你帮我画了画，还没来得及好好谢谢你，就当礼尚往来，我帮你这个忙。"

"礼尚往来……"姜迎咀嚼着这四个字，若有所思地点了点头，"行，我知道了。"

姜迎下车后，在桃树底下看见了打完电话的沈暄。

沈暄看她反应不对，关切地问："怎么了？'湘琴'拒绝你了啊？"

姜迎摇头："没有，他说行，但我怎么觉得……"

她回想着刚刚车上云岘的神情和语气，努力找到一个形容词："他好像，生气了？"

沈暄将被风吹乱的头发捋到耳后，奇怪道："他生什么气？"

姜迎疑惑地歪着头："对啊，他生什么气啊？"

微风吹拂，春花从枝头摇晃着下坠，粉白的花瓣落在姜迎的肩上，覆盖了鲜红的玫瑰刺青。

沈暄替她取下花瓣，放进她的掌心，挽着她往街边走："别想这么多了，'湘琴'答应不就行了。走吧，别浪费大好春光。"

姜迎拉住沈暄控制她的速度："走慢点！"

车上，沈暄从后视镜里看向那栋温馨精致的咖啡小屋，问姜迎：

“你这次找‘湘琴’当假男朋友，那你什么时候让他转正啊？”

姜迎摇摇头：“我俩还没到那时候呢。”

沈暄失笑，拧了一把姜迎的胳膊：“哪时候？你还享受上暧昧期了是吧？”

姜迎痛呼一声：“那你说，什么时候？”

沈暄说：“这次去申城就是个好机会啊，你俩单独出行，还是假扮成情侣，你可得把握住了。”

姜迎想了想，点点头：“对啊，是好机会。那你说我要怎么表白啊？有没有点新颖浪漫的，这事我没经验啊。”

沈暄愣了一下，随即笑起来：“你是真的很喜欢‘湘琴’啊，都想着表白了？”

姜迎皱眉反问：“你不是这个意思吗？让我和他赶紧转正。”

“我是想你俩早点好上，但是……”沈暄顿了顿，“我以为你这一辈子都不可能主动的。实不相瞒，我以前还怀疑过你性冷淡呢。”

她又补充道：“毕竟你和陆廷洋好的时候，你都没向他直白地表露过爱意，我以为你会永远习惯被动和接受。”

姜迎降下一半车窗，春天空气里都含着馥郁的花香。

从前也是在这样一个春末夏初的季节，一个男孩捧着赤诚的心意，满心欢喜和期待地走到她面前。

窗外街道边的树木一闪而过，她的声音被吹散在微风里：“陆廷洋和我说的那些话我都记着，已经有前车之鉴了，所以啊，我不会再犯那种错误了。”

这天，姜迎走出写字楼的时候天已经黑了，正淅淅沥沥下着小雨。

看见那辆银白色的车，她一只手挡在额前，快步小跑了过去。

“怎么没带伞？”等姜迎坐在副驾驶上，云岘看着她被淋湿的头发，抽了几张纸递过去。

姜迎接过，胡乱擦了擦：“忘了。没事，就小雨。”

黄梅雨季，潮气席卷在江南城市，天地间闷热潮湿。

云岘叮嘱她：“下一周都有雨，别再忘记了。”

姜迎乖巧地点头。

过两天他们就会出发前往申城，今天打算出来买出席婚礼的衣服。

前几日云岘有征求过她的意见，想要根据对方的着装给自己准备一套相配的。

姜迎觉得毕竟是麻烦人家帮忙，直接提出衣服由她来买。

云岘思忖了一会儿，点头同意了她的提议，约着今天一起来逛逛。

姜迎给自己准备的是一条法式连衣裙，白底橘子花纹，复古方领，长度至小腿肚，下身的开衩设计增添了几分性感，慵懒又优雅，还特地下狠心买了一双 8 厘米的麂皮细跟鞋。

5 月天气已经闷热，一整套西装太厚重，姜迎给云岘想的是衬衫配西裤，他身高腿长，天生的衣服架子，刚进一家店试穿就很合适。

姜迎坐在沙发上，察觉到两个店员正窃窃私语地打量她，赶紧掏出手机回避视线。

云岘从试衣间出来，长身玉立，英俊帅气。他整理好扣子，转身问姜迎：“你觉得怎么样？”

姜迎笑着夸：“很帅，很适合你。”

一旁的店员说道：“美女，你男朋友这么帅，穿什么都好看。”

云岘朝她微笑着点了下头，又看向姜迎：“我是想问，你觉得和你的裙子配不配？”

姜迎还未来得及开口，就听到两位店员激动地手抓着手惊呼了一声：“救命，好甜！”

姜迎和云岘对视一眼，后者无奈地耸了耸肩。

“就这套吧。”

“行。”

云岘回试衣间换衣服，姜迎到前台买单。

结账时，店员羡慕地对她说：“头一次见陪着男朋友逛街的，你们俩感情好好哦。”

姜迎只笑了笑。

不到半个小时就解决了，走出男装店，云岘问姜迎饿不饿。

姜迎摇摇头：“最近减肥，不吃晚饭。”

云岘浅浅地勾起嘴角，揶揄她：“我只知道新娘子婚礼前要节食瘦身。”

姜迎反问他：“谁和前任见面的时候不打扮得花枝招展的？”

云岘的脚步停了停：“这样啊，不好意思，我没前任我不知道。”

姜迎瞪大眼睛，嘀咕了句：“不会吧？”

云岘又重新迈步向前走，在一家粥店门口停下：“喝粥行吗？”

姜迎像是得知了什么了不起的大秘密，忍不住追问他：“为什么啊？你这样的都没前任？”

云岘看她一眼没说话，踏进店门，找了个靠窗的位置坐下后才徐徐开口：“学生时期家里严禁早恋，后来就忙得没时间想这些了。”

姜迎哦了一声，酸溜溜地说了句：“那肯定也有很多人追你吧。”

云岘在菜单上钩了几样，把纸和笔递给姜迎：“说实话，并没有。”

姜迎一脸不相信："怎么可能？"

云岘倒了杯茶，解释道："大一考四六级，大二学生会，大三的时候准备读研，然后就是实习、工作，我留给社交的时间很少，也没心思经营一段感情。"

姜迎禁不住好奇："那你就没遇到过喜欢的人吗？"

云岘抬头望着她："有吧，上学的时候有一个，是我同桌，挺优秀一个女孩子。"

姜迎小口喝着茶，心里发酸："哦，白月光啊。"

云岘笑了笑，说："白什么月光，人家连孩子都生了。"

姜迎暗自松了口气，看着云岘，只觉得对面前这个男人的了解太少了。

她说："我原本以为你是那种特别自由随性的人。"

——生长在富裕开明的家庭，有一对温柔和善的父母，在空闲时喜欢读书和看电影。

浪漫、成熟、稳重、随和，财务自由，时间自由。

云岘笑着接过她的话："却没想到我也是个卑微'社畜'？"

姜迎扬起嘴角："至少你现在的生活状态我很羡慕。"

云岘的笑意浅浅，是种历经许多事之后沉淀下来的淡然："不用羡慕我，你总会成为你想要的样子。"

他放下茶杯，靠在椅背上望着窗外，行人来往，或结伴或独行。

"我来溪城之前，有人问我，为什么要急着跳出舒适圈，打拼几年不就是为了现在的生活吗？"云岘的双手交叉放在交叠的腿上，语调平缓，衿贵又从容。

"稳定的工作、有房有车、等到合适的年龄结婚成家，或许对于很多人来说是理想的生活，但那并不是我想要的舒适圈。按部就班地活了30年，也不知道是怎么了，突然就想叛逆一回，辞了工作，收拾了行李，到机场的时候甚至没想好要去哪里。来溪城是因为我大学时期的好朋友在这里，本来只是想散散心，也是一时性起开了家咖啡馆。”

姜迎听出他话里的端倪，问道：“所以云边也只是你的一次尝试？”

云岘点头：“算是意外之喜吧，我很满意现在的生活状态。”

姜迎心一紧，小心翼翼地问：“所以等你觉得没意思了，就会去下一个地方？你不想在溪城定居吗？”

餐厅的光线昏暗，砂锅粥飘散着热气，隔着一层水雾，姜迎在他的目光里辨不出是哪种情绪。

云岘说：“或许吧，看有没有让我留下的理由。”

姜迎问：“云边不算吗？”

云岘摇头：“本也只是想开着玩玩，过几年生意不行了就把它盘出去。”

姜迎皱起眉，明明不是立马的事，但她还是为云岘随时随地有可能的拂衣而去感到心房酸胀。

她蹩脚地试图挽留：“溪城依山傍水，空气又好，挺适合定居的。”

店员张罗着新的客人落座，餐厅里各种声音混杂在一起，姜迎听见云岘发出短促的一声轻笑。

“要是娶个溪城姑娘或许就得留下来了吧。”

他说得半玩笑半认真，目光直直地落在她身上，带了几分隐晦的试探。

餐桌上热气袅袅，姜迎被熏红了脸。

第五章・一吻定情

『所以要不要假戏真做？』

从溪城到申城的车程约两个小时，云岘和姜迎决定周五下午开车过去，到申城正好吃饭歇一晚。

姜迎早上上班前把小行李箱搁在了云边。这周事情不多，她提早一个小时走，下楼的时候云岘还是在老位置等她。

没等他按喇叭示意，姜迎自己走到车边坐进副驾驶的位置。

“周末周边游的还挺多，今天高速上会有点堵，先吃点东西垫垫。”云岘从后座拿过一个纸袋子递给姜迎，里面装着一块三明治和一杯榨好的橙汁。

“谢谢。”

姜迎接过，拿出三明治拆开包装纸，两片松软吐司夹着番茄、鸡蛋和火腿片，她咬了一小口，问：“是你自己做的吗？”

“嗯。”云岘指了指纸袋，“还有杯橙汁，加了一点儿糖，不会太酸。”

“谢谢啊。”姜迎舔掉嘴边的沙拉酱，抿了一口橙汁，酸甜适中，清爽解腻。

姜迎是真饿了，几口解决了三明治，橙汁也被她喝了一大半。

临近黄昏，天色渐渐暗下来，高速上车辆平稳前行。

看还要一个多小时，姜迎从包里拿出 iPad 和笔，打开绘图 APP。

她偶尔无聊会画点简笔画打发时间，姜迎熟练地勾勒线条取色上色，没一会儿画布上就多了几个可爱的形象。

她但凡开始做一件事情就会全身心投入，云岘看她在画画，替她打开了车顶的照明灯。

长发被绑成一个马尾，她低着头，颊边的碎发遮挡住侧脸，偏又生出几分无关风月的美感。车厢里很安静，只有笔尖时不时触击屏幕发出的细小声响。

云岘禁不住好奇，往她手上瞥了一眼。

捕捉到屏幕上的画作，他觉得有些熟悉，想起什么，云岘问："你微信里经常发的表情包，也是自己画的？"

姜迎嗯了一声："无聊的时候画着玩玩的，投稿到微信还挺多人在用。"

云岘回想了一下，她最常用的有两套——一套叫"老板为何要那样"，一套叫"社畜的 one day"。

想到那个 Q 版小人坐在电脑后流着面条泪，双手忙碌敲打键盘的样子，云岘翘起嘴角。

姜迎经常给他发这个表情包，一发他就知道，姜迎的意思是今天要加班，记得给她留块芝士蛋糕。

"挺可爱的。"云岘笑着评价。

"我大学的时候还接过单子，给自己赚了不少生活费呢。"姜迎画完最后一笔，点击保存，却没有退出绘图软件。她另建了画布，脑海里有了构思，下笔的时候格外顺畅。

云岘听着她有些小嘚瑟的语气，嘴角笑意更盛。

姜迎一边画，一边继续说："其实要是没遇到我老板，我应该会做个自由画手吧。"

云岘问："你的梦想吗？"

姜迎摇摇头："倒也不算，就觉得画画很有意思。高中那会儿因为符晨的事，我就有点孤僻，还自卑。算起来改变我的，一个是沈暄，一个是我……”

姜迎顿了顿，语速极快地把那两个字带过：“一个是我前任，还有就是画画了。我大学那会儿会在微博发我画的图，有小一万粉丝，粉丝们老是喊我‘太太’，算是给我建立了很大自信。”

云岘皱了皱眉，问：“太太？”

“啊……”姜迎这才意识到她和云岘虽然同为90后，但“90”和“95”之间依旧隔着代沟，她耐心地为他解释，“太太就是一种称呼，比‘大大’还要厉害一点儿的意思。我画的是同人图，就会有原著粉来关注我。”

云岘听完科普，虽然不能完全理解这些小孩的脑洞，但还是觉得很有意思。他接着问：“那同人图……是一种格式吗？”

“嗯……”姜迎思考了几秒，尽量用他能理解的词句解释，“同人图就是，如果你特别喜欢一部作品，比如漫画、电影、小说，你可以根据自己的喜好对里面的人物或场景进行加工和绘制，是原著基础上的衍生作品。”

云岘似懂非懂地点点头，半晌又自嘲道：“会不会觉得我是个老年人？”

姜迎赶忙否认：“怎么会？你不了解这些很正常啊，像我也不懂什么C语言什么编程，而且你还会‘手冲’呢。”

这个词语具有歧义，话说出口姜迎才意识到不妥。

尴尬的沉默在车内流淌了几秒，姜迎干咳了声，找补道：“我是说，手冲咖啡。”

云岘再也憋不住，一手握着方向盘，一手抵在唇边低低笑了起来。

男人的声线悦耳清朗，笑起来更是自带苏感，他很少这样笑，眉眼弯弯，眼下的小痣一颤一颤。

姜迎一边为自己无意中说了荤话而羞赧，一边又为他的笑声怦然心动，耳朵尖尖都泛起了红。

云岘笑了好一会儿，笑声停了，眼角眉梢的笑意却收不住，他回到刚刚的话题，问她："那为什么后来又选择做游戏策划？"

姜迎说："我们老板建议的。他说他看了我的作品，也许让我进美术组我能干得稳稳当当，因为那本就是我擅长的领域，但那也意味着我很多想法就会被埋没。"

云岘默默地点了点头表示赞同。

"所以他其实是我的伯乐，面试完他和我聊天，他说我有很多非常好的构思，我的画工可以是加分项，但是我的头脑才是我施展才华的武器，比起美术，我更应该去策划组。我那个时候也才刚刚毕业，真的很幸运能遇到他，其实我也去一些大公司面试过，但还是决定和《小世界》一起出发一起成长，我觉得这更有意义。"

大概是说得口渴了，姜迎从纸袋里拿出橙汁，打开瓶盖喝了一口。

提到这些经历，姜迎来了兴致，绘声绘色地继续分享："我老板你应该认识吧，我上次看你们俩还聊过。"

云岘点点头，为了不让自己和李至诚被姜迎归于一个微信分组，他面无表情道："也不是很熟。"

"他这个人脾气不好，又阴晴不定。但是他业务能力确实没的说，懂技术，会营销，还有创意。虽然我老吐槽他，但我还是很尊敬他的。"

姜迎偏头看了云岘一眼，放缓了语调："不过我其实最佩服你。我听新柔说，你以前在网络公司做总监？月薪就够我干一年的了。"

云岘稍稍走神了一瞬，谦虚地答："没这么夸张，刚进公司的时候和你差不多，整天加班，也是'社畜'。"

姜迎转着手里的笔，嘴角挂着笑："虽然我老抱怨加班辛苦，但是每次看到玩家的评论，我还是很开心的，特别有成就感。"

云岘嗯了一声："能从工作中得到乐趣是件很好的事。"

他能感受到姜迎聊起这些的时候心里的喜欢和热忱，眼睛亮晶晶的，像是闪着光。

其实反倒是他羡慕她——有热爱并为之奋斗的事，对生活和未来抱有期待，情感充沛，年轻而鲜活。

这都是他不曾拥有的。

那看似平顺的生活里，他最大的感受不过是"活着真无聊"。

他可以努力拼命地去获取某样东西，却从来没有野心和愿望——一切只是因为有个声音在不断告诉他，你要怎样、你应该怎样。

他扮演着孝顺的儿子、成熟的兄长、优秀的学生、尽职的员工，是人群之中的佼佼者。

表面上光鲜亮丽，人人称羡，但云岘知道，他永远是庸庸众生中的一员，闷头向前，路过一个又一个节点，回头看时却发现没有什么值得记忆。

"视死如归，消磨时光"，这曾经被云岘视为人生的全部意义。

他掀起嘴角，意味深长地说："你老板遇到你才是幸运。"

到了一个服务区，云岘打转方向盘拐了进去。停车熄火，他偏头看向姜迎，她又专注于画上，丝毫不为外界的变动走神。

这个女孩好像总能带给他意想不到的惊喜，像一盒五彩缤纷的混合糖果，永远不知道下一颗是酸是甜。

云岘想起姜迎的朋友圈，那里记录着她热闹的人生。

她去过许多城市，攀过岩、蹦过极、潜过水，打卡过六个游乐园的过山车。

突发奇想要学滑板，第一个礼拜就摔了满腿的伤。

想去看日出结果睡过了头，于是干脆更改计划欣赏了一场橘粉色的落日余晖，也就是她现在的微信头像。

也分享过有趣的梦境，梦里她居住在热气球上，终日遨游于天际，路过花田大海和森林，她说“希望今年有机会去坐一次热气球”，又在评论里写下“刚刚去搜了一圈，算了当我没说，这也太贵了，我继续睡觉吧，做梦是免费的”。

他又想起那天姜迎坐在台阶上烦闷的样子，想起她左肩的文身——B612 星球和玻璃罩里的玫瑰。

所以她是那个寻访宇宙的小王子吗？

姜迎是恣意的叛逆者、浪漫的冒险家，她像是荒原上燃烧不灭的火焰，年轻而炙热，在追求极限的过程中无坚不摧。

她奋尽全力挣脱世俗，又矛盾地热爱这个世界。

如果有一颗柔软、温暖、鼓鼓跳动的心在你眼前，你会忍住不被她吸引吗？

近日是阴雨天，天黑得比往常早，这会儿已完全入夜，车窗外树枝飘摇，是风来过的痕迹。

云岘抬手，把车顶的照明灯关闭。

咔嗒一声响，车里陷入昏暗，清冽的柑橘香味弥散在周身，分不清是他身上的佛手柑，还是姜迎喝过的橙子汁。

云岘放轻呼吸，侧过身子，一点儿一点儿靠近。

“叮！”手机传来一声提示音，有新的消息传来。

“云岘，你快看！”姜迎刚发完消息想抬起头，却砰一下撞上了个硬物。

她轻呼一声，捂着额头问云岘：“你突然靠过来干吗？”

云岘皱着眉捂住下巴，指了指柜子：“我拿零钱，等会儿过站收费。”

“哦。”下巴毕竟比额头更脆弱一点儿，姜迎抱歉地问，“没事吧，疼不疼？”

“湘……琴？”

姜迎瞪大眼睛把iPad反扣在怀里，一脸惊恐地看向云岘。

“为什么给我备注这个？”

“你看错了吧，不是你，是我一个同事，叫湘琴。”

云岘狐疑地看她一眼，拿过自己的手机解锁屏幕，没错啊，她刚刚就是在给他发消息，页面也一样。

不过很快云岘的注意力就被屏幕上的画吸引过去了，问：“这是什么？”

“你和云边啊。”

图片是柔和的色调，蓝色背景上画着云朵的花纹，上面的Q版小人握着一杯咖啡，旁边的对话框里写着独属于姜迎的字体——“欢迎光临云边咖啡馆”。

即使是简洁的可爱画风也能一眼看出画的是谁。

他的发型，他喜欢穿的白衬衫，包括眼下的痣都还原了。

姜迎怀里抱着iPad，满脸期待地看着他，一副想要邀功的样子。

云岘轻点几下屏幕，把那张画保存在相册里，抬手揉了揉姜迎的头发。

“画得不错，太太。”

“你，喊我什么？”

“太太啊，不是这么用的吗？”

姜迎提了一口气，撇开视线，语不着调地说：“对，就是这么用的，你真聪明。”

看云岘把车停在了服务区，姜迎问：“你要下车抽根烟吗？”

云岘说：“我不抽烟。你要上厕所吗？”

姜迎直摇头：“不要。”

云岘提议：“那下车活动活动吧，坐了一路了。”

姜迎应好。

姜迎进了服务区的洗手间洗手，云岘在外面买了一杯关东煮，见姜迎出来，他把杯子递给她。

“其实我不饿的。”姜迎捧着温热的关东煮，鲜香味裹挟番茄酱的酸甜流窜在她鼻尖。一个三明治顶多是半饱，但她不想让云岘觉得她很能吃。

云岘抿唇看了她一眼，像是不忍心告诉她真相：“我给自己买的，我饿了，麻烦你先帮我拿一下。”

说完，他就拉开车门上了车。姜迎在原地呆滞几秒，心里暗骂自己自作多情，顶着尴尬慢吞吞地爬上了车。

再回到车上，姜迎捧着那杯关东煮坐姿端正，活像个车载吉祥物。

云岘拿了一串北极翅，斯文地咬进嘴里，边细细咀嚼边启动车子重新上路。

高速上车辆前行不停，姜迎感觉那杯关东煮再不吃就要凉了，便拿了一串鱼丸递到云岘嘴边。

云岘低头看了面前的鱼丸一眼，很快重新目视前方，头微微向前凑叼走了一颗丸子。

看他嚼完了，姜迎又把木签递了过去。

等一串鱼丸都吃完，云岘笑着打趣："第一次觉得开车旁边有个人这么好，饿了还能喂吃的。"

姜迎继续拿了一串甜不辣："是啊，还能陪聊呢。"

云岘吃了两串就说不吃了，姜迎本着不浪费粮食的原则乐和地承包了剩余的食物。

"姜迎。"云岘突然喊她，"后座有水，帮我拿一下。"

"哦，好。"姜迎伸长手臂够到矿泉水瓶子，拧盖瓶盖小心递到他嘴边。

云岘稍微仰起头配合她的动作，没把握好角度，姜迎抬得有些高，水顺着云岘的嘴角流下，眼看就要从下巴滴落，姜迎下意识地拿手背替他拭去。

这个动作完全没经过大脑，等手背的皮肤触到云岘的下嘴唇，姜迎才像被烫到一般缩回了手。

她清了清嗓子，重新坐直身体，左手手背上还残留了一片水渍，她不敢碰，也不知道该怎么处理。

云岘从杂物盒里抽了一张餐巾纸递给她。

姜迎接过，道了句："谢谢。"

纸巾覆盖上去的时候，姜迎心猿意马地想起刚刚柔软的触感。

左手手背上似乎是有小虫子爬过，痒痒麻麻的，她胡乱擦了一下，把纸巾团在掌心。

见色起意者，流氓也。

姜迎用力摇了摇头，好像要把脑子里浮现出的那些画面全都赶出去。

一路到达申城他们订好的酒店，已经快夜晚7点了。先回各自房间放行李，稍稍休息了一会儿，姜迎带云岘去吃了大学时期她常去的一家烤鱼店。

许久没来，一进店门闻见香味姜迎的胃就被打开了，菜上桌后，她一口接着一口，筷子根本停不下来。

云岘挑着碗里的鱼刺，问她："不是说减肥吗？"

姜迎夹了一筷凉拌海带："我等会儿绕着酒店走两圈，能消化能消化。"

云岘笑了笑，把盘子里挑好的鱼肉放到她面前："不胖，多吃一点儿。"

等吃饱喝足，姜迎摸着小腹，问他："要不要去江边走走？离这儿挺近的。"

还没等云岘说话，她又反驳自己："算了，还是别去了。"

云岘问："怎么了？"

"没怎么，回去吧，我有点累了。"姜迎一副兴致全无的样子。

云岘没再说什么，拿起桌上的水杯喝了一口。

要是换了别的什么日子，姜迎也不会这么硌硬。

偏偏明天是陆廷洋的生日，也是他结婚的大喜日子。

六年前还在上大三的陆廷洋把姜迎约到江边，对她说："我每年生日都会来这里拍一张照留念。"

彼时姜迎哇了一声，兴致勃勃地拿出手机要给他拍照。

那一年的陆廷洋保留着干净的少年气，他笑着拿过姜迎的手机，搂住女孩的肩，举高手臂将取景框对准两人。

按下拍摄键的瞬间，陆廷洋低头亲在姜迎的侧脸上。

尽管姜迎觉得很羞耻，可那张照片却被她做了好多年的手机壁纸。

自那以后在一起就成了顺理成章的事。

可就像分手时陆廷洋对她的控诉——从一开始，就是他在不断向前，勇敢无畏地迈出 99 步，而姜迎却始终站在原地，等着接受他的好意。

时间久了就会累会厌倦，他们并不是合适的恋人。

姜迎不会吵架，却很擅长搞砸一段关系。

真要分开的时候，她一直保持着沉默，平静得有些过分。

甚至在陆廷洋冷冷地讽刺她“你这种人真的不配谈恋爱”的时候，她也没有说什么。

她只在陆廷洋要走的时候叫住他，问他：“你是喜欢我的全部，还是仅仅喜欢我身上你希望看到的那部分？”

过去这么多年，昔日种种已成不再重要的过往，想起来唏嘘一声而已。

后来姜迎也反思过自己和这段感情，她在这段感情里的表现确实不合格。

爱情是双向奔赴的一件事，不能总是等着别人来。

此刻她望着坐在对面的男人，温柔稳重，做什么都不骄不躁，是她渴望又羡慕的样子。

想起沈暄说的话，姜迎的手指在桌面上轻轻敲打。

喜欢的，要紧紧攥在手里。

——好像是时候向他迈一步了。

到了酒店，云岘和姜迎在楼梯口道别，回了各自的房间。

第二天姜迎起了个大早，昨晚失眠，她只睡了两个小时，眼下两团乌青，还有些水肿。她咬牙喝了半杯黑咖啡，苦得她直皱眉头。

10 点的时候，姜迎收拾打扮好，出了房间下到酒店一楼大堂。

云岘正坐在沙发上等她，面前一杯冰美式。姜迎走过去的时候，他也正好抬起头。

云岘起身，向她招了招手，长身玉立，很容易就成为人群中的焦点。他穿着挺括的白衬衫，衣摆扎进浅色西裤里，显得腰窄腿长，脚上一双干净的白色休闲鞋，随意又清朗帅气。

姜迎走到他身边，今天穿了高跟鞋，她差不多能够到他的鼻子。

云岘向她微微抬起手臂，她挽上。

“走吧。”

今天是最近难得的大晴天，阳光穿破云层，满世界都是金灿灿，蝉声长鸣，初夏的风拂过长街和行人。

婚礼在户外举行，姜迎拿出喜帖，在前台登记好贺礼，跟随工作人员的指示往里走。

陆廷洋不收她的份子钱，她便托沈暄的老公准备了一瓶上好的葡萄酒作为新婚礼物。

那酒价格不菲，沈暄在来之前千叮咛万嘱咐让她和云岘记得专门挑贵的吃。

用餐是自助式的，安排了一间宴客厅专门招待宾客。婚礼要凑吉时开始，等候的客人们三五成群，有的聊天叙旧，有的流连于桌上的美食。

姜迎跟一个五六岁的小姑娘在甜品区较上了劲，餐盘里还有最后一碗草莓冰激凌，但显然她们都想要，并且非此不可。

一个小丫头自然抢不过姜迎，见冰激凌到了别人手上，她哇了一声作势就要哭。姜迎倒也不会真欺负她，捉弄够了就把手里的冰激凌让给她了。小丫头瞬间变了脸，高高兴兴地舀着冰激凌跑开了。

云岘安静地站在一旁目睹整个过程，大手覆上姜迎的后脑勺压了压，问："你怎么也跟个小孩儿似的？"

姜迎朝他嘻嘻一笑，指着跑远的小姑娘说："这是陆廷洋姐姐的女儿，她刚出生的时候我还去医院看过她，都长这么大了。"

云岘喝着杯子里的茶，眸光黯了黯，没有接话。

自助的最大好处就是不用与不相识或相识不相熟的人同桌，陆廷洋的亲戚朋友姜迎认识的不多，只遇上他那几个室友草草打了个招呼，也未作什么寒暄。

12 点 18 分的时候，婚礼终于开始。

云岘和姜迎挑了最后一排的位置坐下。

婚礼上最耀眼的永远是新人，欢呼和掌声响起，在漫天飘落的花瓣中，穿着洁白婚纱的美丽新娘挽着父亲向新郎款款走去。

再然后便是宣誓、交换戒指、在众人的祝福声中深情拥吻。

姜迎隔着人群，远远地看向那对般配的新人。

云岘看了她一会儿，低声问："意难平吗？"

姜迎反问："怎么可能？"

婚礼还在进行，他们在热闹的人群之外说悄悄话。

"我和他在一起的时候，都挺幼稚的。他喜欢乖巧、黏人、会撒娇的，而我呢，拥有一个放荡不羁的灵魂。"姜迎说这些的时候，语调平和，带了几分笑意。

云岘把视线落在那位新娘上，确实长相甜美，瘦瘦小小的。

姜迎轻叹道："性格不合适，分开是自然的事，就是有些感慨罢了。"

云岘问："感慨什么？"

姜迎用难得深沉的语气回答："前任呢，帮助你成长，教会你应该怎么爱，然后就和你毫不相干了。前人栽树，后人乘凉。所以说，相遇的时间点很重要。有句话怎么说来着，遇见得晚一点儿，爱得久一点儿。"

云岘垂眸，轻轻说了一句："幸好。"

姜迎没有听清，茫然地看着他问："你说什么？"

云岘对上她的目光，嘴角挑起一抹笑："没什么。"

仪式结束后再回到宴客厅，新郎新娘轮流给到场宾客敬酒，姜迎这才算是真的见上了陆廷洋和他的新婚妻子。

他穿着笔挺的西装，头发用发胶打理得一丝不苟，携着妻子走到姜迎桌边，与她对视一眼，彼此都笑了起来。

那些过往和纠葛全部释怀在了这个笑里。

陆廷洋一只手握着酒杯，给身边的妻子介绍："这是我学妹姜迎，你最近爱玩的那个游戏就是他们公司做的。"

那位漂亮的新娘子露出惊讶的表情："真的吗？"

陆廷洋说："那当然，她可是首席策划师。"

姜迎笑了笑，挽过云岘："这是我男朋友，云岘。"

云岘伸出手和陆廷洋握了握，陆廷洋说了一句"幸会"，云岘回他"新婚快乐"。

新娘子上上下下打量了云岘一眼，激动地拉着姜迎的胳膊说：

“你男朋友气质和简影好像啊！”

姜迎愣了愣，大方承认：“实不相瞒，原型就是他。”

要不是还有好几桌等着敬酒，估计这两个相见恨晚的女人得好好聊上一会儿。

等新郎新娘走了，云岘才禁不住好奇地询问姜迎：“你刚刚说的是什么意思？”

姜迎塞了一块排骨到嘴里，含糊着答：“就是，设计人物的时候参考了一下你的形象。”

“哦——”云岘刻意拖长尾音，“那怎么没和我说？”

姜迎吞咽的动作一噎。

怎么说？那时被你帅得五迷三道，画什么都像你吗？

她继续啃着排骨，用沉默代替回答，幸好云岘也没有刨根问底的打算。

等从酒店出来已经快下午三点，姜迎问云岘要不要出去逛逛，云岘欣然应允。

姜迎在申城待了四年，难得回来一次还有挺多地方想去的。

他们先去了小吃遍地的南京路，姜迎穿的高跟鞋，刚开始还觉得没什么，走多了就发现脚后跟被磨得受不住。

云岘察觉到她的异常，搀扶着她在街边的长椅上坐下。

脚后跟已经磨破了一层皮，渗着血，火辣辣地疼。

姜迎看了看惨不忍睹的伤口，小声嘀咕：“早知道就不臭这个美了。”

她不好再走路，两人便干脆原地休息一会儿。

坐在长椅上，看着热闹的街道，放空大脑，倒也算惬意。

正当姜迎思绪不知道飘在哪里的时候，云岘突然出声说：“我想要确认一件事。”

她回神，愣愣地问：“什么？”

来电铃声响起，姜迎刚举起手机，手腕就被人握住。

“是‘湘琴’没错啊。”确认完毕，云岘掐断电话。

姜迎把手机死死护在怀里，气结道：“你这人怎么这样？”

云岘只问：“为什么要给我备注这个？”

人证物证俱在，姜迎大脑飞速运转也想不出什么好理由，干脆就实话实说：“我植树节生日，又姓姜，沈暄她就老爱喊我‘姜植树’。”

想到什么，姜迎小心翼翼地问：“你应该知道江直树是谁吧？”

云岘被气笑了：“我没那么老。”

姜迎继续说下去，声音越来越小：“我就是脑子一抽，胡乱给你备注的。”

背着光，她看不见云岘脸上的表情。

南京路上热闹非凡，春末夏初的太阳灿烂地照在万物上。

各式各样的店铺挤满了人，烟火气在人间袅袅流转。

半晌，姜迎才听见云岘说：“都‘湘琴’‘直树’了，那‘一吻定情’呢？”

愣了三四秒，姜迎噌地起身站定，慌慌忙忙地说：“这……附近，有个商场，我去买双新鞋吧。”

还没等云岘说什么，她自顾自地往前迈，扯动伤口又不得不停下来。

云岘扶住她，问：“能走吗？”

姜迎用力地点点头：“这么一段路能坚持。”

云岘把胳膊借给她，等两人慢慢踱步走到商场，姜迎挑了一家常买的专柜坐下。

“你先挑着，我马上来。”云岘说完便离开，姜迎都没来得及问他要去哪儿。

她坐在沙发上，营业员拿了几双给她看款式，现在她像走在刀尖上的美人鱼，标准只有舒不舒服一个。

几分钟后，云岘再回来的时候，手上拿着一盒创可贴，他问姜迎：“挑好了吗？”

姜迎指了指脚边的两双鞋，犯起选择困难症：“你觉得哪双好看？”

“黑的吧。”他边说边屈起一条腿俯身蹲下，从盒子里拿出一张创可贴撕开包装，握住姜迎的脚腕轻轻地贴在她的伤口处。

他的一系列动作做得行云流水，姜迎还没反应过来，云岘就已经换了一只脚在处理。

她双手撑在身侧，盯着面前认真的男人，放轻呼吸，心底柔软，好像这一个春天的所有温暖灿烂此刻都在她眼前。

贴好创可贴，姜迎穿上云岘挑的那双鞋，尖头黑色丝绒平底，鞋头缀着珍珠和碎钻。

姜迎穿好，轻轻跺了跺，鞋面柔软，鞋底平坦，比高跟鞋舒服多了。

云岘扶着她站起来，说：“和你的裙子挺配的。”

姜迎点头，夸回去：“你眼光好。”

云岘笑了笑。

两人走出商场的时候，已经是傍晚。

申城的日与夜是两种不同的景象，而交替之际的黄昏更是浪漫至极。

天边的云朵被染成玫瑰色，沉入大厦与树木之间，晚高峰即将来临，在新一轮热闹开始之前，这座城市变得宁静而慵懒。

望着绚烂的天际，姜迎生出个念头，对云岘说："我们去坐观光巴士吧。"

从人民广场出发，绕过外滩和城隍庙，全程35分钟，观光巴士露天的第二层有一览都市风光的绝佳视野。

他们十分幸运，今天的游客并不多，云岘和姜迎并肩坐在车尾。

巴士开始启程，姜迎从包里拿出一副耳机，分给了云岘一只。

他们听的歌是Troye · Sivan的*Strawberries&Cigarettes*。

草莓烟，用来形容爱人似乎最合适不过。

给你甜蜜，让你沉醉。

中途，姜迎分神了一会儿，和约定的花店确认好收货时间。

她没和别人表白过，没什么经验，也不敢想结果是好的还是坏的。但世人千千万，此时此刻只有这个男人在她身边，和她分享音乐，和她分享晚霞。

这样的机会太难得了，所以今晚，姜迎无论如何都要赌一把，赌他愿不愿意假戏真做。

他们并肩坐在一起，晚风吹过发梢。

在这首3分21秒的歌曲循环播放到第三遍，慵懒的男声唱到"But strawberries and cigarettes always taste like you（草莓和香烟 那就是你的滋味）"的时候，姜迎发现云岘好像在看她，于是她偏过头去。

对上男人的目光，发现他眼里和嘴角都含着笑意。

姜迎把散乱的几缕头发别到耳后，问他："看什么？"

也许是黄昏的渲染，也许是眼下的小痣，云岘望向姜迎的这一眼饱含爱意和深情。

在姜迎因为这一眼慌乱，一颗心悬起的时候，云岘凑近身子，捧着她的脸吻了下去。

路灯橘黄色的光芒映在他们身上，月亮爬上了云端。

与她想象中的一样，柔软温热的触感。

那一刻姜迎胸腔骤缩、呼吸滚烫，她听到自己疯狂加速的心跳，咚、咚、咚，犹如雷鸣一般。

直到耳机里的音乐再次进入尾声，云岘才离开女孩的唇瓣。

他依旧捧着她的脸，和她额头抵着额头，鼻尖蹭着鼻尖。

男人动情过后的眉眼像是含着月与花，温柔到不可思议。

姜迎呼吸不稳，还没缓过来，颤抖着声音问："这、这么突然的吗？"

云岘发出短促的一声轻笑："突然吗？我蓄谋已久。"

说完之后，云岘便低头又在姜迎嘴上轻啄一口，像是为刚刚绵长的吻画上一个句号。

两人重新坐直目视前方，默契地没有再说什么，继续听歌，吹着晚风欣赏夜景，任由暧昧一点儿一点儿生根发芽。

下车的时候，云岘站定后回身向姜迎伸出手，姜迎借着他的力蹦下最后一级台阶。云岘顺势把她的手握在掌心没有松开，两个人牵着手走在路灯下，脚边的影子一高一矮，亲密地相依在一起。

云岘捏了一下姜迎的手背，问她："饿不饿？"

姜迎摇摇头："下午吃得好饱，你饿了吗？"

云岘也笑着摇了摇头。

姜迎被他这一笑晃了心神，极快地撇开视线，盯着鞋尖的珍珠问："那我们接下来要去干什么呢？"

她现在根本没有办法思考，无法冷静无法平复呼吸。姜迎也不好意思说，刚刚从座位上起身的时候，她都有点不知道怎么走路了。

云岘还惦记着她脚上的伤："你累不累，要不要回酒店休息？"

姜迎急急地回复："不累，再等会儿吧。"

"那走走，这儿的夜景不错。"

姜迎点头："嗯，走走。"

附近有一个小公园，有健康活力的中老年人在跳广场舞，几个小朋友在空地处学溜冰，也有成双成对的情侣在散步。

一个小男孩利索地滑过一排障碍物，姜迎忍不住惊呼了一声："哇，他好厉害啊。"

云岘看见前面有一群年轻人在玩滑板，便问姜迎："现在还会滑板吗？"

姜迎顺着他的目光看去，粉色双马尾的女孩从台阶上完成了一个"大乱"，这是个难度系数很高的动作，连职业板手的成功率都不算高。她完成后，特别酷地笑了笑，狂傲出现在年轻漂亮的脸蛋上，说不出的动人。底下同行的伙伴们爆发出欢呼和掌声，那女孩做了个承让的手势，抱着自己的滑板重新坐下。

姜迎看着那个女孩，眼中流露出羡慕："没，我这级别连入门都算不上。以前沈暄倒是玩得很好，不过现在也玩不了了。"

云岘说："你和你给人的第一印象其实差别很大。"

姜迎认同地点点头："你不是第一个这么说的。"

云岘牵着她继续向前走，面不改色道："还有谁？前任？"

姜迎眯着眼打量了他一眼，戳破他的小心思："你好像很在意陆廷洋。”

云岘耸了下肩，没否认也没承认。

等走到人少一点儿的地方，云岘开口道：“其实我本来不想陪你来申城的。”

姜迎想起那天他的反应，问：“所以你那天为什么生气啊？”

云岘松开她的手，两人面对面站着：“不是生气。”

姜迎不解：“那是什么？”

云岘坦诚道：“我和你的事情，不希望掺杂其他人。我也不想做你释怀前任的那个工具。”

姜迎心里一紧，赶紧解释：“你别误会啊，我可没余情未了。”

云岘的嘴角翘了翘：“我知道。”

他借着路灯的光芒望进她的眼睛，问：“那你知道我为什么要陪你来吗？”

“为什么？”

云岘坦白道：“一、想见见你的前任；二、假戏真做好像也不错。”

姜迎心里在偷笑，面上却故意说：“什么假戏真做？原来你是这样想的，天啊，好有心机哦云老板。”

云岘看着她，无奈地笑了笑，向前一步，揽住姜迎的腰把人横抱起来。

身体倏地腾空，旁边栏杆外是滚滚江水，姜迎重心不稳，下意识地搂紧云岘的脖子，慌张道：“你干吗呀？”

云岘提醒她：“现在是真心话环节，我们最好都坦诚一点儿。”

姜迎紧紧地搂着他的脖子，心快跳出嗓子眼，求饶道：“我错了、我错了。”

云岘没立刻松手，只说：“如果你同意的话，我就放你下来。”

没想到云岘也会威胁人，姜迎眯了眯眼睛："如果我不同意呢？你把我扔江里去吗？"

云岘反问她："你会不同意吗？"

姜迎哑口无言。

看着她的反应，云岘低低笑起来，眼下的小痣又在乱人心弦："不好意思说的话，亲我一口也行。"

姜迎心神一荡，只觉得全身都在发烫发软。她咬着下唇，把脸埋到云岘肩窝，小声地、带着撒娇意味地说："先把我放下来，好不好？"

云岘的呼吸都乱了，心软成一摊水，却还是强撑着对她说："那你答不答应？"

姜迎又蹭了蹭他的脖子，柔软的发丝拂过皮肤，像是羽毛掠过心尖："放我下来，你先回酒店，等我来找你。"

云岘深呼吸一口气，搂住她的腰，把她放了下来。

姜迎双脚落地，拿出手机看了一眼时间，语速极快地对云岘说："你先回酒店等我，我马上就来。"

说完她便要往外跑，云岘叫了她一声："姜迎——"

闻声，姜迎停下脚步，又回到他面前，踮起脚尖在他脸颊上亲了一口："等我啊，马上来！"

她的双眸亮晶晶的，像是盛了漫天繁星。

云岘望着她匆匆离去的背影，轻轻笑出声。

他倒是想看看，这位英勇奔赴远方的小勇士要去干什么。

云岘独自回到酒店，在房间里约莫等了一个小时。

其间无数次想发消息给姜迎，硬生生被他忍住。

等到门铃声响起的时候，他几乎急切到跑着去开门。

门被打开，他先看见的却是一大束玫瑰，娇艳的红，花瓣还缀着水珠，飘散着甜蜜的馨香。

姜迎抱着那束玫瑰，边喘气边说："来申城之前的一整个晚上，我都在想要怎么和你表白。沈暄说，你要是喜欢我，我说什么都无所谓，你要是不喜欢我，我包下双子塔给你应援都没用。所以我最后，很庸俗地，只给你买了一束玫瑰花。"

大概沉默了有一会儿，云岘从姜迎的怀里接过那捧花，然后拉着她的胳膊带到怀里，砰一下关上了门。

姜迎被他压在墙壁上，背后是冰冷的瓷砖，身前是他带着体温的胸膛，双重刺激着她的神经。

云岘的唇无限贴近她却不覆上去，他垂眸，低声问："所以要不要假戏真做？"

刚刚平复的呼吸又开始急促，姜迎踮脚凑上前去，亲在他的唇角。她认真又坚定地说："要。"

第六章·恋爱副本

『明天总会有让你感到快乐的事。』

在姜迎终于给出一个肯定的回答后，云岘的心空了一瞬，随即搂住她的腰，往前压了一步，低头加深这个吻。

唇齿交缠，把呼吸都吞没，他们相拥着沉溺。

云岘舔了一下姜迎的下唇，像是诱哄，姜迎的牙关被轻易撬开，他柔软的舌温柔地入侵，主导她心绪的起起伏伏。

脊背上似是有小刺在细细密密地扎，浑身都流淌着一阵酥麻感，姜迎只能紧紧抱着云岘的脖子好不让自己双腿发软站不住。

不知道吻了多久，姜迎只觉得头脑发昏，脚下像踩了棉花云，毫无实感。

云岘抬手，拇指抚了抚她泛红的脸颊和水润的嘴唇，嗓音暗哑道：“还真的是一吻定情。”

房间里开着空调，24℃，姜迎的额上却出了一层细汗，呼吸都变得滚烫。她小声抗议：“你能不能不要再提这件事了。”

云岘笑了笑，一只手牵起她，一只手捧着玫瑰，带着她往里走：“跟我过来。”

客厅的茶几上放着两个礼物盒子，云岘把玫瑰放在单人沙发上，指着那两个盒子说：“给你的，打开看看。”

姜迎露出惊喜的表情，跪坐在地毯上开始拆那两个盒子。

第一个盒子里装的是爱马仕的尼罗河花园，经典柑橘调，清甜微酸，裹着清新的草木香，像是挂在河边树林枝头上的一颗饱满橙子。

她打开香水盖子，喷了一泵在手腕，凑上去嗅了嗅，很像云岘车里的味道。

云岘抱着手臂靠在一边，问她："喜欢吗？"

姜迎点了点头，甜丝丝地笑："喜欢。"

"再看看另一个。"

姜迎便继续拆第二个盒子。令她意外的是，第二个盒子里也是一瓶香水——TomFord 极具争议性的 Lost cherry。有人形容它甜美如奶油蛋糕上的红樱桃，有人说它的味道充满诱惑力，像冬日里一杯温热的樱桃酒。既有土耳其玫瑰的热烈、黑樱桃的甜蜜，又混杂了苦杏仁的疏离，让人欲罢不能。

姜迎把两瓶香水摆在桌上，问云岘："你怎么买了两瓶啊？"

云岘放下交叠的手，起身向她走了过来："挑的时候都觉得像你，就都买了。"

姜迎挑了挑眉，把两瓶香水重新装进盒子里。两瓶她都喜欢，估计这会儿云岘拿瓶白开水给她，她都会爱不释手。

夜已深了，晚风吹散云层，星星闪烁在枝头，人类的绯色幻想在浩瀚宇宙之中蠢蠢欲动。

"橙子和樱桃我都喜欢，不过所有香水里，我最喜欢的是罗意威的事后清晨。"

说完后，姜迎看向云岘，发现对方的神情有些一言难尽。

意识到什么，她身子微微向后倾："我可不是在暗示你什么！"

在气氛变得尴尬之前，姜迎一不做二不休捧起桌上的盒子就往门口走，语速极快地留下一句："我累了我先回去睡觉了，你也早点休息。"

云岘目送她到门口，笑着低了低头。

这一天确实够丰富多彩的。

云岘洗漱后躺在床上，还没有太强烈的困意，今天也不想服用助眠的药物，他觉得有些无所事事。

想起姜迎前两天和他说起的画手身份，云岘点开不常用的微博搜索她的名字。

直接搜姜迎自然是找不到的，云岘想了想，重新输入“落日橙”。

显示列表里有几个重名的，但是找到她不难。

云岘点开这个简介为“欢迎光临我的精神世界”的微博用户，一条一条往下翻看。

大多数都是转发，偶有几条原创就是发布自己的作品。

这种圈子里的东西云岘并不了解，站在一个外行人的角度，带上一层新晋男友滤镜，他只觉得姜迎画得很好。线条流畅，比例恰当，人物精致，色彩和谐，一看就知道美术功底很扎实。

云岘一边看画一边读底下的评论，清一色的夸奖。他看着，心底莫名生出几分骄傲之感，就跟看着自家女儿在幼儿园拿了小红花的心情一般。

偶尔有几条仅粉丝可见，配图一张表情包，文案是“你们懂的”。

懂什么？这是什么暗语吗？

云岘不解地皱着眉，点开评论区。

好家伙。

“啊啊啊，太太我为你肃然起敬！”

“谢谢！”

“我先爽为敬！”

“闻讯赶来！”

“一看三保一我就知道‘橙劳斯’又搞好东西了嘿嘿嘿。”

云岘：？？？

不就是一只柴犬的表情包吗？

看到右下角显示“长图”字样，云岘重新点开图片，往下划了划。

他一直滑到底，终于在三张一模一样的表情包后，看到了不一样的东西。

从画面上看图片是倒着的，云岘便把手机转了半圈。

等看清图上少儿不宜的内容，他手一抖，“小黑方块”脱落，啪一声狠狠砸在鼻梁骨上。

云岘疼得低呼一声，把手机从脸上捡起来，揉了揉被砸的地方。

缓了一口气，他再次看着手机上的画面，一时间有些哭笑不得。

这就是传说中的三保一？

第二天早上 9 点，云岘和姜迎准备返程。

姜迎提着行李箱走出房间，云岘已经在电梯口等她。

“怎么今天没戴眼镜？”

还没等云岘回答，姜迎察觉到他脸上的异样，着急地问：“你鼻子怎么了？”

云岘抚了一下瘀青处：“没事，没拿稳，被手机砸了一下。”

姜迎踮脚凑上去察看他的伤势，鼻梁骨上青了一块，有些肿。她轻轻呼了一口气：“你干什么了，砸成这样？”

云岘摸了摸鼻子，撇开视线。正好这时候电梯到了，他牵起姜迎的手踏进电梯：“没什么，就手滑了一下。”

早上天气晴，阳光有些刺眼，云岘指了指副驾驶前的收纳箱，对姜迎说：“姜迎，帮我拿一下墨镜。”

“哦，好。”她打开箱子，里面并没有太多物品，一个黑色的眼镜盒，一个文件袋，还有一瓶药。

那药瓶看上去像某种保健品，姜迎瞥到上面的字，随口问道："你在吃褪黑素啊？"

云岘愣了一下，回答道："嗯，我有点失眠。"

姜迎把墨镜从盒子里取出递给云岘："是因为压力大吗？"

"以前吧，现在好多了。"

"我搞毕设那会儿睡不着觉也吃，第二天早上起来会头昏，你会吗？"

云岘摇了摇头："我还好。"

不想这个话题再继续下去，云岘拣了句话问："我看你很多平台的 ID 都是落日橙，有什么寓意吗？"

姜迎回答说："我小时候改过名字，原本叫姜暮橙的，因为我爸说我是在傍晚出生的，那天的落日是橘色的，很漂亮。"

云岘念了念这三个字："很好听的名字，那为什么又改了？"

"六七岁的时候吧，有次去水库游泳，我趁着我爸不注意游远了，差点被淹死。要是我爸当时没回过神来找我，估计不知道被冲到哪里去了。"姜迎捂着自己的左肩，"这儿有条很长的疤，就是那个时候撞到石头割破皮留下的，现在被我用文身盖着了。"

云岘听完后眉头蹙起，忍不住教训姜迎："小时候怎么这么皮？你知道有多危险吗？"

姜迎扁了扁嘴："你就别骂我了，我那个时候被全家轮流训过了。后来我奶奶找了村里一个算命的，说我名字和什么犯冲，多灾多难，吓得赶紧给我改了一个。哎，我奶奶就是相信这些。"

"嗯，大难不死，必有后福。"

姜迎有些惋惜地说："不过我还挺喜欢暮橙这个名字的，后来就用落日橙贯穿我所有平台的昵称了。”

说着，姜迎终于觉察出一丝不对劲：“你怎么知道我所有ID都是落日橙的，你不是只有我一个微信吗？”

云岘没法搪塞，只能老实交代：“我看了你的微博。”

姜迎猛吸一口气，捂住嘴好不让自己的脏话飙出口：“你看到什么了？”

云岘如实说：“你的画啊，画得不错。”

“没关注我吧，没点开看吧？”

云岘沉默以对。

姜迎心如死灰。

云岘瞟了姜迎一眼：“对不起啊，我是不是不该去找你的微博？”

姜迎摇摇头，既然是个公开平台，谁都能看见，那没道理限制自己的男朋友不能看。

她小声说：“我就是怕你看了觉得我……”

云岘偏还火上浇油：“你在我面前真不用管人设，早塌了。”

姜迎皱着脸嘤了一声，侧过身去把头歪在靠垫上：“不说了，我要补觉。”

在逃避这件事情上，她算是炉火纯青。

云岘从车后座拿了一件外套盖在她身上，调了调空调吹风口，又伸手在她脑袋上揉了揉：“睡吧，到了叫你。”

从申城回溪城的路还是那一条，却又有什么不一样了。

把姜迎送到家的时候，两人挥手告别，姜迎走了几步又折返回来，踮起脚在云岘脸颊上亲了一口，说：“明天见。”

云岘顺势把她搂在怀里抱了抱：“明天见。”

总算是趁着春天结束前，进入了恋爱副本模式。

夏天要到了，云岘打算给咖啡馆里换一批新绿植，花店送了好几盆过来，苏丞负责搬花，赵新柔在一边指挥。

两人正在讨论这盆龟背竹是放在门口还是吧台，云岘看他俩争得没完没了，发话道："摆门口吧。"

"看吧，得听我的。"赵新柔拆开一束玫瑰，修剪枝叶后插进花瓶里。

苏丞一向是吵不过赵新柔的，看她两根手指捏着花枝小心翼翼的样子，接过她手里的剪刀："我来吧。"

云岘端着一杯美式看他俩一会儿酸一会儿甜的，意味深长地笑了笑，打趣道："苏丞倒是挺会心疼人的，以后不知道哪家小姑娘有福了。"

苏丞看着赵新柔没说话，赵新柔收拾桌子上的包装袋，权当自己没听到。

过了会儿，赵新柔想起一件事，问云岘道："对了老板，姜迎姐是不是好几天没来了？"

苏丞还记着上次云岘冷着脸把他从后厨叫出来守店，自己和姜迎出去谈事，只是谈完回来后脸色不太好看。

两人别是没戏了吧？

云岘从面前两位的眼神里读出了担忧，他放下杯子，起身走到前台："她这两天工作忙，这会儿估计要下班了。"

还剩一朵粉色荔枝没剪，云岘抽了张平时用来垫蛋糕的薄纸，随意地把花包了一圈，又拿了段丝带缠好打了一个漂亮的蝴蝶结。

云岘说："小赵，帮我打包一块红丝绒。"

"哦，好。"赵新柔手脚麻利地从玻璃罩里取出一块红丝绒，是苏丞今天做的新款，销量不错，这会儿就剩最后一块了。

云岘接过打包好的蛋糕，对两人说：“这块记我账上。要是晚上没什么客人，今天就早点回家吧。”

苏丞看他要走，问道：“欸，老板你去哪儿啊？”

云岘举了举手里的玫瑰和蛋糕：“接女朋友下班。”

时间掐得正好，云岘刚到楼下就看见姜迎走了出来。

今天没开车，云岘就站在已亮起昏黄光芒的路灯下。

姜迎远远看见他，挥了挥手，笑着跑了过来。

云岘张开手臂稳稳接住她，问：“饿不饿？”

“饿死我了。”姜迎整个人挂在他身上，“改了一天的方案，总算是过了。”

云岘把下巴搁在姜迎的头顶，鼻尖萦绕着清甜的柑橘香：“你们老板怎么回事，都加了一个礼拜的班了。”

“还好了，今天下班就挺早的。主要是更新和线下活动全凑一起了，过阵子我还得去申城出差。”

云岘松开姜迎，把手里的东西递过去：“辛苦了。走吧，先带你去吃东西。”

大抵这就是爱人的奇妙能力，治愈生活里所有的疲惫和不开心。

姜迎一手接过花和蛋糕，一手牵住云岘：“我想吃生煎包。”

“行，生煎包。”

这家店是老字号，姜迎小时候就常来吃，店里翻修了两次，面积也是从前的两倍。

姜迎和云岘挑了靠窗的位置坐下，点了两碗红豆粥和一笼生煎包。

等候的期间，云岘说起下个月的安排：“下个月初我得回北京一趟，估计也得过段时间再回来。”

姜迎问：“有什么事吗？”

“我弟弟高考了，想了想还是得回去，正好等考完了带他放松放松。”

姜迎哦了一声，点点头：“那弟弟要加油。”

云岘说：“他不用担心，一直都稳的。”

姜迎又问：“那他有什么想去的地方吗？要不要来溪城玩啊？”

云岘看着她，只笑不语。

姜迎清了清嗓子，解释道：“我的意思是，申城啊金陵啊都挺好玩的……你们可以考虑一下嘛。”

云岘应下她明显夹带私货的话：“行，我知道了，我会问他的。”

提起家里的高三生弟弟，吃饭时的话题就自然围绕着他展开。

云岘的弟弟叫云岍，今年刚满 18 岁。

听云岘的描述，无论是外形还是性格，云岍完全就是他的缩小版。

所以姜迎对这个弟弟简直好奇死了。

云岘说：“毕竟是我带着长大的，长兄如父嘛，像我也挺正常的。”

姜迎疑问道：“你带大的？你父母工作很忙吗？”

“算是一个原因吧，再加上他们很早就离婚了，我和弟弟都跟着我妈。”云岘说这些的时候，神色没有丝毫变化。

姜迎却有些尴尬，咬着生煎包不知道该不该继续聊下去。

云岘读懂她的心思：“想问什么就问，我是你男朋友，你应该多了解一点儿。”

姜迎小心翼翼地张口：“那，你父亲呢？我是觉得，对于一个女人来说独自抚养两个孩子是一件很累的事，所以……”

云岘没有立即回答，似乎是在思考要怎么说。

“我父亲是做地质学的，常年在外考察，去过很多地方。生我的时候在湖北，生我弟的时候在陕西，一年见到他的次数也很少，有的时候在家没待两天又要走了。”云岘的语气平和，好像就只是在介绍他的家庭，“我母亲是高中语文老师，他俩刚认识的时候，一个是爱好文学的女青年，一个是心怀山河的旅行家，很难不被对方吸引吧。”

姜迎放下筷子，认真地听他讲述：“那后来呢，后来为什么又分开了？”

云岘笑了笑，只说了两个字：“现实。”

恋爱是花前月下，是美好的一切。

但婚姻不是。在现实面前，感情是最快的消耗品。

“生完我弟弟以后，我妈很长一段时间都处于抑郁的状态，后来没过多久他们就离婚了。办手续的时候，我爸想要走我，还说已经打算留校带学生，以后会减少在外的时间。我记得我妈当时很平静，就说了一句话——‘我和你吵了这么多架，就是希望你多陪陪我和孩子，为什么等离婚了，这个条件就变得这么容易实现。’”

姜迎不知道说什么安慰云岘，只能握住他的手，用指腹摩挲着他的手背。

“我不怪我爸，他有他的梦想和抱负。他去过很多地方，每次都会带回来各种纪念品，给我和弟弟讲一路上的见闻。但他确实不是个合格的父亲，从小到大没去过一次我的家长会，连我在哪个班也不知道。”

云岘夹了一个生煎包到姜迎的盘子里，对姜迎说：“你应该和我爸挺投契的，你们都喜欢满世界跑。”

姜迎嚼着酥脆的面皮，说道：“一直待在自己的圈子里多闷啊，何况这个世界上有这么多有趣的地方。”

云岘点了点头表示认可：“嗯，没错。”

姜迎问他：“那你妈妈呢，她现在怎么样？”

“挺好的，还在学校教书。”

姜迎有些担心：“那她是很严格的那种老师吗？我高中语文老师就特别凶，我到现在还记得她教训人的样子呢。”

云岘挑了挑眉：“反正据我所知，她的学生都挺怕她的。”

姜迎啊了一声，嘴里念叨着“那完了完了”。

云岘一时不知道说什么好，抬起手点了点她的脑门：“现在就担心上婆媳关系了？”

姜迎捂着额头否认：“哪有！”

云岘想要消除她的顾虑：“这你还真不用担心，她要是知道我谈恋爱了估计得把你供起来。”

姜迎鼓了鼓腮帮子，只当他说玩笑话。

不过想一想，她和云岘才刚开始谈恋爱，见家长还是很久远的事，现在担心确实没必要。

短暂的忧虑很快结束，姜迎舀了一口红豆粥，丝丝甜味蔓延在舌尖——还是享受当下比较重要。

李至诚发话终于可以下班的时候，姜迎觉得一瞬间好像回到了17岁，清晨第一节数学课漫长而枯燥，她掐着表一分一秒地数还有多久下课。

铃声响起的那一刻，整个世界都明亮了起来。

“都回去洗漱洗漱，好好睡个觉，辛苦了啊各位。”李至诚一边打着哈欠，一边懒洋洋地慰问员工们，“等咱到申城了请你们吃好的。”

为了配合夏日年中大促和6月的漫展活动，这次一共更新了两章主线内容，时间紧任务重，再加上根据玩家反馈需要修改调整的地方也很多。等这天一切都敲定好，整个办公室的人已经是被榨得一点儿精力都不剩的状态。

周晴晴撑不住，直接趴在桌上睡着了。姜迎给她盖了条毯子，收拾了东西准备下班。

现在不过早上10点，通宵一夜之后反倒过了困点，虽然疲劳无法缓解，但她的意志还算是清醒。

姜迎走到云边的时候，苏丞正蹲在门口抽烟。

“怎么在这儿？”姜迎问他。

“姐，你怎么来了？”苏丞看见她，立马起身，取下叼在嘴边的烟，一副见了鬼的样子。

姜迎朝店里望了望：“我刚忙完，想来你们店里找点吃的。”

苏丞摸摸脑袋：“哦，这样啊。”

姜迎看他直愣愣挡在门口的样子，觉得好笑：“怎么了啊？还不让我进去了？”

“欸，不是，那个，姐……”苏丞不知道怎么解释，只能薅着自己的头发干着急。

姜迎看他这副奇怪的样子，起了疑心。她收走笑意，直接问他：“云岘呢？”

苏丞回答：“在里面呢，在打……”

他的话说到一半，屋里就传来一声带着怒意的斥问。

“你把我当过人吗？把我当过一个人对待吗？你知不知道从小到大你对着我和云岍说要是没生你俩就好了，我们俩是什么感受吗？

“这20年里，你不开心，你不幸福，我就高兴过吗？

“你说得没错，生我是你做过的最错误的决定，我也这么觉得。

“我比你，比你和你前夫，都更希望没有我这个人的存在。”

隔着一扇门和大厅，其实屋里的人到底说了些什么，姜迎听得并不完整。

但仅凭捕捉到的那几个字，她像是被雷劈了一遭，蒙在原地不知该进还是退。

那个此时此刻正爆发的、像困兽般发出绝望嘶吼的人，是她二十多年里遇见过的最温柔的存在。

而她从来不敢想象，云岘会说出“我希望自己不要存在”这样的话。

苏丞把姜迎拉了出去，关上大门，放轻声音说道：“老板刚刚接了个电话，好像是他家里打来的，估计是出了什么事，没说两句就吵起来了，不过他每次接完家里的电话心情都不是很好。”

姜迎当即决定：“我去看看他。”

“欸，姐。”苏丞拦住她，“你还是先别进去了。他正烦心呢，让他自己待一会儿吧。”

姜迎张了张嘴，却说不出话。她重重叹了一口气，抱着手臂靠在门边。

没多久，云岘在屋里喊苏丞：“苏丞，我这两天回北京一趟，有事给我打电话。”

苏丞赶忙应下：“欸，好。”

云岘匆匆走到门口，这才看见站在那儿的姜迎，一瞬的意外过去后，他缓了缓不悦的神色，嘴角勉强挤出一丝笑意，问她：“你怎么来了？”

姜迎没回答他的问题，直接问：“你要回北京吗，出什么事了？”

苏丞自觉地回到店里，留下他俩单独说话。

这事不好解释，云岘只说：“家里出了点事，之后再跟你说，我现在得赶去机场，等我回来。”

“云岘。”姜迎拉住他的手臂，不假思索道，“我和你一起去。”

见他一时没反应，姜迎牵住他的手，又缓和语气说：“我不是想掺和你家里的事，我就是想陪着你，或许也能有我帮得上忙的地方。我和你一起去吧，好不好？”

姜迎的面容和望向自己的眼神似乎有魔法，那些笼罩在周身的阴郁一下子稀薄了，云岘抬手摸了摸她的脸颊，心底发酸。他点头同意：“好。”

一路到机场共 40 分钟，姜迎开的车，云岘一直在和不同的人通话，第一句话问的总是“云岍是不是和你在一起”。

把通讯录里能找的人都找了个遍，云岘终于放下手机，疲惫地靠在椅背上。

姜迎看他一眼，问：“是弟弟离家出走了？”

云岘有气无力地嗯了一声：“最近学习状态不太好，和我妈吵了两句，今天老师打电话来说没去上课，不知道这小子跑去哪儿了。”

姜迎安慰他：“他都这么大了，知道分寸，或许就是累了想要休息一会儿。”

云岘揉着太阳穴：“我明白。”

看他心情不好，姜迎也就没有多说些什么。他们仓促地买了最近的航班，等到落地的时候已经下午两点多。

调查了小区门口的监控，云岍早上是往学校的反方向走的，但去了哪里查起来就很困难。

今早云母夏芝连着两节公开课，一直没空看手机，云岍的班主任陶老师以为他是生病了才没来学校，毕竟是从来成绩优良的好学生，怎么也不会想到他是逃学了。

夏芝知道小儿子没上课的第一反应是打电话给那个同样不省心的大儿子。

在她看来，云岍突然的叛逆有一半是和云岘学的，而云岘莫名而来的反骨就是遗传了云父云程帆。承受不了就逃避现实，懦弱又可耻，父子三人一个样。

母子俩说了两句便吵起来，一直到现在坐在派出所里，也是一人一边，谁也不搭理谁，漠然得好像陌生人。

姜迎站在云岘旁边，初次见家长本就紧张，如今气氛尴尬，她更加不自在。

民警一听不见的是个高三男孩，心也算放下一半，问他们道："这小孩平时爱去哪儿啊？不想上课多半是去网吧了吧。"

夏芝摇摇头："他不可能去网吧的，身份证也在家里，又没带手机，能去哪儿呢这孩子。"

云岘冷静地和民警交代情况："他平时就待在家和学校。我联系了认识的亲戚朋友，都说没看见他。他一个人能去的地方很少，身上的现金也不过几百块，能查一查周边的监控吗？"

民警做着记录：“查起来也是费时间的，说不定他等会儿就自己回来了。”

姜迎扯了扯云岘的袖子，小声问：“他有没有什么爱好？比如喜欢天文，很可能就会去博物馆，或者喜欢打篮球？”

云岘低着头没说话。

姜迎以为他没有听明白，继续说：“心情不好的时候很可能就会去做喜欢的事，也许他只是想找个地方发泄发泄。”

“姜迎。”云岘终于抬起头，光打在他的侧脸和肩膀上，清晰地勾勒出他眼下睡眠不足的乌青和眉梢的疲态，“云岍他，好像没有爱好。”

或者说，不能有。

任何与学习无关的事都是浪费时间，喜欢什么，都会被一句“等高考完了再说，你现在的主要任务是学习”封杀。久而久之，那些爱好、兴趣，本来能带来愉悦的事物就会失去它们原本的效力。

在长久的沉默里，光线转移，云岘整个身子都置于阴影下，他终于想起弟弟曾经是喜欢飞行器的。

是什么时候云岍不再说起航天，说起空间探测器，说起那些在他眼里遥远而充满无限魅力的名词呢？

好像是在一次周末，夏芝带着兄弟俩去书店，云岍很开心地拿了一本《浩瀚宇宙》。

那本书很厚，涉及的知识对于一个七八岁的孩子来说专业而晦涩，但仅仅是图片就让云岍看得兴致盎然，他并不知道一艘载人航天背后需要付出什么，他只是无法抵挡来自宇宙深处的吸引力。

但那本爱不释手的书云岍还是没能带回家，无论他如何坚持，如何描述那本书有多么有趣，最后都被夏芝一句“考试考得到上面的东西吗”堵在原地无话反驳。

那天云岍没有闹，乖乖地把书放回了架子上。夏芝满意地摸着他的脑袋，笑着说：“晚上带你和哥哥去吃比萨好不好？”

至于弟弟后来有没有高兴起来云岘不记得了。

或许很快就忘记这回事了吧，毕竟是小孩子。

“是不是挺可怜的？”云岘哑着嗓子问姜迎，“连喜欢的东西都没有。”

他似乎是在说云岍，又好像是在说自己。

查监控确实很费精力，时间越长，夏芝的耐心就被消耗得越快。一开始的担忧逐渐转化为烦躁，她终于忍不下去，皱着眉骂了一句：“这么大了还不省心，一天天就知道胡闹！”

云岘没有多余的力气理她，只眼睛死死盯着屏幕，想要从人海里找到熟悉的身影。

弟弟一向懂事乖巧，有自理能力，对周围的环境很熟悉。正因如此云岘却更担心，因为没有人知道他究竟会去哪里，会做些什么，现在的心理状态又是如何。

将近一个小时过去，云岘摘下眼镜揉了揉发红的眼尾，姜迎从包里翻出一瓶眼药水递给他。

云岘接过黑色的小瓶子，轻声问她：“累不累？”

姜迎摇摇头，身体是疲惫的，一夜未睡再加上两个城市间的奔波早耗尽了体力，但精神又紧绷着不敢放松。

中途夏芝接了几个电话，她是年级主任又带着一个重点班，需要处理的事情很多。

姜迎起身倒了一杯水，朝着她微微一笑，把纸杯放在她手边。

夏芝忙了一天，刚刚无暇顾及其他，她拉过姜迎，歉疚地说：“今天真是不好意思，让你大老远也陪着过来。”

姜迎笑着摇摇头。

夏芝的手机铃声又响起，见是云岍的班主任打来的，她赶忙接起。

“喂，陶老师……回学校了？那就好那就好，我们马上过来。”

云岘也听到了，松了一口气，起身和身后的民警说：“不好意思，耽误你们时间了。”

民警挥了挥手：“本职工作、本职工作，回去和孩子好好沟通啊！”

云岘连连应下，迈着大步走了出去。

姜迎和夏芝跟在他身后，匆匆忙忙赶回了学校。

教师办公室里，失踪了一天的云岍低着头坐在单人沙发上。

云岘走到门口停下，喘了两口气平复呼吸。

陶老师见家长来了，主动起身把空间留给他们：“孩子也和我承认错误了，有什么要好好沟通，云岍一直很优秀的。”

云岘点了点头：“谢谢老师了。”

姜迎站在云岘身后，有些摸不准他的想法，正琢磨着等会儿要是打起来要怎么拦，就看见他上前一步，手覆在男孩头顶压了压，低声问：“有没有吃东西？饿不饿？”

云岍似乎也挺意外，呆呆地摇了摇头。校服T恤宽松，罩在男孩瘦削的身体上显得空空大大。他的五官和云岘很像，但更青涩稚嫩些，许是知道自己惹了事，现在乖乖坐着，像是等候发落。

“今天先回家吧，晚自习不上了，我帮你和老师请假。”云岘接过他的书包提在手里，甚至开玩笑地说了一句，“离家出走还带这么多书，学霸人设倒是没倒。”

云岍被云岘说得脸一红，心里摸不准他哥是不是说反话讽刺他。

夏芝站在一边，终于发话：“你先带着他回去吧，我还有两节晚自习。”说完便转身出去了，头也没回一下。

姜迎偷偷提了一口气，这家人还真是让人捉摸不透。

回去的路上，姜迎以为云岘会好一通盘问，可他除了问他俩有没有什么想吃的，牛肉面行不行，就没说什么。

云岍估计是第一次干坏事，做好了被狠批一顿的准备，结果谁都没骂他，搞得他更慌了。

他小心翼翼地瞟了一眼云岘，后者正打开某外卖APP认真挑选。

“哥，你没什么要骂我的吗？”

姜迎没忍住，扑哧一声笑了出来：“你倒是希望他骂你啊。”

云岘也觉得好笑，捏了一把他的脸颊：“有啊，都大着胆子逃学了，最后还跑回学校，你㞞不㞞？”

云岍龇牙咧嘴地捂着半边脸，嘟嘟囔囔：“我没想逃学。”

云岘问：“那你想干吗？世界好大，你要去看看？”

“我就是，不想去学校。”云岍的声音越说越小，“考试考得好不好，作业做得对不对，我都没有感觉了。陶老师和我说，还有半个月就考完了，再忍忍，很快就会过去了。但是对于我来说，是一年、半个月，还是明天，都一样，我麻木了。我听不进去课，看到试卷就反胃，我不知道自己要干什么，坐在教室里只觉得痛苦，我觉得我要憋死了。”

说完，云岍把头靠在窗户上，盯着外面一闪而过的建筑物发呆，半晌又说了一句:“哥,你会不会觉得我有病?可是我真的好难受。”

云岘的手握成拳紧紧攥着,过了会儿又松开,在云岍肩上拍了拍。

他要如何安慰弟弟呢。

告诉弟弟未来还长,这些都不算什么吗?

可是云岘回过头去望自己的 30 年,只看见了漫长的痛苦,他挑不出什么值得期待的,给予弟弟希望。

云岍两岁那年父母离婚,在他的意识里并没有一个完整家庭的记忆。

但是云岘有,他亲眼见证一个和谐幸福的家分崩离析。

父母争吵的时候,他总是能听见“我为了这个家牺牲了什么什么”的句式,好像他和弟弟的存在就是在不断剥夺那两个人的快乐和光明。

他闷着头学习,闷着头工作,闷着头生活。

为什么辞职,为什么离开北京。

就是因为有一天他发现他没有情绪了。

他整夜整夜地失眠,翻来覆去,难以入睡。

半梦半醒的迷糊状态下,他总是看见自己被困在海底,身体无限下坠,见不到阳光,嗅不到新鲜空气。

濒死,血液滞缓,脉搏微弱地跳动维存最后一丝生气。

如果一个人连呼吸都觉得痛苦,他要怎么活下去。

云岘突然哽住,喉咙口发疼。

在他艰难地想要出声时,有人替他说了话。

“生活确实很辛苦,一天又一天,你总有烦心不完的事。但是,不管明天是晴天还是雨天，明天总会有让你感到快乐的事。”

窗外的树枝匆匆被掠过，落日余晖投映在姜迎的脸颊上，或明或昧的光线里，她的声音温柔而平和，像是初夏的晚风，裹着樱桃的香甜，轻轻拂过忙碌了一天的行人——

“我加了一个礼拜的班，到现在已经快30个小时没睡，但是，一想到等会儿就会有一碗热乎乎的牛肉面，我就觉得好开心。”

她翘起嘴角，那是一个极有感染力的笑容：“你看，快乐其实很简单。至于那些痛苦的、不好的回忆，等过去了你就会发现，也不过如此嘛，只是一段经历罢了。”

第七章·让我着迷

『那以后我把所有的愿望都留给你。』

姜迎一通话说完再回头的时候，发现兄弟俩都目不转睛地盯着她看。

她尴尬地干咳了一声，回过身躲开两人的视线："怎么了，是'鸡汤'腻到你们了吗？"

云岍连忙摇头："没有、没有，你说的话我知道了，谢谢你。"

连沉默一路的司机师傅都忍不住给她竖了个大拇指："小姑娘，你说得真好！"

云岘只是笑着看了会儿姜迎，片刻后，他移开目光转向云岍，问出了所有人担心一整天的事："今天一个人都去哪儿了？"

姜迎赶忙附和："对啊、对啊，今天都去哪儿逛了？有没有吃好吃的？"

云岍言简意赅地总结了自己这逃学的一天："随便挑了一辆公交车，绕了大半圈，在路上遇到一家二手书店，把没看完的《三体》看完了。"

云岘这才想起手机被没收了之后，云岍曾经借了同学的《三体》看，有次没注意时间看到了夜里两点，被夏芝发现后第二天就把房间彻查了一遍，所有与学习无关的东西都收了起来。

那次云岘也跟着挨了骂，被他妈警告不准包庇不准纵容。

估计云岍这小子心里也挺难受的，就差几章看完了，能憋大半年也不容易。

云岘问他："结局怎么样？"

"不知道。"云岍低着头，一副沮丧的样子，"我也不知道为什么，看的时候老是分心，想别人现在试卷做到哪一张了，复习到第几单元了。好不容易强迫自己看完了，等合上书我发现我什么也没记住。”

“所以最后又回学校了？”

云岍挠了挠额角：“说起来有些不好意思，看到学校标志那一刻，我竟然感觉到前所未有的心安。”

云岘叹了口气，恨铁不成钢地道：“所以说你丢脸啊，第一次见逃兵回来自首的。”

姜迎立马瞪了一眼云岘示意他闭嘴，转头又笑着对云岍说：“读书人的事哪叫逃避，咱这是存个档来日再战。再说了，其实逃避也不可耻啊，我就爱逃避。”

云岘轻笑一声：“你倒是会宽慰人。”

姜迎又瞪了他一眼，后者抿了抿唇示意自己闭嘴，朝她做了个请继续的手势。

姜迎调整了下继续说：“不过逃避解决不了问题是真的。你可以短暂地把自己隔离起来，好好想一想怎么办，或者干脆就分散注意力调整一下心情。等调整好了，该面对的还是要面对。”

姜迎鼓励完，就要轮到云岘教育了，他端出几分兄长的架势，正色说道：“哥不骂你，是知道你辛苦了，也是个懂道理的。但你今天确实做得不对，让大家担心你一天。”

云岍乖乖认错：“知道了，是我不对。”

见态度诚恳，云岘满意地点了点头，问：“现在感觉后悔吗？”

云岍毫不犹豫地回答：“不后悔，至少在踏出第一步的时候，我感觉松了一口气。”

“高考也没什么可怕的，你不是一直以来都做得很好吗？”云岘说完的时候，正好到了目的地。

彼时已经过了下午5点，初夏的太阳依旧耀眼。前两日下了雨，今天的空气倒算是洁净，天空也一片湛蓝，飘浮着白云朵朵。

云岍终于露出今天的第一个笑容，眼里重现光彩，像是卸去了满身的压力，真真正正地轻装上阵："我知道了，这么多考试都考过来了，也不差这最后一门！"

在气氛逐渐走向热血的时候，姜迎默默举起手："不是我想煞风景，等到了大学恐怖的考试还多着呢。"

纯真的高中生云岍睁着无辜的大眼睛，问出了一个让两人笑而不语的问题："大学不是用来玩的吗？"

还是不要吓着备考生了，云岘把手里的书包和家门钥匙递过去："你先上去，外卖估计快到了，你饿了就先吃。"

云岍问："你们要去哪儿啊？"

"带你小姜姐姐去买点日用品，她今晚住家里。"

等云岍上了楼，姜迎才后知后觉地意识到什么，突然要留宿在人家家里，她还怪不好意思的，说："其实，我去酒店也行的。"

云岘低头看她一眼："你害羞什么？"

姜迎睁大眼睛，提高声音虚张声势："我哪有？"

云岘指了指自己，又指了指正在上楼的云岍："你睡我的房间，我睡小岍的屋里。住家里，明早去机场也方便。"

"哦，这样啊。"姜迎点着头迈步开溜以掩饰心虚，还没踏出一步就被云岘捉住手腕扯了回来。

"怎么了？不是要去超市吗？"

"先干件事。"

话音未落，云岘就握着她手腕往楼道里走。

太阳西斜，定时的灯还未到点，楼道里漆黑昏暗、空无一人，任何细微的声响都被放大，清晰地传到耳边。

姜迎被云岘轻推了一下，后背抵在水泥墙上。

细小的粗粝感蹭着她的背，她不适地动了一下，却被对方认作是一个逃跑的倾向。

或许是云岘一直表现出来的那一面温柔让人没有防备心，所以当他一只手掌控住姜迎的两只手腕举过头顶压住，另一只手揽住她的腰倾身吻下的时候，姜迎的心悬在半空，感到了前所未有的紧张。

这样强势的、露骨表现出爱欲的云岘，几乎是瞬间点燃了姜迎身体里的火花，噼里啪啦地炸了一路。

涌上头脑的欢愉是彼此共享的，这并不是第一次接吻，却是头次这么激烈而缠绵，像是下一秒所有的欲望就会倾巢而出，脚下是云端，身后是汪洋，眼中只剩下放在心尖上的对方。

嘴上残留的口红蹭在了他的嘴角上，晕开的淡红色让姜迎简直没眼看。

云岘抬手用拇指替姜迎擦了一下水光漉漉的嘴，又用手背抹了抹自己的，问："怎么黏黏的？"

姜迎红着脸撇开视线，从包里找到餐巾纸抽出一张递给他："我涂了唇釉。"

云岘接过纸，摊开对折又对折，擦着手上不知道是他的还是她的唾液和那黏糊糊的唇釉。

姜迎又抽出一张替他把嘴角擦了擦，还不忘趁机抱怨一句："你怎么老是喜欢搞突袭？"

云岘捏了一下她的脸蛋，也不解释自己刚刚是为哪个瞬间动情，只说："情不自禁。"

他又往前迈了半步，把姜迎逼得更紧，低声问：“今天化妆了？”

“严格意义上是昨天化的。”

云岘又问：“脖子好像也涂了？”

“当然，不然会有色差的。是不是带妆时间太久……”

卡粉了。

没等姜迎把话说完，云岘拉开了一点儿她的衣领，她今天穿了一件宽松的 T 恤，这样一来大半边肩膀都裸露在外。

云岘抚了抚她左肩的文身，然后低下头，用牙咬住她的肩带往旁边挪了挪。

姜迎一瞬间几乎忘记了呼吸，一颗心提在半空摇摇晃晃。

云岘抓住她的手移到自己的腰上，让她揽住，细密的吻继续落下，带着些许的痛。

等到最后，红玫瑰旁又盛开了一朵，云岘亲了亲那处红肿的地方，替她把衣领重新拉好。

彼此都带了点意犹未尽的缱绻，姜迎敏感地察觉到云岘的反常，等平复好呼吸和心跳，她有些担心地问：“到底怎么了？”

云岘抱着她更紧了些，在搪塞敷衍和实话实说之中犹豫了两秒，选择了后者：“本来不想你跟着我过来遭罪。”

姜迎摸了摸他的后背：“嗯。”

“不想让你看到我的家庭。我所有的一切都可以坦诚给你，只有这个不行。我可以和你偶尔聊起，但要去直面它，连我有时候都不愿意，更别说带着你。”

云岘停顿了几秒，像是在思考应该从何说起。

“我母亲是因为怀了我才放弃读研和我爸结婚的，所以她后来经常说，要是没生我，估计她的人生就不会是这副样子的了。云岍两岁的时候他们离了婚，在抚养权上争执了很久。她一个人带着我和弟弟，很辛苦，所以从小到大一切我都顺着她。但是慢慢地，我觉得她的存在就像枷锁。我没有喜欢不喜欢做的事情，只有应不应该。工作累，回到家应付她我更累。”

云岘轻轻叹了一口气：“有的时候真不知道我们俩到底是谁欠了谁。”

姜迎问云岘：“你还记不记得我们第一次见面的时候？”

云岘点头：“嗯，你生日。怎么了？”

姜迎认真而诚恳道：“遇见你是我那天唯一发生的好事，所以云岘，谢谢这个世界上有你存在。”

还没等云岘说什么，楼里响起脚步声，姜迎立即推开他往后退了一步，催他说：“快走快走。”

上一秒的温情荡然无存，云岘无奈地笑了笑，跟上她的步子。

走出楼道，云岘看见姜迎白T恤的后背蹭到墙灰脏了一块，心虚地摸了一下鼻尖，脱下自己的外套罩在她身上。

姜迎不明所以：“我不冷啊。”

云岘指了指背后：“衣服脏了。”

闻言，姜迎睁大眼睛，一边扭着身子察看衣服一边嘴里嘟囔：“你说说你，挑的什么好地方。”

云岘只能赔笑，推着姜迎往外走：“我给你洗我给你洗。”

等到他俩从超市回来，发现云岍还煎了两个鸡蛋留给他们。

忙了一天，午饭也没来得及吃，姜迎闻到面汤香揉了揉肚子，早就饿得受不住了。

云岘看姜迎面没吃几口，鸡蛋却三两下解决完了，问她：“还要不要鸡蛋？”

姜迎摇摇头：“不用了，够了……要不你的给我咬一口？”

云岘笑了笑，把不曾动过的整个煎蛋都夹到她碗里：“给你留着的。”

在小事上云岘总是留着一份细心，记着别人的喜好，兄长的角色扮演得久了，又习惯性地让着别人。

但姜迎看到云岘这样其实心里并不好受，尤其是在今天近距离接触他的家庭之后。

她希望云岘也做个被宠着的小孩，不要永远这么懂事这么招人心疼。

云岘看姜迎一直在发呆，笑着捏了下她的耳垂：“想什么呢？快吃面。”

说好一口就是一口，姜迎咬下一小块煎蛋，美滋滋地咀嚼着，把剩下的还给云岘：“宝贝弟弟给你煎的，你可不得尝尝？小岍这蛋煎得比我好多了。”

云岘说：“他也就会这个。”

姜迎又从自己碗里夹了两片卤牛肉给他，摸了摸他的头发：“今天我们宝贝哥哥也辛苦了，多吃点肉肉哟。”

云岘抬手用食指和中指轻轻弹了一下姜迎的额头，笑着道：“哄小朋友呢？”

姜迎摇摇头：“哄男朋友。”

云岘十分受用，亲昵地揉了揉她毛茸茸的脑袋。

吃完饭，云岘收拾桌子，姜迎在客厅里随便逛逛。

几乎每个家庭都会有一面荣誉墙，贴着孩子从小到大的奖状，但凡有人来做客，那面墙总要像个旅游景点一样被打卡。

姜迎家里也有，张数不多，最高的奖项也只是班级三好学生。

此刻面对整整一柜子的证书和奖状，她才算知道什么叫学霸的成长史。

她随意拿出几张看了看，全国数学竞赛二等奖、物理竞赛一等奖、晨星杯征文二等奖……上面两层都是云岘的，底下的留给弟弟云岍。从小到大，几乎每门课目都有，此外市级三好学生、优秀班干部也满满的一沓，按照年份排好序。

姜迎忍不住感叹一句："这也太恐怖了吧。"

她转头面向正在餐厅擦桌子的男人，由衷地表示："云岘，你们家的基因太强大了。"

云岘往那柜子不咸不淡地瞟了一眼："也有挺多凑数的，幼儿园折纸比赛第一名也被我妈搁进去了。"

姜迎小心翼翼地把手里的证书放回原位，趁云岘看不见偷偷双手合十拜了拜。

"姜迎。"

听见云岘在厨房喊她，姜迎赶紧过去。

云岘甩了甩手上的水，挑了一颗樱桃喂给姜迎，把盘子递给她："把樱桃给云岍端过去吧，再问问他要喝水还是喝饮料。"

樱桃酸酸甜甜，云岘已经把核去了，吃起来一整颗果肉，别提有多爽。

"好嘞。"姜迎接过盘子，忍不住又想拿一颗。

云岘拍开她的手："给你留了一盘呢，别偷吃高三生的。"

姜迎嘻嘻笑了下，把樱桃给云岍端过去了。

门没关紧，姜迎走到门口往里看了一眼，发现云岍正坐在椅子上发呆。

她轻轻敲了敲门，男孩才回过神向她看去。

姜迎对他笑了下，走进房间里，把果盘放在桌上："你哥买了樱桃，尝尝，很甜的。"

云岍礼貌地向她道谢："谢谢姐姐。"

姜迎又问："那个，你渴不渴，想喝水还是饮料？"

"没事，我不渴。"

姜迎点点头："行，那你看书吧。"

她走到门口，犹豫了一下还是折身回来，对云岍说："我小时候有一次骑车摔了，左胳膊差点脱臼，身上好几处擦伤。我哭着回家找我妈，你猜她做了什么？"

云岍愣愣地摇了摇头，猜测道："安慰你了？"

姜迎伸出食指摇了摇："不，她把我打了一顿，一边骂我一边带我去医院。"

这下云岍是彻底怔住了："啊？"

姜迎弯起眉眼笑着说："很奇怪吧？她后来和我说，她当时吓蒙了，担心得要死，又不知道该怎么办，一急就想打我一顿。有的时候吧，他们只是不知道正确的表达方式，骂你也许不是真的怪你，但对你的爱是不需要怀疑的。"

姜迎不知道此刻的云岍能听明白多少，她也不善于安慰人，最后笑了笑，留下一句"不要想太多了，安心做你的事吧"，便轻轻合上门出去了。

云岘和姜迎不想吵着云岍，一人一只耳机窝在沙发上，用手机播了部电影看。

夏芝是晚上 8 点的时候回来的，怀里抱着一沓厚厚的试卷，依旧保持着她为人师表的端庄得体。

她自动略过云岘，直接问姜迎：“晚饭吃了什么？”

姜迎回答说：“牛肉面。”

夏芝这才不满地看向大儿子：“你也不知道带人家去吃点好的。”

姜迎连忙解释：“不是、不是，是我说想吃面的，我说想吃的。”

夏芝拉过姜迎的手，问她：“以前来过北京吗？”

姜迎乖巧回答：“前两年和朋友来玩过，不过就待了三四天。”

夏芝说：“北京好玩的地方多着呢，以后让云岘多带你去玩，反正他也是个闲人了。”

云岘欲言又止，似乎是想争辩咖啡馆老板可不是闲人，但想了想还是放弃了，不想再吵架。

看到夏芝往云岍的房间走，云岘急了，立马起身要阻止她：“我已经说过他了，你别再影响他心情。”

夏芝转身，抖了抖手里的文件夹：“今天晚上小测的卷子，我拿给他还不行了？合着在你们兄弟俩心里我就是什么恶人？”

一看气氛不对，姜迎心都提了起来，看看这个又看看那个，夹在中间不知道要怎么办。

好在大家都累了一天，实在没什么力气再给彼此不痛快。

夏芝似乎真的只是去送卷子，很快就从房间里出来。

姜迎知道他们母子俩有话要说，借口要去洗澡回了云岘的房间。

等客厅里又只剩下母子两个，云岘和夏芝才意识到他们真的没有好好坐下来聊过什么话，在这么平常的瞬间，双方竟都不知道应该说什么开头，生疏得像陌生人。

云岘开了电视，音量调到最小，体育频道的解说员激动地挥舞手臂，决胜时刻，球飞舞在半空，全场人的视线聚焦在那一点上。

他这才发现这一场他早看过直播，伸长手臂够到遥控器，想换个台。

“是不是老在心里觉得我不懂你？”夏芝坐在单人沙发上，轻声开口。

云岘按键的动作一顿。

“你穿多大码的鞋，爱吃什么，不爱吃什么，是什么脾气，没有人比我更清楚。”

“你清楚吗？”云岘的语气平静而肯定，“我喜欢什么，我会因为什么开心，因为什么不开心。你真的清楚吗？”

他转过身看向夏芝：“我不知道云岍会不会这么想，有的时候我真的觉得，我只是你的学生。”

顿了顿，他又说：“甚至不如你的学生。”

不知道是哪句话戳中了夏芝，她拧着眉提高声音反问：“你说什么呢？我做的哪件事不是为你俩好？我对哪个学生有对你们那么操心？为了生你们两个人我受了多大罪你不知道吗？”

“我当然知道。”云岘沉重地呼吸，“这些年你在我们俩面前说的还少吗？你牺牲了什么，你失去了什么，你为这个家付出了什么，你说得不累我听得都累了。”

云岘尽量克制住心中的情绪，压着嗓子说：“你觉得我辞职是胡闹，你觉得今天云岍逃学是胡闹，但你知不知道——”

他猛然停下，移开视线，眼底凝着一层雾：“待在这个家里，有多让人窒息。”

夏芝捂着心口喘了好几下，被堵得什么话都说不出。

她看着云岘，隔得很近却又觉得遥远。

她想起云岘刚学走路的时候，她站在原地松开手，小家伙摇摇晃晃往前迈了几步就要回头找她，再摇摇晃晃地扑进她的怀里。

小的时候这么黏着她，怎么越长大就越想逃离父母逃离家庭？

夏芝不想和云岘吵，他难得回家一趟，她不想再像上次一样不欢而散，他连过年也不回来。

罢了罢了，夏芝想，她总说云程帆是个不及格的父亲，现在看来自己的得分也并不漂亮。

客厅里沉默了好久，等电影频道的晚间剧场即将开始，夏芝推了推鼻梁上的眼镜，问云岘："明天什么时候走？"

语气稀松如平常，仿佛刚刚的针锋相对没有发生过。

云岘哑着声音答："早上 8 点。"

"早点睡吧，你和小姜也累了。"说完她便抱着那沓试卷回了自己房间。

姜迎躲在门后偷听了好一会儿，终于等到夏芝回了房间，她才轻手轻脚地开门出去。

见她出来了，云岘问："怎么了？"

"没，就告诉你我洗好了，你去洗吧。"说着，她就打了一个哈欠。

云岘摘下眼镜揉了揉眼睛，眼里泛着红血丝："你困了就先睡吧。"

姜迎点点头，回了房间："那你也早点休息。"

云岘的床单是深蓝色的，卧室里除了一张黑色办公桌和一面衣柜，再没有别的什么家具。姜迎躺在被窝里，闭上眼睛，迷迷糊糊地听到有人进了浴室，柜子一开一合，在意识即将空白的前一瞬她猛地想起手机还在客厅的包里，而她忘记了要定个闹钟。

只能强撑着意志爬起来，她半眯着眼，看见云岘正把一床被子铺在沙发上。

“你睡这儿吗？”姜迎揉着头发问。

“嗯，云岍那小床也挤不下我俩，他明天还要早起上学。”

她有些不忍：“那这沙发也很挤啊。”

云岘说：“没事，就一晚上。你快去睡吧。”

姜迎摸了摸后脖子，心里挣扎了一下，决定还是不要让自己辛苦一天的男朋友受委屈：“别睡沙发了吧……那个，你进来的时候记得关灯啊。”

说完，她就拿了自己的包踩着拖鞋快步走回房间，特地没有关门。

她身后，云岘抱着被子琢磨好一会儿才回过味来，他叉着腰无奈地笑了笑，把那床被子重新叠好，关了客厅的灯走进卧室。

开关啪嗒一声，屋里陷入漆黑。

被子被掀开一角，感受到身边有人躺下，姜迎转过身子搂住云岘的腰埋进他的怀里。

云岘抱着她调整了一下姿势，让她枕得更舒服一些。

“如果你睡不着的话，我可以陪你说说话。”姜迎的声音带着倦意，比平时的语气更加软些。

云岘拨了拨她额头上的刘海，问她：“还记得你上个生日许的愿望吗？”

也许是太困了，也许是真的忘记了，姜迎想了想，发现自己并不记得：“我许了什么？”

“你说以前许的愿望没有什么实现的，所以就希望今天晚上失眠的人都睡个好觉吧。”云岘在姜迎的额上落下一吻，“你的愿望灵验了，那一天，我睡得很好。”

入睡之前，姜迎迷迷糊糊说的最后一句话是——

“那以后我把所有的愿望都留给你。”

也许是心里记着事，第二天早上 5 点多姜迎就醒了，看身边的云岘还在睡，她关了手机里的闹钟，轻手轻脚下床洗漱。

客厅里已经有动静，姜迎走出去，看见夏芝正在厨房里忙碌。

“阿姨。”

夏芝见到她，笑了笑：“这么早就起来了？先来吃早饭吧。”

姜迎点点头，桌上摆着白粥小菜，不知道是夏芝什么时候起来准备的。

外头树上的鸟啾啾叫了两声，又扑腾着翅膀飞走了。

姜迎捧着半碗白粥小口小口地喝，胃里暖乎乎的，很舒服。

餐厅的时钟走到 5 点 40 分的时候，云岍从屋里走了出来，懒洋洋地揉着眼睛。

他走到餐桌边，把手里的试卷递给夏芝：“做完了，你看看。”

夏芝没接，给云岍舀了碗粥，交代说：“你自己的卷子自己看，昨天缺的那两节课没讲什么重点东西，应该都是你会的，把习题看看，不懂的自己去办公室找老师问。”

云岍又用力揉了揉眼睛，以为是自己还没睡醒，从前他的每份作业和考卷夏芝都是要过目的。

姜迎见状，赶紧把粥往云岍面前推了推：“快把卷子收起来吃早饭吧。”

云岍这才回过神：“哦，好。”

夏芝抬头瞟了一眼钟：“云岘还不起来？”

姜迎赶紧解释：“他昨晚睡得晚。没事，让他多睡会儿。”

夏芝叹着气摇摇头：“小姜啊，你可别对他这么好。他看上去是相貌堂堂的，但坏毛病不少，以后要是结了婚有你受的，千万别惯着他。”

姜迎一口粥呛在喉咙里。

云岍出声打断他妈：“有你这么说自己儿子的吗？”

夏芝挺直腰：“我自己儿子我才要说。”

云岍嘀咕道：“哥好不容易找到个女朋友，你别把人家吓跑了。”

夏芝冷哼一声：“要吓跑也是你先吓跑吧，逃学的不良弟弟。”

母子俩一人一句，虽然是拌嘴，却好久没有说过这么多的话。

姜迎喝着粥，偷偷笑了笑，这样也好，能吵起来总比相顾无言好。

去机场的路上，姜迎想起清早热闹的餐桌，和云岘说：“阿姨今天好像有点不一样了。”

云岘问：“哪里不一样？”

姜迎鼓着腮帮子想了想：“说不上来，反正就是不一样了。”

云岘牵着她的手，看向窗外说：“下次回家再带你好好逛一逛北京。”

姜迎顺着他的目光看去：“好。”

最后一场春雨过后，天气逐渐闷热，室外太阳刺眼，天空无云，院子里的葡萄树结了果实。

夏天的云边咖啡馆多了一个新店员——刚高考完就被抓来做打工仔的云岍。

6月底的周末，姜迎在申城出差，为期两天的漫展，《小世界》拿到一个主题餐厅的展位。

本来这种线下活动都是运营部的活儿，但方宇最近抽不开身，便找了姜迎过来帮他盯着。

有专业的店员在外服务，姜迎挂着工作牌，偷偷躲在后厨摸鱼。

进店的客人都是年轻女孩子，穿着漂亮的裙子，化着精致的妆。

姜迎看着那群小姑娘，和云岘感叹说："年轻真好，青春万岁。"

云岘在电话那头轻声笑了笑："怎么在漫展还伤春悲秋起来了？"

姜迎问他："店里忙不忙？"

"还行，小岍做事挺麻利的，我这个老板倒是挺悠闲。你呢，不忙啊？还有空和我打电话。"

"我不忙啊。外面有帅哥服务生，还需要我干什么。"说到这个，姜迎来了兴致，"我和你说，我们这次找的 Coser 绝了，长得超帅。哦，你应该知道 Cosplay 吧？就是角色扮演。"

云岘沉默了两秒："真的吗？"

"真的呀，我把照片给你看。"

挂断电话，姜迎把手机里偷拍的照片给云岘发过去。

Cos 简影的那位帅哥五官精致，穿着衬衫西裤，架着金丝眼镜，斯文败类的气息呼之欲出。

姜迎偷拍的时候，他正站在前台为两位顾客点单。

半分钟后，手机里弹出来信息。

见山："仿品。"

姜迎扑哧一声笑出来。

落日橙："我看这也不输正品哦。"

再然后云岘就没有回复，正好姜迎这边来了事，她收起手机起身干活。

姜迎万万没想到，第二天她接到云岘的一通电话，对方说他现在正在展馆门口。

“你有票吗？你怎么进来的？”

云岘没回答，只问：“你在哪个方向，我去找你。”

姜迎报了地方，没几分钟就远远看到云岘走了过来。

她一路小跑过去，喘着气问：“你怎么来了？”

云岘一手插着口袋，往店里张望，淡淡地说了句：“打假。”

姜迎又无语又好笑，这男人吃起醋来真是幼稚得要命。

她问云岘：“那你怎么进来的？”

云岘把手里的工作牌拎到姜迎眼前：“李至诚给我的。”

姜迎狐疑地看着他：“你什么时候和我老板关系这么好了？”

云岘推了下眼镜，清清嗓子说：“我是不是一直忘了告诉你啊，其实，我之前和你说是因为一个朋友来的溪城，就是李至诚。”

在姜迎还没能消化这句话的时候，云岘又说：“他是我的大学同学，我现在就住他家里呢。”

姜迎彻底石化。

“那你之前为什么跟我说和他不熟？！”她扭曲着表情号叫。

云岘戳了戳她的额头：“我要是和你说我是你老板的朋友，你还会相处得自在吗？”

姜迎点了点头，又猛地一窜而起：“那你没把我背后骂他那些话告诉过他吧？”

云岘失笑，反问她：“我像那种人吗？”

姜迎松了一口气：“那就好。”

云岘把视线落在不远处的年轻男人身上，轻飘飘地威胁道：“不过你要是再用别人挑衅我，我可保不准会不会打小报告。”

姜迎交叉手臂护住前胸深吸一口气，怎么她突然就有把柄落在云岘手里了呢。

她皱着脸吸吸鼻子，一副委屈极了的样子："你瞒我在先，现在还要威胁我。我知道，我终究是错付了。"

云岘哭笑不得，只能捏捏她的脸蛋："你还给我演上了是吧？"

姜迎趁势搂住云岘的脖子挂在他身上："那你不准打小报告，李至诚发火的样子可吓人了。"

云岘稳稳地抱住姜迎，在她的撒娇攻势下溃不成军："我还真是拿你没办法了。"

姜迎放不下心，又和他确认道："你真的没在他面前说我什么吧？"

云岘眯了眯眼："你这么怕他啊？他在公司很凶？"

姜迎表情夸张地说："超级凶。"

云岘忍着笑意："不会吧？经常骂你吗？"

"那可不要太多。"

云岘轻轻笑出了声："我回家好好和他说说，让他对员工温柔一点儿。"

姜迎赶紧摆摆手："别别别，千万不要，感觉我是关系户了。"

云岘提醒她："某种程度上来说，你确实已经是了。"

姜迎挽着他的胳膊："那他知道我们俩的事吗？"

云岘点了点她的额头："你一下班就往云边跑，他早看出来了。"

姜迎倒吸一口气，更不明白了："那他为什么也不告诉我？你们俩玩我呢？"

云岘："李至诚说……"

姜迎："什么？"

“他不想那么快就和你平起平坐。”

姜迎歪着脑袋，反复品味这句话：“他什么意思？”

云岘笑着耸了下肩。

姜迎鼓鼓腮帮子，猜不透男人的心思。不过得知自己和老板的好兄弟谈上恋爱了，她确实有些说不出的新奇感受。

她缠着云岘继续问：“那李至诚知道我们俩在一起了是什么反应啊？”

云岘回答说：“没什么反应。”

“真的？他都不惊讶吗？”

云岘沉默几秒，笑了笑说：“他不惊讶，他甚至比我自己更早发现我的感情。”

漫展人流拥挤，各个展摊前都很热闹，到处都排着长队。

姜迎带着云岘四处逛逛，她问他：“你肯定没来过这种地方吧？”

出乎意料地，云岘摇了摇头：“不，我来过。”

姜迎睁圆眼睛：“什么时候？”

云岘回忆了一下：“好多年前了，办得没现在这么盛大，就一个小活动，在北京，我那会儿刚实习，在我学长的公司，也是做游戏的。”

姜迎不知道他以前的经历，不禁感到好奇：“你在游戏公司待过，那你当初怎么没帮着李至诚一起创业啊？”

云岘偏头看向姜迎：“实不相瞒，你老板一直想挖我过去呢。”

“那你怎么没来？”

“那个时候没决心放弃北京的一切到溪城来，我妈不会同意，我原先的那份工作又正好在升职的节点上，顾虑挺多的，就没办法答应李至诚。”

姜迎抱着云岘的手臂，贴过去说：“但是你最后还是来溪城了。”

云岘笑着点头：“对，还是来了。”

他俩走过服饰鲜艳、穿着各异的年轻男女们，周身嘈杂，只安静地听彼此说话。

“云岘，你说。”姜迎忍不住开始幻想，“要是那个时候你真的来工作室了，做我们的技术总监，那我们俩会怎么认识啊？”

云岘想了想：“不知道，可能是在茶水间吧，我问你要不要来一杯咖啡。”

姜迎想象了一下那幅画面：“好像也不错。”

没走一会儿，展会那儿打了电话来找姜迎，说是咖啡杯不够用了，不知道存货在哪儿。

她放下手机，问云岘：“你要和我一起过去吗？或者自己逛逛？”

云岘说：“一起去吧，看看二次元里的我是什么样的。”

姜迎被他逗笑：“这茬咱过不去了是吧？”

云岘牵着她的手，加快脚下的步伐：“怎么来了申城我们还得忙着咖啡馆呢？”

姜迎回答说：“不知道，也许是命吧。”

云岘一直陪着姜迎到漫展结束。

托他的福，下午店里的生意更好了。

晚上结束工作以后，看机会难得，尽管身体已经疲惫，他俩还是打算故地重游一趟。

上次来的时候正是春天，如今已快入夏。

登上观光巴士，一样的路线，一样的座位，耳机里播放的还是那首歌。

Long nights daydreams.

（长夜漫漫 白日梦泛滥）

Sugar and smoke rings I’ve been a fool.

（糖果和烟环 让我甘心做你的傻瓜）

But strawberries and cigarettes always taste like you.

（香烟和草莓 那就是你的滋味）

姜迎想起什么，问云岘：“为什么那个时候想要吻我？”

云岘的视线从繁华街道落在姜迎身上，安静地看着她，过了半晌才开口——

“樱桃、橙子、草莓、玫瑰，还是酒，我想知道你是什么味道的。”

夏日的太阳留恋人间，傍晚时分天地依旧明亮。

姜迎倾身，笑着吻上云岘。

“是什么味道？甜的？酸的？苦的？辣的？”

云岘摇摇头，他对此的形容是：“是独一无二的，是让我着迷的。”

姜迎把被风吹乱的头发拨到耳朵后，嘴角无法抑制地上扬：“有个很俗的问题，但我还是想问你。”

云岘轻轻呼吸，晚风里有好闻的花草香味：“我猜，是问我为什么喜欢你。”

姜迎点点头，把脸凑到他面前，直直盯着他的眼睛：“为什么？”

云岘故作深沉，抱着手臂思索起来。

姜迎问：“不好回答吗？”

云岘嗯了一声。

“我这两天总是在想，如果你没有陪我参加陆廷洋的婚礼，或者生日那天我直接回了家，没有进云边，我们还会不会有后来。”

姜迎笑了笑，“很没有意义吧，但我就会忍不住想，总觉得差一点儿可能就错过了，遇见你真不容易。”

云岘牵着她的手放到自己腿上，很肯定地告诉她：“不会的。

“你问我为什么喜欢你，我说不清楚，你太特别了，和我遇见的人都不一样。我来溪城呢，就是想换个环境生活，有了云边以后我觉得自己的状态好多了，但也只是从浮躁焦虑慢慢变得平和。

“是你，姜迎，是你的出现让我有了更多鲜活的情绪。你让我的不开心变成开心，让我的开心变得更开心。我总是好奇，你为什么能这么有趣，这么乐观，这么热爱你拥有的一切。我不觉得我们差一点就可能错过，相反我很肯定，只要我知道世界上有你这样的一个女孩，我一定会爱上你。”

在夏日昏黄的路灯下，蝇虫飞舞。

姜迎出神一般地盯着云岘的侧脸，月光温柔似水，她的眼神就像月光。

“你呢？”云岘回过头，把问题还给她，“你为什么会喜欢我？”

姜迎深呼吸一口气，回答说：“因为你长得好看啊。”

云岘等了几秒也没等到下一句：“就这样？”

姜迎抬起眉毛：“这个理由还不够吗？”

云岘偏过脑袋，把视线看向别处，抱怨道：“太敷衍了。”

姜迎笑眼弯弯，不再逗他：“其实，我也不知道怎么说。我就是觉得，我们的一生会遇到很多人，人与人之间还是缘分最重要，而每一次在我有需要的时候，你就会出现在我身边。对我来说，你也就慢慢成为那个特殊的存在了。”

两个人有一搭没一搭地聊了好长，驶过一个红绿灯，姜迎转念问道：“云岘，你猜你是什么味道的？”

云岘想不到答案：“什么？”

姜迎给出了一个很具体的描述：“青苹果。”

云岘愣了愣，反应过来后舒展眉眼笑了。

气味是有记忆的。

每次看见他，她都会想起三月的雨，橘黄色的灯光，青苹果味的香薰和微微苦涩的咖啡豆。

她都会像初相遇时那样心动。

第八章·夏日永驻

『对，我走了进去，然后遇见了你。』

来溪城以后，云岘的生活轨迹基本固定在家和云边两点一线。

以前李至诚周末有空还能带他四周转转，最近忙着工作室的项目，早出晚归的，就算是休息日也是窝在房间里睡觉。

两个人同住一个屋檐下，却连面都见不到。

姜迎作为员工也跟着忙，但她这人闲不住，得了空就要拉着云岘到处探店打卡，美其名曰“横向探究餐饮行业本土市场”。

今天是周五，李至诚没拉着员工们留下加班，早早放大家回去过周末。

姜迎一出写字楼就直奔云边，最近放暑假了，店里人多，总是满座。

她推门进去的时候，云岍正在擦桌子，看见姜迎打了声招呼。

“你哥呢？”姜迎问他。

云岍左右张望了下，奇怪道：“刚还在店里呢，去哪儿了？”

姜迎摸出手机给云岘打电话，没等接通就听到身后有人说：“喂，请问找谁啊？”

她拿下耳边的手机，循声回头看，云岘就站在身后，手里提着两个大塑料袋，正对着她笑。

“找老板。”姜迎取消通话，接过他手里的袋子帮忙拿进去，“你买什么啦？”

云岘说：“今天打烊估计得挺晚，买了点吃的给大家先垫一垫。饿了吗？”

姜迎点头：“李至诚开了一个下午的会，早饿了。”

云岘买了两大份比萨，招呼大家进后厨吃饭。

打开盒盖，浓郁的芝士香飘散出来，姜迎一闻到味道，口水都快下来了。

苏丞翻了翻另一个袋子，脸上出现失望的表情，问云岘道："哥，你怎么没买榴莲的啊？"

姜迎大口嚼着比萨，嫌弃地瞥他一眼："就你爱吃稀奇古怪的口味。"

苏丞解释说："不是我，新柔喜欢。"

云岘和姜迎对视一眼，了然于心地笑了笑："我照着你小姜姐的喜好买的，下次你自己带她去吃吧。"

姜迎拿胳膊肘碰了碰苏丞："不过我建议约会还是别吃榴莲比萨了哈。"

云岍啃着鸡翅，在一旁围观他们的对话，后知后觉地问："什么意思啊？苏丞哥和新柔姐也是一对啊？"

姜迎："啊。"

云岍睁大眼睛，倒抽一口气。

苏丞摸了摸自己的寸头，对云岘小声说："老板，你弟情商是不是有点低啊？"

云岘看他一眼，拿鸡块堵住苏丞的嘴："咱也别五十步笑百步。"

后厨里，苏丞边吃饭，边给云岍详细叙说他是如何用一盒蛋挞追到赵新柔的。说着说着，还给他骄傲上了，揽着云岍的肩打包票说："以后喜欢哪个女孩子就找哥，哥一定帮你追到。"

姜迎在旁边听着，频频发笑。

想着新柔还在外面看店，她草草吃了两块比萨就出去换班。

云岘没吃多少，他不太喜欢这些快餐食品，早就回大堂里收拾桌子了。他看见姜迎出来，问道：“吃饱了？”

姜迎摸着肚子回：“饱了。”

有时周末没事，她就跟着云岘学做店里的咖啡，并不难操作，记住比例和步骤就行，就是拉花的成功率还不太高。

偶尔店里忙起来，姜迎也能充当个临时工。

她走到前台，熟练地戴上围裙，把新做好的一杯拿铁盖上杯盖递给客人。

铃铛声响起，一对母子推开玻璃门走了进来。

“欢迎光临。”姜迎向他们扬起微笑。

年轻女人牵着儿子，问她：“你好啊，请问你们店里有什么他可以喝的饮料吗？一直吵着说渴了。”

姜迎低头看着那个小男孩，长得白白嫩嫩的，很讨人喜欢，她回答女人说：“可以打一杯橙汁给你，鲜榨的。”

“好呀，不要放冰块。”

姜迎又问：“他怕酸吗？怕的话我稍微加一点儿糖。”

“好的好的，谢谢老板娘啊。”

姜迎正从冰箱里拿橙子，听到这话，手里的动作一顿。

在云边待了这么久，好像还是第一次有人这么称呼她，怪让人不好意思的。

她又细细回味了一下，忍不住抿唇偷笑。

感觉不错。

这晚直到 9 点多才送走最后一桌客人，店里的蛋糕一块没剩。

体谅员工们工作辛苦，云岘让他们早早回家休息，自己留下来关店打烊。

云岍知道哥哥和未来的嫂子还有会要约，很自觉地坐地铁回去了，坚决不做电灯泡。

等清店锁完门已经快10点了，云岘问姜迎："要不去看电影？"

姜迎摇摇头："太晚了，也没有想看的片子。"

云岘又换了个提议："还饿吗？吃夜宵？"

"还行，比萨吃得挺饱的。"

云岘摸摸她的脸颊，放轻声音说："是不是累了？要不我送你回家吧？"

姜迎摇摇头，牵住他的手，在昏黑的夜里一双眸子更显得亮晶晶。她掀起嘴角，往他面前凑近了一点儿，笑意狡黠地说："云岘，我带你去个好地方吧。"

云岘莫名有种不好的预感："什么好地方？"

姜迎向他摊开手掌："车钥匙给我。"

云岘毫无防备，从口袋里摸出钥匙放到她手上。

"走。"姜迎一挥手臂，潇洒道，"带你去找乐子。"

半个小时后，站在一家老旧的居民楼前，云岘质疑说："就这里？"

姜迎挑了下眉："嗯。"

云岘环顾了一圈："到底什么乐子？"

姜迎保持神秘，继续卖关子："进去看看不就知道了。"

四周昏暗，只有破旧的木门上亮着一盏灯，像是指引。

云岘踏上四五级台阶，站到门前，门上没有锁，他尝试着推开，却发现推不动。

姜迎其实也没来过实地，睁着眼睛四处张望："我听说进门的方式比较特别，得找找线索，你有什么发现吗？"

云岘眯了眯眼睛："你不会大晚上带我来玩密室逃脱吧？"

姜迎立刻否认："当然不是。"

顿了顿，她又有些没底气地说："虽然现在看起来比较像。"

云岘叹了一口气，认真地观察周围的环境。僻静老旧的居民楼，一旁却有间格格不入的红色电话亭，他皱起眉头，察觉到一丝不对劲。

姜迎看他走向电话亭，寸步不离地跟过去。

看来店主也没要多大花样，电话机上贴着一张纸，是进门的提示。

"'夏日永驻。'"姜迎读出上面的字，挠挠脖子，不太明白，"这就是提示啊？"

云岘推了下鼻梁上的眼镜，神情专注地盯着纸上的四个字，像在沉思。

姜迎左看看右看看，毫无头绪，只能把希望寄托在云岘身上："你想到什么了吗？"

云岘抱着手臂，不太确定地说："永远是夏天，也许指的是热带？你试试南北回归线的纬度。"

姜迎眨了眨眼睛："南北回归线的纬度是多少啊？"

云岘垂眸，抿了抿唇。

姜迎提起苹果肌，露出牙齿笑了下："我是美术生啦，文化课不好很正常。"

云岘戳她的额头："自己不会，别抹黑所有美术生。"

姜迎鼓了鼓腮帮子，嘟囔道："正常人谁会记得啊？"

云岘："我啊，2326，试试。"

姜迎悄悄翻了个白眼，在面板上按序输入这四个数字，就听到"咔嗒"一声响，身后的木门自动开启，缓缓向两边打开。

"哇！"姜迎睁大眼睛，难以置信地看着云岘，"真的是回归线，你开挂了？"

云岘耸了下肩，一脸的云淡风轻道："就是碰巧猜对了。"

姜迎拉着他，迫不及待地要进去："走！"

门是全自动的，外头的一层木头只是伪装。

随着门缝一点一点扩大，屋里的光线和声音倾泻而出。

待看清里头的景象，云岘轻轻笑了，在他意料之外，又在情理之中。

门口没有招牌，也没有指路标，进来的方式又如此独特，原来这里藏着一家酒吧。

"你从哪儿知道的这个地方？"云岘问姜迎。

店里的装修风格很特别，以蓝灰色为主色调，但不会让人看得压抑，天花板上映着灿烂银河，摆设装饰也多与宇宙相关，置身其中，仿佛人们逃离出了地球，在太空中游行。

姜迎东看看西瞧瞧，觉得新鲜极了："沈暄和我说的，让我有空来玩，我也不知道她从哪里发现的这个地方。"

店里没有服务员，所有的座椅都围绕着吧台形成一个圆圈，中心站着几位调酒师。

云岘和姜迎在空位上落座，拿起手边的菜单翻阅起来。

上面有一个星辰系列，每一杯都以一颗星座命名。

姜迎觉得有趣，点了一杯"Sirius"，除太阳外最亮的恒星天狼星。

云岘要的是店里的招牌，也是进门的密码提示，"夏日永驻"。

不像其他酒吧那样灯红酒绿，音乐嘈杂，这里很安静，客人们聊天也都是用只有两个人听到的音量。

姜迎凑近云岘，在他耳边小声说："还不错吧？"

云岘嗯了一声："我第一次来酒吧。"

姜迎不敢相信："不会吧？"

"真的。"云岘说，"很多事情都是遇上你之后才有的第一次。"

"比如？"

"比如第一次陪人参加前男友的婚礼。"

姜迎脸上一臊，咬着牙说："能不能不提了？"

云岘失笑，手握成拳抵在嘴边，摇摇头保证："不提了。"

抒情的音乐流淌在其间，屋顶的繁星似真似假。

忙了一天身体还是有些疲惫，姜迎挽着云岘的胳膊，脑袋靠在他的肩上，看着调酒师熟练运用各种器具，打造出一杯精致美丽的特调。

"天狼星"用高脚杯盛着，蓝紫色液体深邃而神秘。而"夏日永驻"，杯口用一瓣橙子作装饰，是一杯气味清新恬淡的果酒。

"这里突然让我想起第一次遇见你的时候。"姜迎抿了口酒，轻声道，"也是这样，周围黑漆漆的，只有这一间屋子亮着光，好像是故意吸引我靠近。"

云岘接着她的话说："所以你走了进来。"

"对，我走了进去，然后遇见了你。"酒意熏红脸颊，她挽着云岘的胳膊，笑得又甜又乖。

"云岘。"

"嗯？"

那杯酒不知度数，姜迎小半杯喝下去竟然有些醉了，她大着舌头，含混不清地说："你都不知道我有多喜欢云边，它对我来说太重要了。"

云岘接过她手里的酒，不让她再喝了，知道她现在意识不太清晰，但还是很认真地回答说："我知道，它对我来说也很重要。"

姜迎打了个哈欠。

云岘轻轻捏她的脸颊："小酒鬼，回家睡觉了。"

自从那天去了酒吧，云岘不知为何突然对调酒有了兴趣。

这天姜迎下班后来到云边，他正一个人在后厨忙碌，面前摆满了各式各样的玻璃杯。

姜迎撑着桌沿轻巧一跃，坐到了桌面上，问云岘："你该不会是咖啡馆开腻了要换家酒吧开一开吧，云老板？"

云岘没回答，夹了一片薄荷叶小心放在酒液表面，他把调好的酒推到姜迎面前，说："尝尝。"

姜迎小心将玻璃杯举起，渐变分层效果，橘色混着粉色，冰块漂浮，橙子的果香混杂着威士忌。她赞道："不错啊，有模有样的。"

欣赏完外观，她拿着吸管喝了一小口，冰凉的液体蔓在舌尖，不辛辣苦涩，只有温和的清甜。

姜迎仔细品了品，评价道："好喝，很清爽，不过酒味要是再浓点就好了。"

云岘笑骂了声："酒鬼。"

他抱着手臂靠在桌子边，告诉姜迎："这杯酒叫落日橙。"

姜迎搅拌着杯子里的酒，抬起头看向云岘："我的名字啊？那我可要收版权费的。"

云岘笑了笑，收拾起桌上的杯子：“夏天到了，打算做一个新的调和酒系列，这是其中的一杯。”

姜迎点点头：“云边的生意最近好像不错啊，我次次来都坐满了客人。”

她跳下桌子，帮着云岘一起清理，半玩笑半认真地开口说：“云老板，要不你考虑考虑让我入个股，我给你投资，有钱大家一起赚嘛。”

云岘擦着杯子瞟她一眼，语气平淡：“入股就算了吧。”

没想到还被拒绝了，姜迎为自己不平：“不是吧，新品我帮你试吃，墙上的画我帮你画，连老板睡不着我都想办法哄。现在连入股都不行，我也太亏了吧？”

“是有点亏哦。”云岘学着她说话的语调，“那只能让你做老板娘补偿回来了。”

顿了顿，他又说：“这样正好连版权费也省了。”

几秒后，姜迎挠挠脑袋，有些不确定地问：“你刚刚是在和我求婚吗？”

云岘接过那杯酒，他花了一点儿心思调出来的颜色。

灿烂的橘藏着淡粉色，像落日般安静，又满目温暖。

就像眼前的这个人。

“你喜不喜欢云边？”

姜迎不假思索地回答：“喜欢啊。”

“那给你做聘礼好不好？”

后厨里的操作台上杂乱地摆放着餐具，烤箱里还有苏丞几十分钟前放进去的饼干，黄油的香味偷偷飘了出来，又甜又暖。

云边正在营业中，店员忙碌，客人们在桌边喝着咖啡聊天。

这一刻平凡普通，与往日并无不同。

姜迎欲言又止，表情说不上喜悦，甚至感到一丝苦恼。

云岘的手撑在桌面上，弯腰俯身，将视线与她齐平：“怎么了？没听懂吗？”

姜迎点点头，又摇摇脑袋：“没听懂。”

云岘牵起她的手：“去院子里。”

姜迎的脑袋里一片空白，已经没什么自主思考能力，听话地迈开腿跟着他出去。

6点半，夏日黄昏最灿烂的时刻，城市天际在燃烧，绽放出一片橘黄色的云朵。

姜迎穿着一身白色的长裙，胸口有个蝴蝶结，她记得早上出门的时候询问云岘的意见，他说要不今天穿白色的吧。

她才发现他今天也穿了白色的衬衫。

意识到这个事情，姜迎的呼吸都停了。

车子停在树下，云岘从口袋里摸出钥匙解锁，他拉开副驾驶的车门，捧出一束花。

用白色的纸包扎着，里面是向日葵、黄玫瑰和小雏菊。

“你不用紧张，今天不是正式的求婚。”云岘说。

姜迎接过花捧在怀里，长长地松了口气，吓死了。

他们3月份认识，5月在一起，这才8月不到，如果云岘现在求婚，她还真不知道要不要答应，该不该答应。

她问云岘：“那你要干什么？”

他说：“今天早上去花市看看盆栽，看到花就想送你一束。”

姜迎歪着脑袋：“那刚刚的话呢？认真的吗？”

云岘点头：“当然认真。”

姜迎扎着低马尾，发圈上有一个小的白色蝴蝶结，面容素净，唇色也是淡淡的红。

她在黄昏中仰头去看云岘，把被风吹乱的碎发拨到耳后。

这样的姜迎在云岘眼中太漂亮了，他忍不住低头去亲她的脸颊。

他拿走阻挡在两人中间的花束，随手放在车头，伸手把姜迎拢进怀里。

“我以前是个很喜欢做计划的人，几岁要干什么，到哪一个阶段要完成什么目标，都会罗列得清清楚楚。”云岘在她耳边说。

姜迎圈着他的腰：“嗯，你也一直完成得很好。”

“昨天晚上打开电脑，看到了很久以前我写的30岁规划。”

姜迎问：“有什么？”

云岘回答说：“意外的是，没什么事业上的计划，反而是很庸俗的结婚买房。”

姜迎笑起来：“不会吧？你就这么现实啊？”

云岘也掀起嘴角，坦然道：“倒也不是现实，可能那会儿就是想逃离我妈，我工作以后就有过搬出去的想法，但考虑到是单亲家庭，还有个弟弟，是长子也是顶梁柱吧，会有责任在身上，所以一直住在家里。当时觉得要是结婚了就可以有自己的家了吧，可能是这样想的。”

姜迎拍了拍他的背：“辛苦啦。”

“现在离我30岁结束还有两个月，这一年发生的事太多了。”云岘抱着姜迎感叹。

姜迎的下巴搁在他的肩上，认真琢磨了一下他的话：“所以你想我帮你完成规划，是吗？”

云岘摇头否认："不是帮我完成规划，以后再没有那些破规划了。"

姜迎松开手臂，拉开两人的距离，和他面对面："所以？"

"我决定了。"云岘牵起她的手，"以后就留在溪城，更准确地说，是你在哪里我就在哪里。姜迎，我来这里的时间不多，所拥有的也只有这一间咖啡馆和这一辆车。你 25 岁，你还年轻，我们也刚在一起不久，你对未来还没有太切实际的准备，但如果有一天你觉得，嗯，想安定下来了，觉得我们的感情可以发展到新的阶段了，那个时候我再和你求婚，给你一个正式的、盛大的仪式，现在这样太不像样了。"

云岘看着姜迎的时候，目光总是柔和温暖，姜迎沉溺在这样的温度里。

她的小心思被很好地洞察且照顾，虽然在一起的时间不长，但她已经觉得自己和云岘之间相处得越来越自在了。

某一瞬间她甚至觉得，如果今天云岘真的单膝下跪从口袋里掏出一枚戒指，她脑子一热说不定真的会答应。

姜迎笑着说："好。"

她晃晃牵在一起的手，对云岘提问："你是想安定下来了吗？"

"我已经安定下来了。"他把两人的手放在自己左胸膛的位置，"这里，很安定。"

姜迎故意问："只是安定吗？"

云岘笑了笑，到底是年轻姑娘，爱使小性子。他说："也很幸福、甜蜜、满足。"

姜迎点点头，这才满意。

"哦对了。"姜迎睁大眼睛，神情认真地问，"咖啡馆真的可以分我一半吗？”

云岘愣住，这么浪漫的气氛里，她最关心的就是这个？

他揉了揉眉心，又无奈又好笑：“要不都给你也行。”

姜迎摆摆手：“别，搞得人家以为我就图你的店一样。”

云岘轻轻按了下她的后脑勺：“比起咖啡馆的股份问题，有件更重要的事得先办。”

“什么？”

“买房啊，总不能一直住在李至诚那儿吧，而且小岍现在在金陵读书，以后节假日不想回北京也能到我这儿来。”

姜迎点点头：“是哦。”

她拍拍云岘的肩，故作深沉地叹了一口气：“看来你的 30 岁还是离不开买房。”

云岘倒没觉得什么，甚至有些期待，因为那是第一个真正意义上属于他自己的家。

在外面待得太久，不知不觉天都黑了，沿街路灯亮起暖光。

云岘牵着姜迎，姜迎捧着花，两人又走回店里。

“打算什么时候去看房子？”姜迎随口问。

“尽快吧，李至诚最近有点嫌我烦了。”

姜迎停下脚步：“真的？”

云岘抓紧机会诉苦：“真的，要不是我还能照顾沓沓的吃喝拉撒，他早赶我出去了。”

姜迎用肩膀撞了他一下，眨眨眼睛，压低声音询问：“那要不要来我的公寓？找到房子前和我住吧？”

没等云岘开口，她又说：“我家客厅还蛮大的哦。”

云岘眯了眯眼。

姜迎后退半步，拉开两人的距离："你这什么表情啊？"

云岘看向别处："没什么。"

"那来吗？"

云岘的目光重新落在她身上，嘴角露出弧度："盛情难却。"

晚风吹起，携着花香，滑过发丝和衣裙。

姜迎站定，转身向云岘伸出右手。

云岘疑惑地握上去："怎么了？"

姜迎说："欢迎一下我的新室友。"

云岘失笑，握着她的手晃了晃："相处愉快。"

这个夏天，云岘开启了一项人生新任务。

所谓世纪难题，买到一处合适的房子永远困扰着人类，在这个问题上钱还不是最关键的，地理位置、采光、面积、装修、格局，要综合考虑的因素太多了。

云岘为此没少苦恼，有的时候一天跑了三个小区也没能找到一个称心合意的。

夜晚的云边，姜迎坐在吧台上，一边处理着白天未做完的工作，一边等云岘回来。

苏丞给姜迎倒了杯柠檬茶，姜迎刚拿起饮料还没放到嘴边，手里的杯子就被人抢走。

她的目光跟随过去，转身对上李至诚的脸。

"给我喝吧，你再点一杯。"他叉着腰气喘吁吁的，往下灌了一大口。

李至诚穿着一身运动装，姜迎仔细打量他："去健身了？"

“嗯。”李至诚在她旁边的座位坐下，留意到她电脑页面上的文档，欣慰地笑起来，“敬业啊，我的组长。”

姜迎把电脑往他面前推：“正好你在，策划案我改好了，你看看。”

李至诚不愿意看，逃避道：“明天再说。”

姜迎撇了撇嘴，保存文档合上电脑。

李至诚问：“云岘呢？还没回来？”

“嗯，找他有事？”

李至诚反问：“没事就不能找他了？”

他把姜迎手边的蛋糕也抢走，边吃边抱怨：“他最近留宿在你那儿的次数也太多了吧，我四天没见到他人了，像话吗？”

姜迎不敢说话，安静地听他说。

“你知道吗？我今天打开他的衣柜找被套，发现一半都空了，他怎么不直接搬你那儿去呢？”

姜迎安抚他：“知道了，让他今天陪你睡。”

李至诚呵了一声：“可别，他皇上啊？今天这个宫明天那个宫。”

两人说话间，云岘终于回来了。

姜迎笑着招了招手，云岘也朝她笑了下。

李至诚完全被作为空气对待，情不自禁地翻了个白眼。

云岘走到吧台边上，这才发现李至诚也在，问：“你怎么来了？”

李至诚微笑道：“你还认识我啊？”

姜迎指着旁边的人，用口型对云岘说：吃醋啦。

云岘挠挠额角，起了个话题问：“打篮球去了？”

李至诚回：“嗯，简牧岩打了没一会儿就说要去酒吧，我不想去，顺路过来看看。”

姜迎把自己的杯子递给云岘喝，问他：“今天看的房子怎么样？”

云岘坐下，抿了口茶启唇说：“采光还行，但卧室面积不够大，我看放张梳妆台都挤，还得再看看。”

李至诚插话道：“房子不好找吧？”

云岘沉沉地叹了口气。

姜迎问：“就没有稍微满意一点儿的吗？”

李至诚说：“你不懂，他这种处女座人士，一定要完美才会放心。”

云岘耸了耸肩，无话反驳。

李至诚吃饱喝足，拍拍手，对云岘说：“不过你也别着急，那中介还是挺靠谱的，手里房源也多，慢慢来吧。”

云岘有些丧气地说：“也只能这样了。”

姜迎刚知道云岘和李至诚的关系时还是有点别扭，但现在已经适应得很好，上班时是领导，下班了就是男朋友的兄弟，两者并不冲突。

三人坐着聊了会儿天，难得有这样的机会，直到店里快打烊了才散。

云岘说要先和李至诚回家取东西，李至诚催云岘趁早搬走，虽然在他那儿属于云岘的东西也没剩多少了。

姜迎先回了公寓，等了一个小时也没见云岘回来。

她刚拿起手机，恰好云岘也打了电话过来。

“喂。”

“喂，我今天住李至诚这儿吧，你自己早点休息。”

姜迎哼了一声：“果然，我就猜到了。”

云岘的声音带上笑意：“好久没一起喝酒了，就当是 the night of men（男人之夜），没关系吧？”

“当然没。”姜迎又含糊地嘀咕了一句，“就是有点诡异的不爽。”

云岘没听清：“什么？”

姜迎烦躁地啊了一声，揉揉头发说：“能不能让李至诚快点找个对象啊？”

云岘说：“我也替他着急呢。”

姜迎噘了噘嘴：“你俩好好喝吧，我准备洗澡睡觉啦。”

“好，明天想吃什么早饭？我接你的时候带过去。”

“想吃三明治。”

“好。”

背景音里有李至诚喊云岘的声音，姜迎说：“快去吧，别喝太多，早点休息。”

云岘放轻声音：“晚安。”

姜迎舒展开眉眼：“晚安。”

一连半个月，找房的事还是没什么进展。

大概是失望的次数太多，云岘最近的状态是肉眼可见的低沉。

姜迎担心他，提议要不要买房的计划暂缓，她那小公寓现在住两个人也绰绰有余。

云岘却摇头：“不是单纯地拥有一套房子那么简单，我想找到一个让我满意让我喜欢的，真正意义上属于我的家。”

姜迎能理解他的心情，但不知如何安慰。

云岘说：“以前一身轻松地看别人为租房买房烦恼，原来我也逃不过，现在太能理解那种痛苦了。”

姜迎故意逗他：“是啊，家住首都二环，离家出走跑来溪城还有个富二代朋友可以依靠，你当然不知人间疾苦啦。”

云岘苦笑了下：“现在知道了。”

姜迎拍拍他的肩：“好事多磨。”

“但愿。”

不想再聊不开心的，姜迎转换话题问：“周末我们干什么？”

云岘想了想：“李至诚好像说荡口古镇那儿有个桃子音乐节，你想去吗？”

“音乐节？有谁啊？”

云岘想了想：“李至诚说他喜欢那个什么落日飞车，你认识吗？”

姜迎摇摇头：“不熟，我不怎么关注乐队。”

“那还想去吗？”

姜迎点头：“去啊。”

云岘奇怪：“不是说不喜欢乐队？”

姜迎嘻嘻笑了下：“可我喜欢凑热闹。”

看云岘的表情有些犹豫，姜迎放平嘴角：“怎么了，你不想去吗？”

“不是。”云岘推了下眼镜，“周末和中介约了看房。”

姜迎抱着他胳膊撒娇：“我们去玩吧，你都看了这么久了，不差这一天，和中介换个时间再约吧，陪我去玩啦，好不好？”

云岘本就没打算说不好，被她这样黏糊糊一折腾，更是缴械投降毫无反抗之力：“行，玩。”

姜迎一瞬喜笑颜开，举起手庆祝：“Yeah！”

荡口古镇是溪城保存最完整的明清建筑群，小桥流水，幽静安宁，是典型的江南水乡。

音乐节在晚上，三人决定一早就出发，趁着天气晴朗可以在镇子上多逛逛。

心里惦记着周末的出行，姜迎从周四晚上就开始准备那天的穿着。

周六一大早，没等闹钟响她就醒了，兴冲冲地起床洗漱，边化妆边喊醒云岘。

“才8点不到呢。”云岘唤醒手机屏幕看了眼时间，揉揉眼睛，又躺了下去。

姜迎拖着他一条胳膊不让他继续睡：“快点起来啦，早点去我们还能多逛逛。”

云岘不得不掀开被子下床：“这么期待吗？”

姜迎的公寓小，卧室里就一张床，她盘腿坐在全身镜前，化妆品随意地摆放在地上。

“当然了，你好久没和我出去约会了。”

云岘走到她旁边，弯腰揉了揉她的头发：“知道了，今天带你好好玩。”

姜迎抬起头，指着沙发上的衣服说：“穿那套，我给你拿好了。”

为了符合桃子音乐节的主题，姜迎今天的妆容是粉色系的，腮红着重打在卧蚕和眼下，口红色号也是淡淡的粉。

她换上白色T恤和粉色牛仔半裙，选好配饰，怕白天太阳晒又戴了顶棒球帽。

“我好啦！”

云岘正在厨房里，探出半边身子问她：“给你拿瓶青柠汁？”

“好。”

8点30，两人从家里出发。

云岘用早餐机烤了一个火腿鸡蛋三明治，准备带在路上吃。

他睡得晚，总是要熬到凌晨，一走到太阳光下就忍不住打了个哈欠。

姜迎看他有些困，接过车钥匙说：“我开吧，你在车上睡一会儿。”

云岘点点头，绕到副驾驶的位置坐进去。

“李至诚起床了没？”

“刚问了，说让我们先去，他自己开车过去。”

“好吧。”

看云岘一副没精神的样子，姜迎问：“要买杯咖啡给你吗？”

“不用。”云岘笑了声，“有点感受到年龄差距了，你们这些小年轻精力都用不完，能熬夜也能早起。”

姜迎启动车子，打转方向盘上路：“我可没嫌弃你。”

“不好意思啊，让你开车。”

“哎，打住。”姜迎语气严肃地说，“不要觉得你是男人或者你比我大五岁，我就理所应当是被照顾的一方，我们应该是互相需要和互相依靠的。”

“好，我知道了。”云岘靠在椅背上，“我睡一会儿。”

清晨的阳光灿烂耀眼，姜迎分神侧头看他一眼，替他拉下挡光板。

云岘闭着眼睛，从眉骨到鼻梁再到下颌勾勒出一条流畅饱满的曲线，皮肤白皙，睫毛纤长，脸上一处瑕疵都没有。

姜迎偷偷感叹，这哪里像30岁的男人啊，保养得这么好。

云岘安心地睡着，姜迎在十字路口的红绿灯前停车，拿出手机对准他偷拍了一张，又把拍好的照片两指放大仔细观赏。

明明这个人每天都见面，但就是看不够似的，想把关于他的一切都记录下来。

过了半个小时，云岘就睁开眼睛，活动了下酸痛的肩颈。

“到哪儿了？”他出声问。

“再开个几公里就到景区了。”

“饿不饿？我把三明治拿出来给你吃？”

“等会儿到了再说吧，我有点渴了。”

云岘把青柠汁拿出来，插好吸管递到姜迎嘴边。

看姜迎的五官都皱在一起，云岘笑起来：“很酸吗？”

姜迎还维持着“wink”的表情：“好酸啊，这原榨的吗？”

云岘像个老父亲一样念叨：“酸的好，补充点维生素。”

他把瓶子又递过去：“再喝一口？”

姜迎推拒：“不要了，你喝吧。”

周末出行的人多，到了景点范围内道路上更加拥堵。

姜迎看着前面的车水马龙，庆幸道：“还好出门早，不然等会儿更堵。”

云岘捧着手机在打字，嗯了一声作为应答。

姜迎偏头看他：“你和谁聊天呢？”

云岘回答：“中介，发了房子的照片给我看。”

“这大周末他还在工作？”

“嗯，‘社畜’不容易。”

姜迎叹口气，从他手里抽走手机：“云岘，这样不行。”

云岘抬起头：“什么不行？”

姜迎把手机锁屏放到中间的储物格里：“你应该忘记买房的事情好好过周末，中介也应该休息了。”

道理他自然都懂。他说：“是，但我想快点解决。”

姜迎垂眸，咬了咬嘴唇，本来带云岘出来玩就是想散散心，结果云岘压根就放不下心。

“我问你，看了那么多套房子，你就没有一套觉得还不错的？”

“有还不错的，但想再多看看。”

“有一套离超市很近的，上个周末我陪你去看的那套，不是挺好的吗？你不喜欢？”

云岘回想了下：“那套还不错，但楼层有些高，也没有电梯。”

姜迎试图开导他：“没有一套房子会是十全十美的，完美是伪命题。”

云岘点点头，声音有些没底气：“我也不是非得要完美，就是感觉不对。”

姜迎提起一口气，认真道：“我觉得这件事已经让你产生焦虑了。”

云岘承认：“是有点。”

姜迎问：“在你心里，你对房子的具体标准是什么？”

云岘想了想，回答说：“也没什么具体标准，就希望当我站在那里，我会觉得啊，这是属于我的地方。”

姜迎安静听完，指出问题道：“你是不是弄错了顺序？归属感是当它属于你才会随之而来的。”

云岘抬眸看着她，没说话，神情有些愣怔。

“我的观点可能和你不太一样，对我来说住的地方只要舒服干净就行，我没太大要求。我觉得在我的人生里，去了哪里、到过哪些地方更重要，家对我来说就是一个休息睡觉的地方。而且啊，所谓安全感和归属感，都是因为‘家’这个概念带来的，而不是一套房子。”姜迎牵起他的手，用指腹蹭了蹭手背，“你不要太焦虑，放轻松。”

云岘刚打开唇缝，后面的车辆就响起一道刺耳的喇叭声。

姜迎赶紧把注意力回到方向盘上，踩下油门往前开。

道路疏通，轿车平稳行驶在马路上，过了一会儿，云岘开口说：“我知道了。”

他轻轻叹了一口气，自言自语道：“怎么老是需要你来开导我？好像我才是年龄小的那个。”

姜迎听见他的嘟囔，清清嗓子，挺胸抬头道：“来，喊声姐姐听听。”

气氛重新变得轻松，云岘笑着说了声：“没大没小。”

李至诚比他们晚到古镇，在外头的停车场会合时，他一看见姜迎和云岘就递过来两只眼白。

早上姜迎给云岘搭配的衣服是白 T 恤外套一件粉色的衬衫，他皮肤白，穿粉的还挺好看，主要是显年轻。

“有必要吗？什么年代了还搞情侣装。”李至诚嫌弃地看着他俩。

姜迎和云岘对视一眼，两人一个摊手一个耸肩，一点儿都没觉得不好意思。

“他是不是酸了？”

“让他酸去吧。”

小情侣旁若无人地说着话，李至诚气愤地从他俩中间穿过，还顺带推了云岘一把。

“多大了？幼不幼稚啊你？”云岘踉跄一步站稳。

姜迎摇摇头，评价道：“你俩真没一个像过了 30 的。”

第九章·流浪银河

「One kiss a day.」

李至诚走在前头，偏过身子问他俩：“吃早饭了吗？”

姜迎回：“云岘做了三明治，我刚刚吃了两口。”

李至诚朝云岘摊开手掌：“我的份呢？”

云岘拍了一下他的手，理直气壮道：“没做。”

李至诚立即拉下脸，斥责他：“娶了老婆忘了‘娘’。”

云岘笑了：“你不是不爱吃这些东西吗？”

李至诚争辩：“你做不做是一回事，我吃不吃是一回事，首先是你的态度问题。”

云岘说不过他：“好好好，我这不也没吃嘛。这儿好像有家店的馄饨挺出名的。”

李至诚哼道：“那你请我。”

云岘点头答应：“行，请你。”

三人沿着河流走在石板路上，前往云岘说的那家早餐铺。

已经过了 9 点 30，店里的食客不多，等馄饨上桌的期间，李至诚又去隔壁打包了三份豆腐花和一屉小笼包。

小吃店里的装修老旧简朴，但这才最具人文气息，最地道美味。

姜迎舀着豆花，问云岘：“在北京你们早上都会吃什么啊？有什么特别好吃的吗？”

李至诚抢先回答道：“那可多了，牛肉包子、羊杂汤，还有什么驴打滚、豌豆黄，可好吃了。”

云岘补充道：“还有炸糖油饼，以前学校外面有一家做得特别好吃，你老板天天早上 6 点起床去排队呢。”

姜迎瞪大眼睛，转向李至诚怀疑道：“真的吗？你会干出这种事？”

李至诚反问：“我为什么不会？”

姜迎说：“你看起来不爱早起又讨厌排队。”

李至诚哑口无言，因为他确实是这样。

云岘低头吃着小笼包，笑而不语。

“七桌的馄饨好了。”老板娘喊道。

李至诚起身去前台取餐。

他一走，云岘凑过来和姜迎说悄悄话：“他前女友喜欢吃，他以前经常起个大早买了早饭给人送过去，然后回宿舍睡回笼觉。”

姜迎捂嘴惊呼：“天啊，这是什么二十四孝好男友。”

云岘咳嗽了一声，示意她李至诚要回来了。

姜迎立刻闭嘴，低头继续喝豆腐花。

吃完早饭，三人走进古镇，里头有许多名人故居和雅致店铺，他们没有目的地闲逛，遇到特色的小吃就停下尝尝再走。

正值盛夏，暑气灼热，但溪边绿木丛生，遮挡了艳阳，偶尔吹起微风，还算是凉爽。

“这还有咖啡馆呢？”姜迎在一家店铺前停下，指着门口的木牌说。

李至诚率先迈步跨过门槛：“走，进去看看。”

云岘和姜迎跟着进去。

店铺不大，仅摆放了两张桌子，铺着蓝白格纹的桌布。

“这里面是露天的吗？”姜迎指着敞开的后门问。

柜台后的咖啡师回答说："对，外面的座位依着河，空气很好。"

他们点完单，穿过后门来到露天平台。

沿着石阶往下就是河岸，木桩上拴着乌篷船，这儿视野开阔，空气清爽。

姜迎打开双臂伸了个懒腰，舒服地叹出一口气。

李至诚坐在遮阳伞下，对云岘说："我们这儿怎么样？比北京宜居吧。"

江南山水养人，更别提太湖之畔的溪城。

云岘舒展眉眼，笑着回："确实是好地方。"

服务员将他们的咖啡端上桌，李至诚拿起自己的气泡水喝了一口，催云岘道："你赶快把房子的事定了，以后安安稳稳地做咱们溪城女婿。"

姜迎眨眨眼睛，低头去找吸管喝饮料，假装没听到。

云岘不动声色地看了姜迎一眼，回答说："知道了。"

李至诚悠闲地靠在椅背上："我先说好啊，我是站在姜迎这边的，算是娘家人。"

云岘不高兴了："我在这儿无亲无戚你还背叛我？"

"哪里无亲无戚了，你手底下没员工？我的员工还被你挖走一个呢。而且之前我和云岍聊天，那小子也挺喜欢这里的，说以后想留下工作。"

云岍这两天和同学去别的城市玩了，这个暑假他再没有任何烦恼，之前给云边打工赚的钱就当作他的旅游基金了。

云岘挑起眉梢，露出一个惊讶的表情："真的？他怎么没和我说过？"

李至诚嘚瑟道："你是他哥，我是他兄弟，懂？"

云岘：“不懂。”

李至诚进一步解释：“意思就是我和他比你和他更亲，我和小岍可是好朋友。”

“那他喊我哥，你也喊我声哥？”

李至诚被呛住，没话说了。

姜迎乐呵呵地看他俩拌嘴，也就在李至诚面前云岘的面部表情才会丰富生动一些，难得见他这样的一面。

她看江边景色好，拿出手机想拍照。

李至诚自觉地伸出手：“我给你俩拍吧。”

姜迎不好意思地笑了笑。云岘牵起她的手，和她说：“不用不好意思，他以前没少让我干这种事。”

李至诚摆起专业摄影师的架子，挥手示意他俩摆好姿势：“哎，往事不要再提哈。”

云岘和姜迎站在石栏边，一个侧目一个抬头，相视一笑，这自然而美好的一幕被抓拍记录了下来。

李至诚又指挥他俩换姿势，拍了好几张才放下手机。他打开相册检查刚刚拍好的照片，不知想到了什么，盯着屏幕发起了呆。

“怎么样啊？拍得好不好？”姜迎喊道。

“挺好的。”李至诚抬起头，“俊男靓女，天生一对。”

姜迎拉着云岘小跑回去。

“不错欸。”她一张张划过去，把满意的加入收藏，留着晚上发朋友圈。

在姜迎专注于挑选照片时，云岘站到李至诚身侧，冷不丁地问：“你问过了吗？不是说上半年就要回来，怎么还在英国啊？”

李至诚扯了下嘴角：“回来也一样，能比伦敦近多少。”

云岘拍了拍他的肩，没再多说什么。

早饭吃得晚，下午又在咖啡馆坐了几个小时，到了晚饭时间三个人都不饿，索性早早到音乐节的场地外等着。

前来游玩的年轻男女很多，还有乐队的粉丝在分发应援物。

云岘和李至诚说着话，一扭头却发现身边的姜迎不见了。

“姜迎呢？”云岘问李至诚。

李至诚反问：“你女朋友你问我？”

云岘皱起眉头，站在原地环顾一圈，周围人头攒动，找起来太费劲。

李至诚看他一脸着急样，挥挥手说：“别担心，她还能丢吗？过会儿就自己回来了。”

云岘点头，但目光还是忍不住四处搜寻。

没几分钟，姜迎就从人群一路挤了过来，回到他们身边。

“你去哪儿了？”云岘扶着她站稳。

姜迎抬起手腕，给他们展示她刚刚得来的战利品：“我看那边有发应援去领了几个回来。这个手环能发光的，炫吧？”

她手里还抱着好几张海报，云岘歪头读出上面的字：“‘流浪银河’，你认识这个乐队？”

“没听说过。”姜迎摇摇头，翘起嘴角说，“但他家粉丝挺和善的，给了我好多东西，从今天开始我会喜欢这个乐队的。”

李至诚听到动静，对他俩说：“走吧，开始检票了。”

夏季白日长，天还没完全黑下来，落日余晖倾洒在草地上。

他们三人不打算凑在最前头，找了处相对空旷的地方。

音乐节自由随性，没有固定的座椅，当音乐响起，歌手们走上舞台，绚丽的灯光照耀全场，底下的听众沉浸在氛围里，跟随音乐摇摆舞动，台上台下就像一场盛大的露天 Party。

下一个出场的是落日飞车，当他们的名字出现在大屏幕上，人群中掀起一阵高潮。

Every time you lie in my place

每当你躺在我身边

I do wanna say it to you my babe

我都想对爱人你说

I'm down to your drain

我不会让你等太久的

Oh jinji don't cry

我的金橘你别哭

In this world out of time

在这个被时间摈弃的世界

Old time out of mind

那些旧时光终将消散

复古英伦摇滚，主唱的嗓音慵懒磁性，这首歌叫*My Jinji*，抒情、缓慢、放松而浪漫。

Cause only you my babe

亲爱的 因为只有你

Only you can conquer time

只有你能征服时间

Only you can conquer time

只有你能战胜时光

舞台的灯光绚烂耀眼，而台下昏黑。

云岘低头去找姜迎，扯了扯她的手。

姜迎的目光从大屏幕上挪开，看向云岘问："怎么了？"

周围嘈杂，他们听不清楚对方说了什么。

云岘弯腰，提声在她耳边喊："你说得对，去了哪里更重要！"

姜迎绽出一个灿烂的笑容，牵起他的手带着他跟随旋律摆动。

"好玩吧？"她大声问。

云岘点点头，认可道："好玩。"

最后一个登场的乐队就是流浪银河，大概是刚出道不久，较之之前的歌手，他们出场时的欢呼声寥寥，人气并不高涨。

而姜迎秉持着诚信原则，卖力地挥手尖叫，还发动身旁的两位男士和她一起。

李至诚悄悄和云岘说："别人还以为她死忠粉呢，其实两个小时前名字都不认识。"

云岘笑了笑："可不是嘛。"

主持人介绍说下面这首歌叫*One day*。

One kiss a day

一天一个吻

Keeps all trouble away

让一切烦恼远离

没有伴奏的人声独唱，轻快的旋律立刻抓住听众的耳朵。

随着一声清脆的金属敲击音，音乐声和背景和声渐渐响起。

One coffee a day

一天一杯咖啡

Keep the sandman away

让睡魔远离

One cookie a day

一天一块饼干

Keep the pain away

让痛苦远离

One smile a day

一天一个微笑

Keep the stranger away

让陌生人远离

One Hug a day

一天一个拥抱

Keep the quarrel away

让争吵远离

这首歌欢快，歌词简单，听一遍就能记住旋律，而越是这样越能让大家情不自禁地晃动身体。

主唱穿着无袖白 T 恤和宽松牛仔裤，一只手随意地搭在立麦上，他的嗓音干净清透，满是少年气。

吉他、贝斯和架子鼓完美配合，中文 rap 部分极具节奏感，副歌每句结尾的和声更是锦上添花。

One kiss a day

一天一个吻

Keeps all trouble away

让一切烦恼远离

当这句歌词再次唱起，舞台上的大屏幕将摄像头对准底下的观众，而不知是谁先带头还是不约而同，在场的情侣们甜蜜拥吻在一起，场面立刻沸腾，掀起的尖叫和欢呼几乎要盖过音乐声。

原本音乐节进入尾声，大家都或多或少有些疲惫，但这一首歌又让气氛陷入高潮。

舞台上的他们是流浪在银河的游吟诗人，散播快乐，驱逐烦恼。

到后半首歌，就变成了全场齐声大合唱。

姜迎跟随人群挥动手臂，听着听着却蓦地停下了动作。

她凝眉沉思，半晌后得出一个肯定的结论：“我在哪里听过这首歌。”

直到音乐节结束，散场后他们步行到停车场，姜迎还咬着指甲盖，专注地回忆那段旋律。

“我真的听过。”她又一次对云岘说。

云岘不以为意：“可能是在网上听到过吧，不是说是新歌吗？可能软件给你推送过。”

姜迎笃定：“不是在网上，而且感觉很早之前就听过。”

她兀自嘀咕道：“在哪里呢？”

没吃晚饭，到了这个点三人都饿了，决定吃顿夜宵再返程。

他们开车到附近的街道，找了家酸菜鱼店。

找到空位坐下，李至诚拿起菜单点菜，云岘用热水烫餐具，而姜迎一坐下就摸出手机，时不时划动一下屏幕在翻找什么。

“无骨鸡爪吃吗？”李至诚问。

云岘看向姜迎：“吃吗？”

姜迎没抬头，敷衍地回：“我都行，你们点。”

李至诚摇摇头，对云岘说：“完了，魔怔了，今天不弄明白她估计不睡了。”

等菜都上桌了，姜迎还盯着手机在看，云岘夹了块口水鸡到她碗里，温声道：“姜迎，先吃吧，等会儿再看。”

李至诚就没那么好脾气，用筷头打在她手背上，拿出家长作风语气严肃地说：“别看了，吃饭。”

“等等等等，我好像找到了。”姜迎调高音量键放到耳边，仔细辨认视频里的声音。

几秒后，她一拍桌子，激动道：“就是这个！我真的听过！”

姜迎把视频拿给两个男人看：“你们听，是不是很像？”

他俩凑上去，脑袋挨着脑袋：“真的哎，歌词好像也一样。”

云岘问：“这是你录的？”

姜迎加快语速解释说：“我刚工作那会儿有一阵子特别不适应，我记得是周五，我下班坐在回家的地铁上，刷到了一个博主去鹭岛旅游的 vlog。看着她在海边我也不知道为什么就特别羡慕，一冲动立马订了机票，回家收拾东西背着一个双肩包就走了。我住的酒店离海滩特别近，那个时候应该得凌晨两三点了，一开始是这个男孩自己抱着吉他在唱，慢慢地大家都靠了过去围成一圈，互相也都不认识，但气氛特别好。”

李至诚指着屏幕中央抱着吉他唱歌的男人，惊讶道：“这不就刚刚那主唱吗？”

姜迎自己也是不敢相信：“怪不得我刚刚就觉得他眼熟，没想到他后来真的组乐队去了，天啊！”

视频里的歌手抱着吉他清唱，当时那首歌还没有成型，许多地方都是用哼唱带过，和今晚演出的效果截然不同。

但欢快的旋律和那句标志性的歌词太具有辨识度了。

没想到还能有这样的缘分，姜迎感叹。

云岘在意的却是其他：“你自己一个人跑去鹭岛？”

“嗯。”姜迎点点头。

云岘皱了皱眉，不敢想她一个女孩跑到陌生的城市会遇到多少危险。他说：“没有计划，也没有准备，就这么一个人去了？”

姜迎挠挠脸：“我当时没想那么多，就觉得自己要是再待在那个环境里真的疯了。我在这儿憋的一口气，在鹭岛的时候完完全全舒出来了。等到周一回来上班，我就又打满元气啦。既然有钱有时间，想去就去了，其他的没怎么考虑。”

李至诚出来打圆场说：“姜迎又不是真贪玩的小姑娘，自己有安全意识的，这不好好在这儿嘛。”

他又看向姜迎，板着脸问：“还有啊，当时自己状态不好怎么不和我及时反映？咱们工作室是很人性化的，有问题及时和我沟通。”

姜迎连连点头：“知道了老板。”

云岘垂下睫毛，薄唇紧抿，不知在想什么。

姜迎抱着手机嗒嗒敲字，说是要把这个故事分享到流浪银河的微博超话里去，骄傲地称自己为“一颗音乐新星冉冉升起的见证人”。

她嘴里哼着歌，还在上头状态，激动的心情无法平息。

李至诚夹了一筷凉拌海带，轻声对云岘说：“所以你喜欢她吧，她和你完全不一样，无论是行为方式还是生活态度。”

云岘看向姜迎，嘴角有了弧度，这个女孩看起来不够成熟，又远比世上大多数人活得通透。他说：“不是不一样才喜欢，因为羡慕和想要成为这样的人才喜欢。”

“挺不可思议的。”云岘放下筷子，“我以为谨慎克制的方式是对的，可以避免很多麻烦和危险，但如你所见，我过得并不快乐。而她呢，有的时候让我觉得就是个没长大的小女孩，但我活了 30 年，比她大 5 岁，应该如何面对生活这个问题却总是她在教我。”

杯子里是茶，但李至诚还是拿起和云岘碰了个杯：“你找对人了。”

云岘回以一笑：“说起来，还是托你的福。”

姜迎终于编辑好，放下手机拿起筷子，夹了块鱼送进嘴里，问他俩：“你们刚刚说什么呢？”

李至诚回：“没什么。”

云岘也说：“随便聊聊。”

姜迎嚼着嫩滑鲜香的鱼肉，点头道：“好吧。”

返程的路是云岘开的车，姜迎玩了一天，生出倦意，接连打了好几个哈欠。

“困了就睡吧。”云岘说。

姜迎摇摇头，睁大眼睛，翻出一盒薄荷糖：“不睡，我陪你说话。”

云岘笑起来：“那你说。”

姜迎张了张嘴，却想不到说什么，泄气地塌下肩：“我不知道说什么，我脑子已经不转了。”

云岘哄她：“睡吧，我开着电台不会无聊。”

姜迎还是坚持：“没事，我听听流浪银河的歌就不困了。”

云岘：“得嘞，再听听可别又嗨起来了。”

姜迎眯起眼睛：“云岘，我发现你还真挺北京人的。”

“啊？”

“你有的时候嘴也特损。”

云岘耸了耸肩，默认了。

夜深人静，窗外的风灌进车厢，带着白日弥留的温热。

云岘说："我决定了，买房的事先缓缓。"

看着他卸去压力，心情轻松不少，姜迎也跟着高兴："好，不着急，等你知道自己到底想要一个什么样的房子再慢慢决定。"

云岘打趣道："反正还有你那小猪窝。"

姜迎嚯了一声："嫌弃我的是猪窝那你回李至诚那儿去。"

云岘摇头，赶紧认错："不去，你这里最好。"

姜迎满意地翘了翘嘴角。

之后几天，云岘的大部分时间都在店里忙碌，英俊温柔的咖啡馆老板终于重新上线。

好多熟客都说许久没看见他了，还以为店主换人了。

面对这种情况，云岘一般都笑笑，回答说："之前有点事在忙。"

记得几年前奶茶掀起大热，大街小巷的奶茶店如雨后春笋般涌现，而如今咖啡馆似乎也有这样的增长趋势，短短一个月不到，附近的街道上又多了两家新开的店铺。

一家是典型的韩式 ins 风，老板是位艺术家美女，另一家则要可爱许多，门店装修以粉绿为主色调，仿佛一家糖果屋。

新店开业必然有促销活动，再加上新鲜的事物总是吸引人的，云边近来的客流量明显下降了不少。

云岘本身性子挺"佛"的，认为专注经营好自己的店就行，喜欢云边的客人总会回来，也没觉得现在的情况有多糟糕。

但姜迎就不这么想了，她眼看一下午店里就来了三桌客人，外卖订单量也不如从前，急得团团转。

云岘站在前台后擦杯子，发话说：“好了，别操心了，正好大家闲一闲，就当放假了。”

赵新柔附和道：“对啊，不用担心，昨天不还有人一下子订了十几杯咖啡。”

姜迎无力地叹了一口气，道出真相：“那是李至诚看店里生意不好，给工作室点的下午茶。”

赵新柔闭上嘴，不说话了。

姜迎严肃表情说：“美国经济大萧条，就是因为胡佛实行了放任自由政策，咱们不能什么都不做。”

云岘看她板着脸振振有词的样子，忍不住勾了勾嘴角。他放下手中的咖啡杯，走到姜迎身边，摁着她的肩膀坐下：“你呢，好好上班，店里的事我会想办法的。”

他的笑容和目光从容平和，让人觉得心安，姜迎点点头：“好。”

《小世界》新章节更新在即，李至诚最近拽着员工们大会小会开不完。

确定好下一章节的主题是海岛小镇，姜迎在一周之内带着组员赶完策划。

她带着文件去找李至诚审批时，在办公室门口遇上运营总监方宇。

“哥，你是被人打了还是化了烟熏妆啊？”

方宇挤出一个勉强的笑容：“全世界应该只有我讨厌放暑假，对吧？”

暑期线下活动多，全国各地都有漫展，还有各种 CV 见面会、快闪餐厅、联名产品，他这个月的工作量翻了好几倍，睡眠量却骤减。

姜迎挥了挥拳头，给他打气：“加油，我与你同在。”

方宇哀号一声回工位上去了。

姜迎敲开李至诚办公室的门，他正坐在沙发上吃饭。

“你才吃午饭啊？”姜迎走到他对面坐下。

李至诚舀了一大勺饭送进嘴里，朝她伸出手。

姜迎把手里的文件递过去。

李至诚边吃边翻看起来，脸上的表情精彩纷呈。

姜迎观察着他的脸色，小心翼翼地问：“有什么问题吗？”

李至诚把嘴里的饭吞咽下去，拿起杯子喝了口水：“海岛音乐节、乐队主唱、年轻阳光少年感，姜迎，我发现了，你每爱上一个男的就多一个人设灵感是吧？”

“哎。”姜迎伸出手掌，“话可不能这么说。”

李至诚放下文件夹，重新抱起饭盒：“我又没说不行，挺好的。”

姜迎解释说：“海岛是之前就确定的，音乐节又是最能代表夏天的主题，清爽的元气少年也是我们以前没有过的角色，我可不是为了私心。”

李至诚哼笑一声，问：“那云岘和简影呢？怎么说？”

姜迎哽住，没法否认，否认也没力度。

“我就知道。”李至诚打了个响指，“我当时看人设图就觉得不对劲，越看越眼熟，你干脆直接照着他画得了。”

姜迎努努嘴，不说话了。

李至诚回忆起这件事，突然有了感触：“哎呀，当时还真没想到你俩会成。大学那会儿我看着那么多人喜欢他，他却一个都不理。”

“是吗？”姜迎嘴角的弧度若有似无，“我怎么觉得他还挺好追的。”

“啧。”李至诚受不了这嘚瑟劲，要赶她走，“没事就给我回去上班。”

“那我走了。”姜迎抱着文件夹起身，走到门口又停下，转过身子对李至诚说，“老板，你确实该谈谈恋爱了。”

李至诚冷淡地回：“不劳您费心。”

姜迎耸耸肩，推开门走出去。

等到时针划过 6 点，姜迎保存文档关闭电脑准备走人。

周晴晴挎着背包问她：“周五晚上有空吗，我想吃干锅蛙。”

姜迎回：“行，我和我男朋友说一声。”

周晴晴立刻沉下脸：“你把男朋友挂在嘴边的样子真让人讨厌。”

姜迎抿紧嘴唇，赔笑道：“我错了，以后不了。”

周晴晴抱着手臂，指责姜迎：“你说说你，我当时和你说楼下咖啡馆老板长得帅，你还一脸无所谓，结果一声不吭就跟人好上了。”

姜迎凑上去挽住她：“一声不吭吗？我还以为挺轰轰烈烈的。”

“哎。”周晴晴压低声音，“你男朋友身边有没有什么兄弟朋友啊？”

姜迎想了想：“还真有两个。”

周晴晴眼睛都放光了，钩钩手指说：“快介绍给我。”

姜迎清清嗓子：“一个刚成年，另一个……”她跷起大拇指指了指身后。

周晴晴回身张望了一眼，疑惑道：“谁啊？”

姜迎继续挤眉弄眼：“那个。”

“哪个？”

“最里头那个。”

周晴晴倒抽一口气，不可置信地说：“你说李天王？”

“嗯，他和云岘是大学同学，还住一个宿舍的。”

“你说真的？”

“真的，我骗你干什么。”姜迎故意逗她，“要介绍给你吗？”

周晴晴连忙摆手拒绝：“不用、不用，我消受不起。”

姜迎挑起一抹笑：“很意外吧，我当时也缓了好久。”

周晴晴努力在脑内把那两人联系到一起，深感质疑：“他俩都不像一个次元的人，居然是好朋友？”

姜迎说：“其实他俩私下里的样子和平时都不太一样，李至诚吧没那么严肃，云岘也没那么安静。”

一路上周晴晴拉着姜迎问东问西，到了街口两人才分别。

姜迎拐进云边小屋，一进门就听到赵新柔朝她喊：“姜迎姐，岘哥让你来了就去后厨找他。”

“知道了。”

姜迎走向后厨，掀开垂布，看见云岘和苏丞正围在桌边商量什么事，台面上放了两个大餐盘。

听到脚步声，云岘抬起头往门口看去：“来了？”

“忙什么呢？”

苏丞自觉把云岘身边的空位让出来，回答说：“岘哥和我在定菜单，就等着你过来试吃。”

姜迎指着餐盘里的三明治问：“菜单？这个？”

云岘点头，说：“其实今年开始店里的蛋糕销量就不太乐观，咖啡需求量稳定，毕竟咱们这儿大多数都是像你一样的工作党，但除了一些订购的生日蛋糕或者公司下午茶这样的大单子，其他情况下蛋糕卖得一般。我和苏丞之前就商量要不要开一个新的菜单，比如面包、轻食沙拉这类的。”

姜迎哦了一声，捶了下他肩膀，说：“怪不得你不着急，你早就有对策了。”

苏丞说：“面包太费时间，而且咱也没有专业的机器，轻食沙拉附近好几家店了，想来想去就三明治最好，而且和咖啡也最配。”

姜迎皱了皱眉，提出异议：“但卖三明治的也很多啊。”

云岘拿起半块三明治递给她：“你尝尝。”

苏丞做的三明治和普通的还不太一样，用的是烘烤过的厚吐司，表皮酥脆，闻着有黄油的甜香。

姜迎手里的这个是猪扒厚蛋夹心的，还铺了生菜和番茄，表面撒了欧芹碎。

她拿起张嘴咬下一大口，多重口感碰撞在一起太让人满足了。

姜迎咀嚼着，双眸闪了闪：“这用的什么酱？”

不是一般三明治里会加的番茄酱或蛋黄酱，微微偏甜，但不会腻。

苏丞打了个响指，得意道：“是我的独家秘方，热量很低的，好吃吧？”

姜迎连连点头，问他：“怎么做的？”

苏丞啧了一声：“都说独家秘方当然不能告诉你了。”

云岘又拿起另一块拿给姜迎：“还有不一样的呢，你尝尝这个。”

虾仁饱满，绿色的像是牛油果泥，姜迎皱起鼻子闻了闻：“怎么有股泡菜的味道？”

酸酸辣辣的酱汁奇妙地让本身寡淡的食物变得可口，姜迎又一次对苏丞刮目相看。

云岘说：“这些只是一部分，我们还打算做一些甜口的。”

姜迎又咬了一口，毫无保留地夸道：“这真的是我吃过最好吃的三明治了，比云岘做的好吃多了。”

云岘感到无奈：“就别拿我比较了，我也才知道这小子不止会做甜点。”

苏丞挠了挠头：“我爸就是厨子，做墨西哥菜的，这些酱都是他自己研发的，我改了改，拿来放到三明治里试试，没想到还不错。”

姜迎握拳捶了他一下：“有两把刷子啊苏丞同学。”

云岘附和道：“是啊，没想到咱们这家小小咖啡馆还藏了个大厨。”

苏丞觉得不好意思，被夸得脸都红了：“你们之前也没问过我，其实我做菜也挺好吃的。”

姜迎看向云岘，一脸认真道：“要不咱改开餐馆吧？云老板你说呢，不能埋没咱大厨的才能啊。”

云岘思索了下，点头认同：“我觉得你说得对，只做蛋糕太浪费人才了。”

这情侣俩其实就是逗小孩呢，没想到苏丞这个耿直男孩当真了，都快急眼了：“哎别别别，哥哥姐姐，千万别有这个念头，当厨子可比做蛋糕累多了，我不想做圆头粗脖子的伙夫，我是烘焙师，烘焙师，我就愿意做蛋糕。”

姜迎和云岘互相看看，扑哧一声笑了出来。

云岘揶揄他：“你现在不也挺圆头圆脑袋的吗？”

姜迎更是帮腔道：“职业不分贵贱，你一做蛋糕的还瞧不起颠勺的呢？”

苏丞说不过他俩，气鼓鼓地去外面找赵新柔。

姜迎坐到桌子上，继续吃手里的三明治，听到大堂里苏丞的嚷囔，她忍俊不禁，感叹说："有的时候就觉得他们是家里的弟弟妹妹，真好。"

云岘把剩余的三明治打包好，面部轮廓在灯光下显得柔和："就是家里的弟弟妹妹。"

又到周末，云岘给赵新柔和苏丞放了个假，这天就只有他和姜迎在店里。

"咖啡好了，端过去吧。"云岘把餐盘递给姜迎。

苏丞昨天烤了些曲奇饼干，姜迎把它们按份数分好装进小瓶子里，时不时地偷吃一块。

她嘴里还鼓鼓囊囊的，含糊应道："好的。"

云岘敲敲桌子，提醒她："再吃午饭就吃不下了。"

姜迎装作没听见，麻溜地端着盘子给客人上咖啡。

铃铛声响起，玻璃门被推开。

姜迎条件反射地喊："欢迎光临。"

她回过身，看见李至诚，奇怪道："你怎么来了？"

李至诚像是一路赶过来的，还喘着气呢，张口就抱怨："给你俩发消息一个都不回我。"

姜迎解释说："店里忙，没看手机。"

云岘也从前台走了出来，问他："怎么了？"

李至诚走到吧台边上坐下，舔了下嘴唇说："先给我倒杯水。"

姜迎取了杯子倒好柠檬水。

"一个好消息。"李至诚抬杯灌了一大口水，缓了口气说，"我刚刚回家，看见前面那栋楼在搬东西，好几个大箱子。我闲着没事干就上去问了一嘴，那大姐告诉我，他老公要调去外地工作了，她女儿呢现在在上大学。哎，她就是小区外面那条街上开水果店的，云岘你有印象吗？”

云岘和姜迎听得一头雾水：“所以呢？好消息到底是什么？”

李至诚对他们的打断不满地啧了一声:“马上就说到了,别急啊。”

姜迎嫌弃道：“你这铺垫也太长了，能不能直接说重点？”

“好、好、好。”李至诚言简意赅一句话道，“大姐决定搬家了，店也盘出去了，现在那套房子正在找人买。”

反应过来的姜迎激动地叫了一声，晃着云岘的胳膊说：“那就赶紧联系她去看看房子啊。”

云岘倒还算是平静，他问李至诚：“在你们家前面那栋？”

“对，就前面，几步路。”

“那户型也和你家一样？”

“当然，但那大姐说他们住了挺多年了，得重新装修。”

云岘低声嘟囔,像在自言自语:“面积正合适,采光应该也不错，离科技园也近。”

李至诚拍拍自己的胸脯，补充说：“重点是和我挨得近。”

云岘的嘴角露出弧度：“而且我在那儿住过，也熟悉周围的环境。”

姜迎提议：“先去看看房子吧。”

李至诚摸出手机：“我要了那大姐的电话，她说今天一天都在这儿搬家的，你要不就趁着这个时间去看一眼。”

云岘果断作出决定：“行，我现在去一趟。”

他作势就要走人，姜迎拉住他：“哎哎，你去看房，那谁帮忙看店啊？我一个人不行的。”

云岘把目光转向李至诚。

李至诚左右看看，指着自己，似乎觉得很好笑："你不会是要我留在这儿帮你端盘子吧？"

云岘递过去一个恳请的眼神："可以吗？"

李至诚的笑容顷刻凝固："不可以。"

云岘点头微笑："谢谢你了，加油干。"

李至诚恼了："我说不可以！"

姜迎把手边的围裙扔给李至诚，使唤他："新来的，去把盘子洗了。"

李至诚作势要挥拳："没大没小，喊谁呢？"

姜迎立刻认㞞，缩着脖子找地方躲："错了哥，我去洗。"

云岘脱下围裙，拿了车钥匙准备出门，走前叮嘱他们二人："不许打架，等我回来。"

姜迎喊："快点回来。"

李至诚也喊："我按小时收费的！不白干！"

还好这会儿人不算多，他们两个勉强还能应付得过来。

李至诚把剩余的曲奇饼干打包好，和姜迎有一搭没一搭地闲聊："这饼干是自己烤的？"

姜迎洗着盘子回答："对。"

李至诚随手拈了一块巧克力味的放进嘴里，品尝后点点头："不错，比外面做的好吃。"

姜迎指着抹茶口味的说："你尝尝那个，也好吃，有杏仁片的。"

李至诚包没包几盒，吃倒吃了好几块，问："这小师傅还会做别的吗？"

"我看他会的挺多的，怎么了？"

李至诚说："没几个月就中秋了，咱工作室得订月饼礼盒啊，他要是会做我就找他做。"

姜迎想了想，灵光一闪，打了个响指："对啊，中秋节我们可以卖月饼。"

李至诚眯了眯眼睛，不满道："'我们我们'，到底哪个是你正业哪个是你副业？"

姜迎赶紧觍起笑脸讨好老板："当然是做您的游戏策划啦。"

店里来了新客人，点了一杯澳白。

姜迎收好钱，拱了拱李至诚问："老板你会拉花吗？"

李至诚回给她一个"你说呢"的表情。

姜迎提起苹果肌苦笑了下："那我试试？"

李至诚怂恿她："你试试。"

杯子里盛好浓缩咖啡液，姜迎握着打好的奶泡，深吸一口气。

李至诚也跟着收紧呼吸，压低声音说："你的手别抖啊。"

姜迎屏息凝神："好。"

她在脑子里回忆云岘教过的步骤和技巧，小心翼翼地倾斜奶泡杯的弧度。

半分钟的沉默后，李至诚启唇说："我猜你想画个爱心，对吧？"

姜迎摇摇头："是叶子，不像吗？"

李至诚两眼一黑："云岘怎么还不回来？"

第十章·结果是你

『如果我就是在等你来呢？』

也许是那天姜迎的话让云岘改变了想法，也许是这套房子确实完美符合他的心理预期。

这次云岘没有过多犹豫，了解清楚情况后就开始准备签署合同。

8 月，他忙着新房子的装修，又不常在店里。

看着属于他的家一点儿一点儿成型，云岘和姜迎说，去年他也是这么看着云边诞生，那是他在这座城市留下的第一个印记。

姜迎告诉他："你拥有的会越来越多。"

这天周六，姜迎回家里吃午饭。

她爸姜天晖开的门，见门外只站着她一个人，问："男朋友呢？没带回来啊？"

姜迎把手里的东西一股脑塞给她爸，一边换鞋一边回答："今天有人来刷墙，他得监工，我等会儿给他送点吃的过去。"

她妈邵玲芳在厨房里听见外头的说话声，提声喊："云岘没来啊？"

"没，给他留一口就行。"

邵玲芳拎着锅铲小跑出来："为什么不来啊？特地给他炖了鸡汤。"

"家里装修他走不开。"姜迎算是认清现实了，"所以今天不是喊我回来吃饭的，敢情我是沾了云岘的光了。"

姜天晖睨她："怎么说话呢，当然是你妈想你了才叫你回来的。"

饭桌上，姜天晖抿了口酒，清清嗓子问姜迎："他这么快就在咱这儿买了房，有打算？”

姜迎没听出话外之音，随口回答：“没什么打算啊，可能就钱多想买吧。”

姜天晖啧了一声，恼这孩子缺根筋。

邵玲芳在一旁解释说：“你爸爸是想问你，他是不是打算结婚了？”

姜迎噌地抬起头，左右看看他俩，自己都有些不确定地说：“应该没那个意思吧？”

邵玲芳问：“他和你说过吗，想和你结婚之类的话？”

姜迎想了想：“提到过吧。”

当父亲的一听，心里的警报拉响，姜天晖立刻紧张起来：“那你怎么想的？”

姜迎埋头吃菜：“我还没准备好，以后再说。”

姜天晖一拍桌子，激动道：“对了丫头！你可千万别那么早答应啊，你还年轻，他着急就让他着急。”

邵玲芳可不这么想，瞪他说：“25岁还年轻呢？也到年纪了。”

姜天晖反驳：“怎么不年轻？姜迎毕业都没几年呢。老陆家女儿不也28岁才嫁？”

“人家是人家，而且那姑娘一直在外地没回来。”

眼看他俩就要争执起来，姜迎放下筷子，伸出手臂挡在他们二人中间：“别吵别吵，我和云岘谈恋爱也没多久，结婚的事再说吧，不着急啊。”

姜天晖满意地笑了起来：“你看吧，我说的，女儿还不想嫁呢。”

邵玲芳哼了一声：“她现在是这么想，可能过两天就自己嚷嚷要嫁给人家了。”

“去、去、去，我们姜迎可不会。”姜天晖看向姜迎，警告她，“你可不许这样啊，丫头。”

姜迎咬着排骨，含糊地应了一声。

吃完饭，邵玲芳把打包好的饭菜拿给她，叮嘱说：“汤一定要让他喝完啊，你外婆特地送过来的鸡。”

“知道啦。”

姜天晖又从客厅茶几上拿了一颗石榴要塞给她：“这个也带着。”

姜迎摇摇头：“都没手拿了，你们吃吧。”

走之前二老又再三叮嘱：“有空带他回来吃饭。”

姜迎拖长音调懒懒应了声好。

她带着大包小包的东西开车回家，上了楼发现云岘早她一步回来，正在浴室里洗澡。

新房子这两天在刷墙，灰尘多，他每次回来都得先冲把澡。

姜迎把饭菜取出，看有些凉了，又放进微波炉重新热了一遍。

装修队的师傅开工早，云岘经常六七点就得起床，中午也是草草吃一口盒饭，姜迎看他最近都瘦了，脸上本就没多少肉，是该好好补补。

几分钟后云岘擦着头发出来，姜迎刚好把鸡汤端上桌。

“我妈下令了啊，这个汤必须喝完。”

云岘坐到餐桌边，拿起碗筷：“我还真饿了。”

姜迎也坐下，陪着他一起吃，边吃边问：“房子怎么样了？”

云岘说：“差不多了，可以准备买家具了，明天要不要和我一起去逛逛？”

“好呀。”

“哦，对了。”姜迎说，“我可以休年假了。”

云岘问她："有什么打算吗？"

姜迎摇摇头，他肯定抽不出时间，沈暄也怀着孕呢，没人陪她玩。

她安慰自己："这么热的天，在家休息休息也挺好的。"

8月中旬，新房的装修终于完工，大件家具也陆续安装完毕。

花了一整天的时间，云岘和姜迎给新家做了次大扫除，把里外都打扫干净。

丢完垃圾，在空气里喷了两泵香氛，姜迎瘫倒在沙发上，望着眼前崭新而整洁的一切，又累又有成就感。

装修风格是云岘设计的，和云边很像，但更温馨些，还是白色为主色调，木质桌椅，豆绿色的沙发和鹅黄色的抱枕，四处都有小盆栽作为装饰。

云岘在阳台上装了一个秋千，把姜迎公寓里的花都搬了过来，他还在窗台上挂了一串风铃。

微风一吹，铃铛响声清脆，已经到了傍晚，橘红的夕阳铺洒在白瓷砖上。

姜迎摸摸空瘪的肚子，把早饭吃剩下的吐司掰开泡进牛奶里。

面包吸满牛奶，变得软塌塌的，姜迎嚼了两口，五官皱到一起。

云岘一走出来就看见她的痛苦表情，问："怎么了这是？"

姜迎艰难咽下口中的食物，和云岘说："这泡鲁达太难吃了吧。"

云岘看了看她杯子里的东西，被逗笑了："你管这叫泡鲁达？太不正宗了吧？"

姜迎瘪嘴："我倒也想吃正宗的。"

云岘手里的动作停住，他愣了愣，突然问："你年假还剩几天？"

姜迎算了算，说："四天。"

“我们去西双版纳吧。”

这句话来得太突兀，一点儿铺垫都没有，姜迎一时没反应过来：“什么？”

云岘又认真语气重复一遍：“我们去西双版纳吧，吃正宗的泡鲁达。”

“好哇，什么时候去？”

“今天太累了，明天出发？”

姜迎又回到呆滞的表情。

云岘问：“不想去吗？”

姜迎摇摇头。

云岘笑了：“这是想去还是不想去？”

姜迎张了张嘴：“你说真的？”

云岘点头：“真的。”

姜迎一骨碌从沙发上爬起来，当即做好决定：“走，今晚就去。你订机票和酒店，我收拾行李。”

云岘拉住她：“今晚就去？你不累吗？”

“累。”姜迎的声音里带上按捺不住的兴奋，“但如果要去，我今天晚上肯定睡不着。”

“那走？”

“走！”

他们用两个小时不到的时间火速收拾好行李开车到达机场，距离登机恰好还剩20分钟。

没有计划、没有准备、没有做任何攻略，由一碗“山寨泡鲁达”引起了一场说走就走的旅行。

飞机上，姜迎把手机调至飞行模式，凑到云岘耳边小声说：“我们是不是太冲动了？”

云岘帮她把口罩往上提了提：“不是你的宗旨吗？想做什么就去做。”

姜迎翘了翘嘴角，有些心虚：“是不是我把你带坏了？”

“不。”提示广播响起，云岘扣好安全带，他很肯定地告诉她，“是你解放了我。”

三个小时后，飞机落地春城，他们将在这里休息一晚，明日再转机去西双版纳。

酒店在机场周围，一天的忙碌再加一晚上的奔波，两人早就累瘫了，洗漱完就倒头睡下。

因为事先没有任何计划，所以他们的日常安排非常随意，简单地说就是几点起床就几点出门，没有压力，不需要赶时间，怎么高兴怎么来。

第二天，两人直到中午才睡醒，休息得十分充足。

他们在附近的小吃店点了两份过桥米线，姜迎想着难得来一次，几乎把所有配料都加进去了，满满一大碗。

她咬着鸡枞菌，美滋滋地说：“为这一碗米线也值了。”

“我以前特别不理解到了节假日就要出去旅游的人，看着都觉得折腾。”云岘的视线落在屋外的街道，来来往往的人说着他们听不懂的方言，这里的一切对他来说都是陌生而新奇的。

姜迎夹起一块猪血，吹了吹送进嘴里：“累归累，但世界那么大，偶尔也得找找生活里的新鲜感。”

云岘点头：“是。”

真正抵达西双版纳时已经晚上五六点了，他们在预订好的民宿歇了会儿脚。

等夜幕低垂，他们出发前往位于景洪大金塔下的星光夜市。

夜色浓郁，而盛大的集市却热闹非凡，各种小摊琳琅满目，街边的姑娘们穿着傣装，头上别着鲜花发卡，这里极具东南亚风情，烟火气蒸腾。

姜迎看见其他女孩都穿着傣式风格的衣裙，心里便有些蠢蠢欲动。

“云岘。”

她刚一张口，云岘就知道她下面要说什么，指着前面一个卖服装的摊位说：“那边有一个，去看看？”

姜迎嘻嘻笑了一下：“你怎么知道我想穿啊？”

云岘说：“你刚刚盯着人家姑娘都快盯出洞来了。”

姜迎松开他的手，兴冲冲地跑去衣架前挑选，她拿出两套问云岘：“哪套好看？”

云岘指了下左边的那套：“这个吧。”

“好。”姜迎选择相信他的眼光。

和老板谈好价钱付完款，她拿着衣服去试衣间里更换。

等再出来时，她却发现外头的云岘不见了。

姜迎踮脚四处张望，刚要拿出手机打电话，就听见云岘的声音响起：“换好了？”

她抬起头，朝着他走过去：“漂亮吗？”

抹胸是绿色的，搭配浅黄缎面长裙，衬得人皮肤白皙，云岘上下打量完，由衷地夸道：“很漂亮。”

“你刚刚去哪儿了？”姜迎问他。

云岘举起手里的小东西挥了挥，他走近一步，抬手把发卡别到她的发间。

姜迎把长发绑成了低垂松垮的麻花辫，绾到一侧，现在头上多了一朵娇嫩的鸡蛋花，与她的衣裙很相配，也显得整个人更灵动可爱。

“好看吗？”她掀起双眸问云岘。

云岘不厌其烦地回答：“好看。”

他们牵着手走进集市，小路狭窄，人群熙熙攘攘。

云岘买了一份椰子冰，让姜迎捧着吃。

走着走着，姜迎突然迸出一句：“完了，买错了呀。”

“什么买错了？”

“你看看。”她指着路边的人，又指了指自己的衣服，怨恼道，“怎么这套是爆款啊，好多人和我穿得一样，我都怕你等会儿一转身牵错了人。”

云岘笑起来：“怎么可能啊？”

姜迎噘着嘴，嘟囔道：“你看看，又一个撞衫的。”

云岘抓起她的手搭在自己的胳膊上：“那就把我看紧一点儿，别让我跟着别人跑了。”

姜迎收紧手指，紧紧挽着他，故意问：“我穿好看还是她们穿好看？”

云岘目视前方：“她们是谁？我没注意。”

姜迎嚯了一声：“行啊，不掉进我的坑里。”

云岘笑了笑，包容那些调皮的小心思。看到前面有水果摊，他偏头问：“要不要尝尝辣椒杧果？”

集市灯火通明，世界喧闹，西双版纳的风也热情，暖乎乎地吹拂在脸上。

因为没有对这次旅行做事先规划，所以也就没什么期待，更谈不上会失望，他们走到哪儿都觉得有意思。

姜迎和云岘的手里被特色小吃堆满，走一路吃一路，有不合胃口的就当尝尝鲜。

等玩累了回到酒店，姜迎躺倒在床上，小腿肌肉酸痛，但她的精神是惬意而丰足的。

“我们明天去哪儿啊？”她问云岘。

“不知道。”云岘伸手拽她起来，“先去洗澡，洗完早点睡觉。”

姜迎翻了个身，嘴里哼唧了两声，赖着不想动。

云岘在床沿坐下，握着她的脚踝放到自己大腿上，屈起指节替她揉捏紧绷的肌肉。

“你就是平时缺少运动，今天两万步都没走到呢。”

姜迎哀号一声：“一万七千步也很多了好不好？”

这么按摩了好一会儿，云岘拍拍她：“现在可以去了吧？公主。”

姜迎举起一只胳膊，云岘拽着她起来。

姜迎站在地板上，身子摇摇晃晃，也不知道是真站不稳还是故意的。

云岘看不下去了，把背给她，微微蹲下身说：“来吧，公主。”

姜迎发出咯咯笑声：“你真好。”

云岘背起她，向浴室走去：“等会儿你也帮我按按肩。”

半晌没听到回答，他无奈地叹口气，沉下嗓音说：“别给我装睡。”

姜迎拿脸蹭了蹭他，故意制造出一声呼噜。

云岘真是给气笑了：“你是不是猪？”

姜迎还在戏中，闭着眼，学着说梦话的语气回答：“不是。”

旅行的第二天，他们依旧是日上三竿了才起床。

出门前，姜迎化好妆，把脸凑到云岘面前展示。

她双手捧着脸颊，又是眨眼又是微笑，期待地问他：“有没有觉得我今天哪里不一样？”

云岘往后拉开一点距离，左看右瞧也没找到什么特别之处，只能硬着头皮猜：“你换新口红了？”

姜迎失落地拉下脸：“我今天化了个泰妆，眉型眼妆都和我平时不一样啊，看不出来吗？我觉得很明显的啊。”

“哦。”云岘点点头，找补道，“好像确实不一样。”

姜迎撇撇嘴，谈恋爱之前她剪个刘海，他都能发现，在一起久了反倒看不出来了。

云岘刮她的鼻子：“怎么看起来这么委屈啊？”

“你是不是看腻我了？”

云岘可承不住这罪，惊慌道：“怎么可能？谁说的？”

他给自己找借口：“我近视，眼神不好。”

姜迎把脸偏向一边，咬着下唇不吭声。

云岘捧着她的脸颊，凑上去，让两个人额头贴着额头：“我再仔细看看。”

四目相对上，又挨得那么近，姜迎再绷不住，破功笑了出来。

“你讨不讨厌啊。”她娇嗔地埋怨了句，推开云岘从沙发上起身。

云岘也站起来，跟着她身后：“饿不饿？吃饭去吧。”

民宿楼下就有一条小吃街，姜迎终于如愿吃到了正宗的泡鲁达，吐司块酥脆，牛奶里有椰子的清香。

云岘点了一杯老挝冰咖啡，大中午的，外头烈日当空，正需要冷饮解暑。

隔壁桌也是来玩的游客，姜迎和他们聊了两句。

云岘没她那么外向健谈，安静地坐在一旁喝咖啡。

过了会儿，姜迎回来告诉他："那妹妹说他们刚刚去吃了石锅鱼，很好吃，推荐我们去。"

云岘佩服地看了她一眼，倒没想到她是去打探情报的。

在咖啡馆坐了一会儿，两人就动身前往那家石锅鱼，已经过了饭点，客人不多。

餐桌中间是一口嵌进去的石锅，汤底用各种菌菇熬制，异常鲜香。

姜迎吃着鲜嫩的鱼块，已经开始计划下一顿了："我们晚上吃这边的特色菜吧？我刚刚听他们说这里有那种传统的哈尼族餐厅，会有人来到你桌边给你敬酒呢。"

云岘听着，没多大兴趣，反而有些说不出的排斥："啊。"

姜迎眨着一双纯真无害的眼睛："怎么了？你不觉得有意思吗？"

云岘挤出一个笑容："可以啊，有意思。"

下午天气热，他俩都不喜欢逛景区，出一身汗黏糊糊的又难受，索性回到民宿休息。

姜迎在手机上找好一家哈尼族餐厅，看网友的评论，整间店被装修成了原始部落的风格，很有特色。

等到傍晚太阳下山了，他们才收拾东西准备出门。

打车到了那家餐厅，沿着石阶走上去，仿佛是误入了哪家寨子，门口的牌坊上还挂着一个牛头。

还没进门云岘就已经开始紧张，姜迎却兴奋极了，到处乱窜，哪儿都觉得有趣。

他们找好位置坐下，点了几样当地的民族菜。

姜迎一直东张西望，根本定不下心："怎么还不来啊？"

社恐患者云岘默默叹气，催她好好吃饭。

没一会儿，大堂里就有了动静，四五个穿着传统哈尼族服饰的姑娘捧着酒碗挨桌唱歌敬酒。

她们唱着祝酒歌，声音清透嘹亮。

姜迎一直鼓掌欢呼，不知道的还以为她是老板雇来的气氛组。

轮到他们这桌时，姜迎非常爽快，接过酒碗就一口闷了，云岘拦都拦不住。

周围响起热烈的掌声，有人叫好，姜迎抱拳做了个承让的手势。

那几个姑娘又继续前往下一桌。

碗里的酒不知度数，辣得姜迎皱起眉毛，张着嘴嘶哈嘶哈吸气。

云岘给她倒了杯水，打趣说："跟着你，我的社恐迟早得治好。"

姜迎接过水杯："那你应该多认识认识沈暄，她才厉害呢。"

无意提到沈暄，姜迎顿住，转念说："要不我们明天先飞申城？我想去看看她了。"

云岘夹了一块土鸡到她碗里："好啊。"

距离沈暄生产没几个月了，她近来一直在家里安心养胎，姜迎好久没见过她。

在西双版纳短暂地过完了两日游，云岘和姜迎又坐飞机前往申城。落地后，她给沈暄打了个电话。

"喂。"电话里的声音软绵绵的，看样子是还没起床。

“喂，我马上到你家啊，赶紧起床准备迎接我。”

“什么东西？”沈暄一下子清醒了，“你来申城了啊？”

“嗯，你没看我朋友圈吗？我去西双版纳玩了，顺路来看看你。”

“这也能顺路？”沈暄打了个哈欠，“老周不许我玩手机，我早就与网络世界脱离了。”

姜迎问：“你老公呢？”

“不知道，人不在房间里。你一个人出去玩的啊？”

“当然不，我和云岘。”

沈暄也许是没睡醒，也有可能是一孕傻三年，记性不行了：“谁？”

姜迎瞄了旁边的人一眼，压低嗓音飞快地吐出两个字：“‘湘琴’！还能有谁？”

“哦哦，他不用看店啊？”

“不用，店里有两个省心的小孩。”

两人说了会儿话，沈暄起床洗漱去了。

云岘开口问姜迎：“要不要买点什么礼物？”

这倒是提醒她了，她和沈暄之间不必在意这些，但沈暄怀孕之后夫妻俩就搬到老公周战衍的父母那边住了，这么登门拜访确实是该买些礼物。

两人在附近的商场下了车，姜迎打算买盒糕点带过去。

他们起床到现在还没吃东西，又去星巴克买了两份早餐。

这里正处市中心，周围大厦林立。

云岘用吸管搅了搅杯子里的冰块，说：“想起以前上班的时候了，每天早上一杯冰美式，开启新的痛苦一天。”

姜迎可不放过这种能拍马屁的机会：“那我真是幸福多了，每天一杯云老板亲制拿铁，开启我的美好一天。”

云岘十分受用地笑起来，他看着一大清早就奔走在咖啡馆和写字楼的年轻白领们，按生活节奏来说，这里和北京最像，都是欲望之都，现代、繁华、喧嚣，人才济济。

偶尔的时候，就像现在这个时刻，他会怀念起那些忙碌的格子间生活，毕竟那也是他最意气风发、风华正茂的几年。

“云岘？”

听到有人喊出自己的名字，云岘回过神，侧身看去。

桌边站着个西装革履的青年男人，左手提着公文包，右手握着一杯冰美式。

“真是你啊？”那男人惊喜道。

云岘认出对方是谁，眼里也划过意外，站起身喊：“学长。”

“哎哟，真是好久不见了。”被他喊学长的人叫作陈亦铭，大云岘两届，也是他的第一任老板。

陈亦铭朝云岘伸出手，寒暄说：“得有个六七年没见了吧？”

云岘回握住：“是，你去申城之后咱就没见过。”

“这是女朋友？”陈亦铭看向坐在对面的姜迎。

姜迎微微笑了一下，自我介绍道：“你好，我叫姜迎。”

云岘和她介绍说：“这是陈亦铭，我学长，我当初就是在他的公司实习的。”

姜迎隐约想起云岘说过这回事：“哦。那真是好巧啊。”

“是巧啊。”陈亦铭注意到他们脚边的行李箱，“你们来旅游？云岘，我怎么听说你从丰遇辞职了啊？”

云岘回答：“是，我现在在溪城。”

“溪城？”陈亦铭挠挠脸，“溪城有什么科技公司吗？你现在做什么啊？”

云岘回答：“没，我开了家咖啡馆，不当‘社畜’了。”

陈亦铭脸上的表情僵了一瞬，怀疑自己听错了：“你不干这行了？”

云岘点头：“目前是这样。”

陈亦铭看了看他，小声问：“之前那公司亏待你了？”

云岘笑道：“没有，是我自己不想在那儿待着了，觉得没意思。”

陈亦铭领会地点点头，转而又问：“那你对咱的游戏还有意思吗？”

这猝不及防的一问让云岘蒙住了，他张了张嘴，却不知如何开口。

陈亦铭进一步说：“之前你说你考虑到家庭还是想留在北京，那现在呢，既然你都在溪城了，这些应该都不是问题了吧？这游戏你也算是个见证人，就问你想不想回来继续干？”

云岘还是不作声。

陈亦铭也知道这问题不好回答，他缓和表情笑了笑，抬起手腕看了眼自己的表说：“哎哟，都这个点了，我还有事得先走了。真没想到今天能遇上你，我说的话你好好考虑考虑。云岘，换了别人我都不可惜，但你要说不干了，我真的替你、替整个行业可惜。”

云岘点点头：“我知道了，我会好好考虑的。”

陈亦铭赶时间，匆匆和他们打完招呼就离开。

姜迎默默听着他们的对话，有些疑惑，她问云岘：“你说实习，我还以为是大学时候的见习。看样子你在学长那儿工作了很久啊？他好像很看重你。”

云岘说：“是上大学时去的，不过那个时候整个工作室都没多少人，在那儿的时间也不算长，两年吧，三年不到。后来这游戏被一个大公司看中，整个工作室都要搬到申城，我不想去，所以换了工作。”

“那他刚刚说……”

云岘打断她：“吃饱了吗？吃饱我们就走吧。”

姜迎察觉到他的回避，打消念头不再提起，拿起背包和桌上没喝完的咖啡说：“走吧。”

从商场出来到坐上出租车，姜迎一直在小心观察云岘的表情。

看他的样子似乎也没把学长的话放在心上，也许那句回应就是客套一下吧。

两人各怀心思，一路无言。

看有些冷场，姜迎主动开启一个话题：“哦，我忘了告诉你，沈暄的婆婆也在我们那个大学教书，她还是沈暄的直系导师。”

云岘惊讶地抬眉，好奇道：“所以她和她老公是她婆婆介绍的？”

姜迎摇摇头：“那可不是，这里头的故事曲折多了，以后有机会再和你说。”

车子在小区门口停下，姜迎和云岘刚拎着东西下车，就看见一个面相和善的阿姨朝他俩走了过来，笑意亲切道：“是暄暄的朋友吧？”

“哎，是的。”姜迎应了声。

“她让我在门口接你们，喊我罗阿姨就行。”

罗阿姨伸手要来接他们手里的袋子，云岘避了避，说：“我来拿就行，您带路吧。”

路上，姜迎问罗阿姨：“翁老师在不在家呀？”

罗阿姨回："不在，太太和先生一早就出门了。"

"哦。"姜迎偷偷松了口气。

云岘看见她的小表情，低声说："这么大了还怕老师呢？"

姜迎睨他一眼："你不怕？"

云岘说："不怕，老师们都很喜欢我。"

姜迎啧了一声，上下端详他："云岘，我以前还以为你是很谦虚的人呢，怎么最近说话越来越像李至诚了？"

云岘耸了下肩："近墨者黑吧。"

姜迎拿肩膀撞了他一下："那你快多贴贴我这个'朱'。"

云岘失笑："好的，贴贴你这只'猪'。"

沈暄在家里也坐不住，见他们迟迟不来，干脆站到门口院子里等。

隔着几十米的距离，姜迎看见沈暄的身影，停下脚步，遥遥喊了声："沈暄！"

沈暄听见，朝姜迎挥挥手，姜迎撒腿跑过去。

云岘拉不住她，只能在后头喊："慢点，别跑。"

罗阿姨见状笑起来，抬头和他说："小姐妹可真要好。"

云岘玩笑道："看见我都没这么激动的。"

等罗阿姨和云岘慢悠悠地走到门口，沈暄和姜迎聊得正欢。

"进去再说吧。"罗阿姨走到前面给她俩开门。

沈暄挥挥手，和云岘打招呼说："嗨，'湘琴'。"

姜迎咳嗽了声，瞪她一眼。

沈暄这才改口："你好，云老板。"

云岘也不介意这个，笑着回："你好。"

走进屋里，姜迎环顾一圈，问沈暄："你老公呢？"

沈暄回："估计在店里吧。"

罗阿姨给他们端上水果和饮料，开口问："要不我给战衍打个电话？"

沈暄点点头："行，你就说家里有客人，让他没事就先回来吧。"

云岘听着他们的对话，小声问姜迎："他也开店吗？"

姜迎嘴里含着一口杧果说："文身店，搞刺青的。"

云岘做了个"wow"的口型："酷。"

聊到这个，沈暄对云岘说："老周和你差不多大，也在北京上的学。"

云岘微笑着回道："是吗？那挺有缘的，说不定还见过。"

"他们家老周可厉害了。"姜迎伸出手指比画，语气夸张，"一个单子五位数呢。"

沈暄摆摆手，赶紧吹捧回去："那哪有你们家云岘厉害呀，大厂里头搞IT，那才是真正的人才精英，我们家这个就是做苦力活的哈。"

姜迎嚯哟了一声："苦力活？你们家周战衍是艺术家好不好，他要听到你这话可得气死。"

她们两个人你一言我一语，旁人根本插不了嘴。

云岘抬起面前的玻璃杯抿了口橙汁，酸涩的口感让他皱了皱眉。

没一会儿，罗阿姨过来说："战衍说他手头有个客人，一时半会儿回不来，让咱们先吃饭。"

沈暄像是习以为常了："行吧，那你给他留一口。"

姜迎却沉下脸色，替姐妹不平："他怎么都不多在家陪陪你啊？就把你送到婆家让阿姨照顾你？"

"没有。"沈暄赶紧解释，"他以前都习惯晚上做单子，最近全挪到早上了。反正我起得晚嘛，他忙完就回家陪我了，不信你问罗阿姨。”

罗阿姨连连点头：“对的对的，小姜你放心好了，战衍还是很顾家的。”

姜迎看周战衍，那就是丈母娘看女婿，要挑刺的地方多着呢：“这还差不多，我就怕你受委屈。”

沈暄抓了把葡萄塞到她手里：“您别操心了啊，‘妈’。”

“哎。”姜迎欣然应了这声称呼。

两个人互相看着笑起来，心里又都有些泛酸。

沈暄没有父母，唯一一个朋友就是自己，所以站在姜迎的角度，她既是闺密，又是唯一的娘家人。

她们确实在某些时候视对方为“女儿”，操着一颗老母亲的心。

气氛突然就变得有些微妙，云岘咳嗽一声，转移话题问：“你们都是大学里认识的？”

沈暄摇摇头：“我和姜迎是在金陵艺考集训的时候认识的，我和老周就更早了。”

想到什么，姜迎笑起来，饶有兴致地和云岘分享：“你不知道，刚认识的时候沈暄可高冷了。”

沈暄反驳她：“明明是你高冷吧？一个人独来独往，老孤僻了，天天穿件黑色长羽绒服，板着脸，她们都喊你‘无常妹’。”

姜迎想要去捂她的嘴：“你能别揭我老底吗？”

云岘安静地听着，很难将沈暄口中的这个姜迎和眼前的人联系到一起。

在几个月前，餐厅外的台阶上，姜迎和他提起过一些学生时期的事。

他记得她说，以前的她性格远没有现在那么开朗，过得也不是很开心。

以及，改变她的一个是沈暄，还有就是陆廷洋。

当时听姜迎这么说，云岘并没有什么太强烈的感觉，现在心境不一样了，他突然很感谢这些人。

感谢他们在他不曾到来的日子里，给予这个女孩以爱以温暖，让她变得快乐自信。

姜迎回忆说：“大冬天，我俩都错过门禁了，只能在宿舍楼下蹲着。现在想起来可太好笑了，两个大傻子。”

云岘问：“那你们俩大晚上都出去干什么了？”

“她出去买夜宵。”沈暄指着姜迎，又指了指自己，“我是去网吧来着。”

姜迎继续补充：“我蹲在台阶上吃炸串，太香了，她一直看着我，那目光能擦出火来，我实在忽视不了，就问她要不要一起吃，我俩就这么说上话了。”

她们陆陆续续说了许多曾经的故事，去吃海鲜结果一起肠胃炎打点滴，还有姜迎失恋的时候沈暄陪着姜迎喝酒，醉得不省人事打电话给周战衍说她也要分手，当时可把人急坏了。

那些酸甜苦辣，如今都能笑着提起，一个已为人妻为人母，一个也找到自己的归宿，属于她们的少女岁月一去不复返，但新的人生篇章也在悄然开启。

“那时候可真好啊，是我人生最好的时光了。”沈暄感叹说。

姜迎却摇摇头，纠正她：“当下的每一刻才是最好的。”

午饭只有他们三个人吃，周战衍的父母在外有应酬，也不回来吃饭。罗阿姨做了一桌子好菜，沈暄说平时都没这么丰盛的，他俩真有口福。

席间，云岘的手机铃声响起，他道了声“抱歉”，拿起手机起身。

几分钟后他再回来，姜迎担心地问：“是店里有事吗？”

“不是，是亦铭学长，说难得碰面，让我出去和以前的同事聚一聚。”

“哦。”姜迎的神情有些不自然，“那你去吧。”

云岘问：“你想和我一起去吗？”

姜迎犹疑地摇了摇头：“我就不了吧，我想多陪陪沈暄。”

云岘尊重她的意见：“那我结束后来接你。”

姜迎点点头，朝他扯开嘴角笑了下：“好。”

吃过饭没一会儿，云岘就走了。

姜迎陪着沈暄在沙发上看电视，她怀里抱着抱枕，一副心不在焉的样子。

沈暄偷偷瞄她好几眼，觉察出不对劲来，出声问：“那学长是谁啊？”

姜迎像是没听见，还在发呆。

沈暄又踹她一脚：“姜迎？”

姜迎这才有了反应：“啊？”

沈暄把问题重复一遍：“问你那个学长是谁？”

“哦，云岘以前和他一起创业做游戏来着，今天早上碰巧撞见了，两个人就聊上了。”

沈暄松了口气：“我还以为谁呢，你在这儿愁眉苦脸的。”

姜迎否认：“我哪里愁眉苦脸了？”

沈暄哼笑一声：“你心里在想什么我猜都不用猜，你在我面前是透明的，宝贝。”

姜迎烦躁地揉揉头发，坦白道：“好吧，我承认我现在的心情确实有点复杂。”

沈暄抓到遥控器摁下暂停，挪动身体换了个坐姿：“和我说说。”

姜迎不确定沈暄能不能理解，毕竟她自己都觉得莫名其妙，她尝试着表达说：“就是，今天那个学长问了一句云岘，问他还想不想回来干，云岘当时说会好好考虑。虽然没有明确表态，但我感觉他应该是有点心动的。那可是他人生的第一份工作，而且你说，他今天晚上再和老同事一聚餐，勾起什么初心，什么当年一起许下的梦想，我真的怕他一个热血沸腾就答应了。”

沈暄疑惑：“那不挺好的吗？男人不就得搞事业，而且你家云岘高学历高智商，做个咖啡馆老板真屈才了。”

姜迎垮下脸，有气无力地说：“道理我当然都明白啦，他也才30，本来就是个正当好的年纪，那要搞事业我当然支持，但是——”

她顿住，接下来的话有些说不出口。

沈暄叹了口气，替她把话说完：“但是你希望他一直待在云边，或者说，待在你的身边。”

姜迎苦恼地抓了抓头发：“你骂我吧，我真是个小女生，我真不懂事。”

沈暄觉得好笑：“你这不都自己骂完了。”

姜迎哀号一声，挨着沈暄躺下，下巴靠在她的肩上说：“前两天我看到有玩家在超话里留言，说不知道为什么觉得很难过，苏小的一生里会不断去新的地方，遇到新的人，而简影只有这一个春天和这一家咖啡馆。他的第一句台词是‘欢迎光临’，最后一句是‘欢迎下次光临’，他在这个世界里的意义似乎就是等待苏小。我就是很害怕，云岘会不会就像苏小一样，溪城只是他旅途中的第一站，云边只是第一个章节。等他把这里的任务做完了，自然就要开启新的关卡。”

沈暄接着她的话说：“而你只是个 NPC？”

姜迎幽怨地看了沈暄一眼。

沈暄拍拍她的脑袋，宽慰她：“干吗搞这么伤感啊，你们家游戏不是治愈向的吗？”

姜迎在沈暄身上蹭了蹭，像只倦懒的猫：“治愈？我现在很抑郁。”

沈暄叹气摇摇头，在这个时代里想要纯粹地谈感情就是痴人说梦，人际关系总是牵扯着许多看似无关紧要又让人无法忽视的其他因素。

看看，饶是从前在感情上神经大条的姜迎有一天都能变得多愁善感。

沈暄用食指戳了下姜迎的额头：“我以前怎么没发现你还是个‘恋爱脑’呢？那个时候陆廷洋说要出去交流，你俩可能要异地，也没见你有这些弯弯绕绕的心思啊。”

姜迎拿下她的手：“不是异地不异地的问题，是我心里没底，北京他都能说走就走，何况溪城。”

沈暄奇怪：“可他不都买房子了吗？他之前也和你说过决定留在溪城了。”

“那也是那个情况下他的想法，他也不知道之后有一天会在这里遇到老同事。”姜迎在这一刻犹如被悲观主义者附体，做好了最坏的心里预设，“云边只是他的一时性起，也许买房也是，他财务自由，而且被家庭压抑了这么久。如果他要留下，房子和我就是理由，是他拒绝学长的借口，但如果他真想去，那么这些压根就不是问题。”

沈暄还是头一次见这么丧的姜迎，不免担心她的状态：“姜迎，你没事吧？”

“他说我是他人生里遇到过最特别的女孩，那如果是他见的人还不够多呢？也许还有其他千千万万个特别的人，只是他还没遇见，所以才这么觉得。”

沈暄心里一沉：“你是不是想太多了？而且云岘都没说要去呢。”

“沈暄。”姜迎瘪着嘴，委屈巴巴地看着沈暄，“云边对我来说很重要，真的很重要，但我不希望对他来说就是人生里的一小站。”

沈暄听懂她的意思，伸出手臂圈住她，轻声安慰：“不会的。”

有些时候就是当局者迷，云岘有多喜欢姜迎，谁看不出来呢。

晚饭前周战衍才回来，他和姜迎简单打过招呼，先回房间换了身衣服。

周战衍抽走沈暄身侧的抱枕，坐到她身边，看向姜迎问：“你男朋友呢？”

姜迎回答说：“以前的朋友知道他来申城，喊他出去吃饭了。”

周战衍点点头：“那可惜了，我还想见见呢。”

沈暄说：“以后总有机会的。”

罗阿姨喊开饭了，三人坐上桌。

沈暄说姜迎心情不好，让周战衍挑了瓶好酒招待她。

但她自己怀着孕不能喝，周战衍也说不喝，没人陪姜迎，姜迎抱着酒瓶看向罗阿姨。

罗阿姨惊慌地摆摆手，跑进厨房去了。

“那我自己喝。”姜迎哼了一声。

周战衍看出不对劲，凑到沈暄耳边问：“她怎么了这是？”

沈暄吐出两个字：“闺怨。”

周战衍头顶问号：“啊？”

沈暄用胳膊肘推他：“吃饭、吃饭。”

晚上7点不到，云岘就回来接姜迎了。

他看上去神志清明，没喝什么酒，姜迎却有些醉了，脸颊泛着红，说话也不太利索。

四人站在门口，云岘搀着姜迎，问：“喝酒了？”

周战衍和沈暄互相看看，沈暄先发制人指着自己老公说：“都是他，说度数不高，姜迎就喝得多了点。没事啊，她喝酒不烦人，睡一觉就好了。”

周战衍只能背下这口锅，对云岘说：“不好意思啊兄弟。”

云岘笑了笑：“没事，她今天来看你们，心里高兴，可能就喝得多了点。”

原本打算晚上就回溪城，但看姜迎这状态是没办法坐高铁了，云岘就近找了家酒店。

姜迎一进屋就趴到了床上，云岘放好东西烧了壶水，跪在床沿拍拍她的背：“小猪，先去洗个澡再睡觉。”

“云岘。”她的声音闷在被子里。

“嗯？”

姜迎翻了个身，坐直身子问他：“今天和学长他们聚餐，怎么样啊？”

云岘答：“挺好的啊，大家都有变化了。”

姜迎垂下视线，声音放低了些：“那你想不想回去工作？”

这次云岘没有很快就回答。

在他犹豫的时间里，姜迎咬着下唇，呼吸一点儿一点儿地收紧。

“我……”云岘终于启唇。

“我们结婚吧。”姜迎却没让他把话说完。

空气凝滞了好一会儿，一个低着头，一个直直盯着对方，怀疑自己是不是听错了。

“你刚刚说什么？”

脑袋晕晕乎乎的，呼出来的气也是热的，姜迎摸了摸喉咙，有些难受，但她的意识是很清晰的，她知道自己在干什么。

“你想去是不是？”

云岘没说话。

“那就去吧，你在这里做个咖啡馆老板，所有人都觉得可惜，你妈妈、李至诚，还有那个学长，大家都觉得委屈了你的才能。但是云岘，”姜迎的声音在发颤，她努力抑制哭腔，吸吸鼻子说，“我喜欢的恰恰就是那个在我生日的时候送了我一块蛋糕，给我点燃苹果味香薰让我许愿的咖啡馆老板啊。”

云岘抬手摸了下她的脸颊：“那为什么突然说要结婚？”

姜迎掀起眼皮，开口说：“如果谈半年谈三年的结果都一样，那不如早早就结了。如果云边和我只是你人生里经过的一个站台，那就当我没说，继续谈恋爱吧，看看我们能走到哪里。”

在这样的气氛下，云岘却掀开嘴角轻轻笑了：“现在结婚吃亏的可是你。”

姜迎嘟囔：“有什么吃亏的，我觉得我赚大了。”

云岘的笑容弧度更大。他说：“我承认我有心动过一下下，但我已经拒绝学长了。”

姜迎彻底愣住：“啊？”

“啊什么啊？”云岘用双手捧住她的脸颊，“谁愿意回去当‘社畜’啊？这个世界上会有人喜欢给别人打工吗？”

姜迎摇摇头：“可是……”

“没有应不应该，只有想不想要，这是我在你身上学会的。我不觉得可惜，云边就是我余生需要经营的最大事业。”

云岘凑上去亲了姜迎一口，眉眼弯弯，语气温柔道：“关于你刚刚的提议，我的回答是‘好的’。

“结婚吧，姜迎，我很确定结果是你。”

这一切转变得太快了，姜迎有些反应不过来，捂住脸，又是想哭又是想笑。她哽咽道：“真的吗？”

明明说好下次要准备一个盛大的仪式，却更仓促、更不像样子了。

没有钻戒，连鲜花都没准备，云岘只能紧紧牵着姜迎的手，把自己交付出去：“真的，我哪儿都不去，就在云边。”

屋檐上铃铛响，里头咖啡香气弥漫。

那栋小屋藏于树木高楼之间，在夜晚亮着暖黄色的灯光。

三月里的雨夜，姜迎第一次推开它的玻璃门。

云边是什么？

是一家咖啡馆，是她的“有求必应屋”，是她与爱人相逢的地方。

是往后一切浪漫的开始，是所有冒险旅途的归处。

姜迎总感叹说太巧了，那天凌晨他恰好就留在店里。

如果像往常一样早早打烊，也许他们就不会有后来的故事。

云岘却笑着问她：“如果我就是在等你来呢？”

番外一·云边归处

『我不可战胜的夏天。』

Yunbian Coffee

广播响起，该登机了。

云岘摘下耳机，将风衣搭在臂弯处，站起身时，他抬头看了一眼玻璃窗外的天。

难得天气这么好，晴空湛蓝，万里无云。

云岘在北京生活了 30 年，上学在这儿，工作在这儿。

也许是因为要走了，这看了千遍万遍的景，今天似乎格外漂亮。

他在心底说了声再见。

没有眷恋和不舍，说时坦然，说后轻松。

三个小时的航程，窗外白云触手可及，几千米的高空之上，通信断绝，现实的烦恼似乎也能被暂时放下。

云岘在飞机上睡了一会儿，昨晚彻夜难眠，这短短几十分钟他倒是睡了餍足的一觉。

飞机落地，云岘刚从出口走出来就一眼瞧见了李至诚。

对方给了他一个热烈的拥抱，拍着他的背说：“你都不知道我有多想你！”

李至诚力道太大，云岘无奈地任他抱着。

北京九月已入秋，他穿着一件长风衣，下了飞机才发现江南暑气未散，还有些闷热。

李至诚接过云岘的行李箱，招呼他：“走，我妈忙了一上午了，就等你到。”

他是云岘的大学室友，溪城人，读研时就回了老家，现在有一家自己的工作室，做游戏的，挺受年轻人喜欢。

去年国庆云岘来过溪城一次，李至诚的父母经营一家山庄。溪城依山傍水，许多周边小镇都被开发成生态园区，有美景有美食，吸引城市居民前来休闲度假。

溪城，生活节奏不紧不慢，景色好，城市发展也在全国前列，宜游宜居，是个好地方。

“你想好接下来怎么办了吗？”车上，李至诚和云岘闲聊。

云岘卷着衬衫袖子，回他：“没，走一步看一步吧。”

“休息休息也挺好的，咱们这地方没什么特别的，就是适合生活。而且啊，咱这儿美女还多，说不定你还能来段溪城爱情故事。”李至诚边打着方向盘边不忘调侃他，今天不是周末，车辆不多，一路通畅。

云岘笑骂了声滚，对他说：“你先把你自己的终身大事管好了吧。”

李至诚：“我忙事业呢，无心儿女情长。”

云岘清楚他心里惦记着谁，也不拆穿他，随口问道：“你今天不上班？”

李至诚回：“上啊，这不为了你翘了嘛。”

云岘失笑：“那我真是太感动了。”

李至诚问他：“下午去不去我工作室看看？”

“行啊。”去年来溪城的时候云岘帮着李至诚考察过几个地方，但还没亲眼见过装修好后的工作室。

“要我说啊，你就留下来跟我干得了。”李至诚这话说得半真半假。

云岘权当他在开玩笑："先不说我对少女类游戏不感兴趣也一窍不通，我这辈子是真不想再碰代码了。"

李至诚低声笑起来："你不是刚升职吗，你那老板到底怎么压榨你的？"

"没压榨，他比我还忙呢。一个礼拜跑了三个地方出差，现在咖啡都少喝了，包里常备着护心丸、护肝片。"

李至诚问："头发呢，还有吧？"

闻言云岘啧了一声："你这人损不损？"

李至诚笑起来，云岘也跟着笑。

等两人把这个点笑过了，云岘放下嘴角叹了一口气，靠在椅背上说："我就是看到他这样，一想假如这就是我的未来，那我还是在现实面前做个逃兵吧。"

李至诚认同地点了点头，空出一只手伸过来想拍拍云岘的肩。

他视线还在前方的路上，右手胡乱摸索，不小心戳到了云岘的脸。

云岘啪的一下打开李至诚的手，嫌弃道："专心开你的车，别瞎摸。"

李家的山庄有餐厅有民宿，背后还有一片生态园，栽种着瓜果树木。

比起城市里的高档酒店，山庄更像一家客栈，装潢古色古香，别有风味。

知道儿子的好友要来，李父李母预订了一间包厢，准备了一桌子菜。都是当地的家常菜，菜色淳朴但味道鲜美。

李父还拿出了珍藏的好酒，青梅微酸，酒香醇厚，回味甘甜。

李至诚借口胃不舒服没喝，但云岘盛情难却，菜吃得多，酒也喝了好几杯。

等吃饱喝足，云岘吹着午后的暖风，伸了个懒腰，泛出一丝困意。

“要不去房间睡一会儿？”李至诚问他。

“不了，”云岘拒绝，他不在白天睡觉，怕夜晚更难入眠，“叔叔阿姨还要忙，不打扰他俩了，走吧，去你公司看看。”

近两年溪城政府注重起了新兴产业开发，给城南划了一片新科园作为重点发展区域，许多年轻创业者将这里作为追梦的起点。

下车后，李至诚指着面前的建筑，和云岘介绍说：“最后我还是选了这里。这儿以前是个工厂，倒闭后就成了荒地。现在主楼被改造成写字楼了，我的工作室就在上面，我们这一楼还有律所，我楼下是搞自媒体运营的，还有几家文创公司。”

云岘点点头，跟着李至诚上了楼。

现在是午休时间，办公室里的人基本都趴在桌上睡了。

这和云岘曾经工作过的地方不太一样，他的工作环境严肃沉闷，周围人都低着头干着自己的事，桌上除了文件和办公用品就见不到其他东西。

而眼前的格子间，墙上贴了一张漫画海报，放眼望去，每个人的办公桌都风格各异，有的拿收纳架装零食，有的在电脑上摆了一排玩偶。

他甚至还看到一个宠物笼，里面住着两只仓鼠，正蜷成一团彼此靠着趴在木屑上，像两颗软糯的白汤圆。

在这静悄悄的午后，它们也倦懒地挨在一起睡了。

云岘扫视了一圈，勾唇笑了。

在这里工作应该挺有意思的吧，空气里都飘着零食的香味。

李至诚进办公室拿文件，云岘站在外头等他，怕打扰到大家也不敢多走动。

突地，他面前办公桌上的女孩小幅度地抽颤了一下，是做梦时人常会有的反应。

这一抖没吓着云岘，倒是把女孩自己吓到了。

她腾地惊醒，从桌上直起身，呆愣愣地盯着前方，视线逐渐上移，定格在云岘的脸上。

这是睡迷糊了吧，脸上一道红印，表情呆滞，意识还没反应过来。

云岘回视她，也不动，就觉得有些好笑，嘴角忍不住扬了扬。

女孩看了他几秒，挠了挠脖子，又趴下去调整了下姿势继续睡了。

云岘垂眸，她的工作证被压在了胳膊下，只能看到一个名字。

"姜迎。"他默念。

倒是一个很好听的名字。

云岘抬手，把女孩肩上滑落的毯子往上提了提。

走出工作室，下楼的时候，云岘叹了一口气，和李至诚说："真羡慕你。"

李至诚问他："羡慕我什么？"

倾注心血的事业，志同道合的团队，有滋有味的人生。

还有最重要的。

——一个清晰明了的未来。

云岘笑了笑，只说："羡慕你当老板啊。"

李至诚嘁了一声，揽住云岘的脖子：“那就来跟我干呗，我让你和我平起平坐。”

云岘顺势用胳膊肘捣了一下李至诚的肚子：“怎么不说你养着我？”

李至诚往后躲了一下，又笑嘻嘻地贴上去：“欸，云岘，你一直不谈恋爱，不会是为了我吧？”

云岘冷哼一声，像是听到了什么荒诞的笑话：“李至诚，臆想症是病。”

两人打打闹闹地走出写字楼，取车的途中，云岘无意间瞥到一栋建筑物，扫了一眼后他停下脚步，转身指着那厂房问李至诚：“这儿还没租出去呢？”

李至诚顺着他的目光望过去：“嗯，还没呢。”

这块的主楼被重新装修改造，但周围的厂房还废弃着。去年李至诚带他来过园区，当时云岘就说这些小厂房适合拿来开店。

这栋房子大概两层楼高，背后是一块空地，栽着两棵树，秋季树叶凋零，树枝光秃秃的看不出品种，也许是梨树或桃树。

这栋房子旁边就是写字楼，又离西门很近，走几步就是街道，地理位置很好。

开公司的话邻街车辆来往太吵闹，面积也不合适，开家店倒是不错，比如咖啡馆、书屋、小饭馆。

当时这个想法只是从脑海里一闪而过。时隔一年再次路过它，见它还是荒凉破败。

一个念头像簇火苗，噌地在云岘心里点燃。

火势渐大，火光映亮灰暗的四周。

“至诚，你说在这儿开家咖啡馆怎么样？”

李至诚随口应道："挺好的。怎么，你要来开啊？"

"对，我。"云岘的语气坚定认真，隐隐藏着上扬的兴奋。

李至诚以为自己听错了："啊？"

"我说，"云岘的皮肤白皙，不知是因为酒精作用还是午后阳光灿烂，他双颊染上绯红，眼里盛满笑意，在晴天白云下像是闪着光，"我要在这儿开家咖啡馆。"

他许久不曾这么笑过，也许久不曾像这样，开始对未来充满期待。

"名字嘛……就叫云边吧。"

云岘花了近半年的时间让这座废弃厂房焕然一新。

整个下半年，他的精力都花在了云边和咖啡上，偶尔会被李至诚拉着去周边城镇短途游。

这样的生活说不上是他真正想要的，但起码每天都有盼头，每天都有新的收获。

他抬头向上看，能看见光，不再是灰蒙蒙的一片雾。

李至诚在咖啡馆的事情上帮了云岘不少，开业前一周，云岘招了两个店员。

服务生叫赵新柔，一个秀气文静的大学生。

应聘甜点师的过程就比较有趣了。

那天云岘和人约了下午 3 点。2 点 50 分的时候，一个小寸头推门进来。

他穿着黑色涂鸦背心和工装裤，脚上一双黑色军靴，怀里还抱着一个摩托车头盔。

小寸头面相凶，走起路来也气势汹汹，一看就不好惹，不知道的还以为是来砸店闹事的。

云岘正要张口，就见对方看着他咧嘴笑了，露出一排白牙，凶相全无，反倒有些憨。

小寸头挥了挥手喊：“哥，你好！”

云岘愣了一下，回过神朝小寸头点点头：“你好。”他低头看了看手机，和对方确认，“你是……苏丞？”

“欸，是我！”小寸头嗓门挺大，说着就从背包里拿出两个盒子，“我刚做的，你尝尝！”

苏丞做的是现在流行的铁罐蛋糕，一个口味是芝士，一个是抹茶。

云岘看了看卖相，在心里打了八分。他取出勺子，在苏丞期待的目光下舀了一勺送入口中。

他对甜品见解不深，评判标准也就只有好吃与否。

芝士味醇香，蛋糕绵密，入口甜而不腻。

云岘点点头，评价：“不错。”

苏丞问：“那你这是要我了呗？”

云岘没想到这小寸头会这么直接，本打算再问两个问题，最后摆摆架子让对方回家等通知，但现在看来没必要了。

他笑着点了下头：“嗯，要你了。”

3月1日，云边咖啡馆正式开业。

没有促销活动，没有宣传广告。

只是附近来往的年轻工作者们渐渐发现，楼下那间破败的小厂房不知道什么时候亮起了暖黄色的光。

没到一周，有关楼下新开咖啡馆老板的讨论就频频出现在微信聊天群里。

李至诚把这事告诉云岘了，他没给放心上，来看他的还是来喝咖啡的不重要，只要云边的生意越来越好他就高兴。

云岘并不总是在店里，遇到他得看运气，遇见了大部分人也只敢远观。

有胆子大的去要微信，最后都会被他温和地笑着回绝。

生活渐渐地稳定下来，云岘虽喜欢溪城，但不觉得这里就是归处。

哪怕有了云边，当他也厌倦这里的时候，他仍旧可以提起行李就离开。

他是孤零的一叶舟，身在异乡，心无归属。

在云岘快要习惯这样孑然一人的生活时，浪漫又忽然而至。

一场阴雨，夜色潮湿。

那天屋里灯光昏黄，抒情歌低低唱着，空气里弥留着咖啡的香味，凌晨的云边是云岘为自己圈出来的一块秘密花园。

I've got the strangest feeling.

我总有一种奇怪的感觉。

This isn't our first time around.

这不是我们第一次相遇。

他没料到会有人闯进来。

还温柔地掠去他一颗心。

遇到姜迎以前，云岘不信一见钟情。

上一次心动都记不清是什么时候了，活到30岁，爱情对于他来说早就可有可无。

但是现在他却像个毛头小子一样陷入了酸甜的浪潮中。

云岘开始在无聊时抱着手机等待，等姜迎给他发消息，问他店里还有没有芝士蛋糕。

假如姜迎再聪明一点儿，他的喜欢应该早就露出马脚了。

芝士蛋糕是店里卖得最好的，但无论姜迎什么时候问，他都会说："还有。"

她没发现他的偏爱。

她也没发现云岘的每一次破格、失态、逾矩都是因为她。

在餐厅那次云岘早就看见姜迎了。

她打扮得很漂亮，和个陌生男人一起。

起初云岘以为他们是在相亲，但观察一会儿觉得两人似乎早就相识。

对面的李至诚吃得津津有味，他却有些心不在焉，提不起什么胃口。

只是低头又抬头的一瞬，那桌的气氛陡地剑拔弩张。他察觉到不对劲，刚起身还没迈步就远远见姜迎一巴掌落了下去。

他心一沉，加快了脚步匆匆越过半个大厅赶到她身边。

把人护在自己怀里的时候，他暗自松了口气。

看她张牙舞爪还要挑衅，他又哭笑不得。

出了餐厅，台阶上姜迎三言两语和他说完了陈年恩怨，语气平淡得像是在说别人的故事。

她面上再无所谓，他也还是听出了委屈。

他想不出什么安慰的话，只是握着人家的手腕，给她通红的手掌轻轻呼气，想缓一缓她的疼痛。

那是他第一次想要吻她。

陪姜迎去申城参加前任婚礼，云岘原本是不愿意的。

因为他有些弄不懂姜迎的想法，他在她眼里是暧昧对象，抑或只是一个好脾气的工具人？

所以当姜迎向他提出请求的时候，他的第一反应是拒绝。

暧昧是雾里看花，似是而非，是试探和掩藏的争锋，是失控和克制的交织。

但不是这样的不明不了。

他很少这么焦躁，一向都是心平气和不慌不忙的样子。

小铁盒握在手里开了又关，他转念一想，要是他拒绝了，姜迎转头找个其他男人怎么办？

所以他又说“好”，给自己找的借口是“礼尚往来”。

也许更准确地说，暧昧是场博弈。

——苦涩又甜蜜的博弈。

婚礼当天，入场时姜迎出示请柬，他往那儿瞟了一眼。

上面写着“诚邀姜迎小姐和伴侣云先生”。

绕在心头的薄雾散开，他咳嗽了声，偏过头去偷偷抿唇笑了。

表白不是一早打算好的，但香水早就买了，一直想送给人家，没正当理由。

观光巴士上，他给姜迎的吻是临时起意也是蓄谋已久。

他早想吻她。

人类需要亲密行为，想要拥抱和亲吻心爱的人，这是本能。

所以在一切刚刚好的时候，他抚上姜迎的脸颊，在她唇上落下一吻。

月亮挂在云边，他们的眼瞳被彼此占满，心跳频率渐渐趋同。

小舟摇曳，停泊在一湾清澈的心湖。

他终于找到了归处。

“信号丢失，世俗抛却，去宇宙遨游，去冒险去爱，让灵魂相拥在云层之上。”

——这是在遇见姜迎以后，云岘赋予“云边”的新意义。

云岘的失眠好了很多，虽然还是习惯性地晚睡，但不再需要借助药物强制入眠。

今晚他选了一本纸书当睡前读物，床头开着一盏夜灯，他安静地享受这静谧的睡前时刻。

姜迎明天还要早起上班，已经在他身边安稳地睡着了。

翻页停顿的时候云岘偏头瞥一眼姜迎，她侧着身子，呼吸绵长，脸颊肉被枕头挤压，显得圆乎乎的，说不出的可爱。

他忍不住多看了一会儿才把注意力回到手中的书本上。

书是从姜迎书架上拿的，加缪的《夏天集》，有名的那句“在隆冬，我终于知道，我身上有一个不可战胜的夏天”就出自这里。

云岘对文学作品没多大兴趣，纯粹是想借助纸张和文字酝酿睡意。

看了四五页，身边的姜迎突然抽颤了一下。人在睡眠由浅入深时常常会有的不自主反应，在医学上被称为零碎奇乐症，是种正常的生理现象。

姜迎迷糊地呓语了一句什么。

云岘放下手中的书，抬手关了台灯，翻身的同时把姜迎搂进怀里。

“没事，睡吧。”

也许是闻到了云岘身上的熟悉味道，姜迎无意识地搂紧了些，往他怀里更深地钻了钻。

云岘吻在她的额角，轻轻说了声："晚安。"然后活学活用地又补了一句，"我不可战胜的夏天。"

说完，他自己也笑了，怪肉麻的，幸好姜迎没听见。

长夜漫漫，月色温柔，他们相拥入睡，一夜好眠至晨光熹微。

番外二·中秋快乐

『注意一点儿，有夫之妇。』

这一年的秋天来得突然，上周太阳还灿烂炽热，仿佛夏日无尽。这周一场连绵数日的阴雨过后，气温就陡然降了下来。

姜迎下班的时候小雨未停，都说江南烟雨美如诗画，但那是文学里才有的意境。真在这儿生活过的人就会明白，天上一沾雨就半月不见阳光有多恼人。

姜迎将卫衣外套拢紧些，撑开伞步入雨中。

下雨天却没影响云边咖啡馆的好生意。

天已完全黑了，这座小屋藏在高楼与树木之间，亮着温暖的光，像一罐蜂蜜，又像一盏夜灯。

伴随一声铃铛响，玻璃门被推开。

前台的工作人员条件反射地扬眸看去，同时嘴里说出一声："欢迎光临云边咖啡馆。"

姜迎向新店员肖然挥手打了个招呼。

对方指着后厨说："老板在里面。"

姜迎笑了笑，迈步朝着那个方向走去。

新的一学期开始，赵新柔升上大四，准毕业生有一堆事等着忙，就辞去了咖啡馆的兼职。

肖然是云岘新招的店员，一个高冷酷女孩，留着灰蓝色短发，喜欢穿宽大的卫衣和工装裤。

她总是一个人在吧台安静地做咖啡，修长纤细的手指握着银色长柄，左手拇指指根有一处文身，是一簇燃烧的火苗。

这样的人长得好看，气质独特，再加上不爱说话的高冷人设，堪称“直女杀手”。

于是乎新科园的女孩们茶余饭后的话题也不再是云岘，而变成了云边咖啡馆那位新来的神秘咖啡师。

姜迎掀开后厨的垂布走进去，云岘和苏丞正在打包中秋节的月饼礼盒。

云岘见是她，嘴角立马扬起：“来啦。”

姜迎嗯了一声，取下自己的肩包走到他身边，帮着一起包装。

很奇怪，明明这两人没什么亲密的行为，只对视一眼笑了一下，但苏丞还是被酸到了。

他咳嗽了一声，往旁边挪了两步。

云岘抬眸看他一眼，打趣道：“知道什么叫风水轮流转了吧？以前我看着你和小赵就这个感受。”

苏丞经不住调侃，面上一臊，说：“我们俩可没你们腻歪。”

姜迎不平：“哪儿腻歪了？”

苏丞说不上来具体的，只说：“反正就腻歪。”

云岘知道苏丞是和赵新柔最近分开见不着面，现在看见一对儿的心里就难受。

他将礼盒装进纸袋，打了一个漂亮的蝴蝶结，递给苏丞说：“这个是给小赵的，你带给她吧。”

苏丞接过：“谢谢老板。”

云岘又说：“国庆给你放一天假，小情侣多出去玩玩。”

苏丞一听到这个消息眼睛都放光了：“妈呀！”

云岘嫌弃地皱眉：“喊哥，喊什么妈？”

苏丞赶紧响亮地喊：“谢谢岘哥！”

云岘笑着摆摆手：“去外面帮肖然吧，这儿有我跟你小姜姐就行了。”

苏丞应了一声出去了。

后厨只剩下他们两个人，姜迎和云岘一个折纸盒一个装袋，配合默契。

姜迎随口和他闲聊：“我刚进来的时候，外面的小姑娘都齐刷刷扭着脖子看肖然，那场面太有趣了。”

云岘带着疑问语气地哦了一声。

姜迎又说：“所以你到底从哪儿招来这么一个宝贝的？她做咖啡的样子真的太帅了，我恨不得开个直播，这说不定就是云边新的财富密码。”

云岘停下手中的动作，转过身子看向姜迎。

对上他的目光，姜迎下意识地往后退了一步：“怎么了？”

云岘收回视线：“没事。”

姜迎叹了口气：“可惜了。”

云岘问：“可惜什么？”

姜迎：“就可惜。”

云岘知道她话里的意思，又气又好笑，忍不住抬手弹在姜迎额头上，力道不重，但女孩子的皮肤薄，立马就有了一道红印子。

姜迎痛呼一声，捂着额头嗔他：“打我干吗！”

云岘反问她：“你说呢？”

姜迎噘着嘴哼了一声：“我去找肖然了，不和你玩了。”

她说着就要往外走，云岘赶紧拉住她，把人搂过来抱在怀里，轻轻吹了吹额头上红了的地方。

他故意说："真可惜啊？那我要不要放手成全？"

姜迎立刻急眼了："什么啊？你什么意思啊云岘！"

云岘惩罚式地捏了捏她的脸颊："那就少说这种话惹我，玩笑也不行，玩笑我也听了难受。"

他这么一说，姜迎又油然生出深深的负罪感，她踮脚亲在他的脸颊上，放轻声音，是哄他也是实话："还是我们云老板做咖啡的样子最好看。"

否则当初也不会第一眼就心动。

"这还差不多。"云岘抚了一下姜迎的额头，问道，"疼不疼啊？"

姜迎摇摇头，又立刻改为点头，没脸没皮地撒娇："疼死了，但你亲我一下应该就不疼了。"

说着，姜迎就仰头噘嘴凑过来索吻，云岘失笑，低头吻在她唇上。

此刻气氛到了，不干点什么就太辜负了。

人前他俩一向体面，举止投足可以说是相敬如宾，但关上门来就是另一种样子。

刚刚苏丞骂得没错，这两人就是哪儿哪儿都腻歪。

外头的大厅里正热闹，说话聊天声中偶尔夹杂金属餐具与瓷盘瓷杯碰撞的清脆响声。

里头的后厨逐渐升温，寂静而暧昧。

云岘托了姜迎一把，把她抱到桌上，仰头吻上她的唇。姜迎搂着他的脖子，配合他的喘息和起伏，呼吸相融在一起，心跳频率也慢慢同步。

接吻总是愉快的，唇瓣相贴，身心都只属于对方，这样的亲密最简单也最缠绵。

刚刚淋了点雨，身上沾着寒气，这会儿姜迎从脸到脖子都浮上一层粉红，额头上冒汗，她觉得闷热，胡乱拉下卫衣的拉链，要脱不脱地挂在身上。

咖啡馆的生意因为肖然的到来而更上一层楼，云岘作为老板自然高兴，但有的时候连姜迎都忍不住撑着下巴呆愣愣地盯着人家看。

平时他能玩笑似的板着脸咳嗽一声，提醒她："注意一点儿，有夫之妇。"

但今天这句"可惜了"就太过分了。

"可惜吗？"云岘贴着她问。

姜迎胸膛剧烈起伏，说不清楚话，只摇摇头。

云岘又吻下去。

一个绵长的吻结束，云岘抱着姜迎平复呼吸。

姜迎重新穿好外套，舔了一下唇，问他："你偷着吃什么好东西了？"

云岘想了想，笑着说："兔子布丁。苏丞做的中秋节限定款，我刚试吃了一下。"

姜迎还没吃晚饭呢，尝到点甜的就馋了："还有没有啊？"

云岘摇摇头："分完了。"

姜迎失落地啊了一声。

"明天再做，不会少了你的份。"

姜迎又高兴了："那当然不能少了我的，我是谁啊。"

云岘装不知道："你是谁啊？"

“我是谁你不知道？”

“不知道，谁啊？”

“那你是谁？”

“我是这里的老板。”

“那我是这里的老板娘。”

“哦。”云岘伸出手，还在戏里，“那幸会幸会。”

姜迎回握住，也陪着他继续演：“多多指教。”

中秋那天是个凉爽的好天气，恰逢国庆假期，云边一早上就坐满了客人。

姜迎起床的时候云岘已经走了，给她留了早饭，附带一句“中秋快乐，国庆快乐，天天快乐”。

刚醒的那股迷糊劲全被这张字条消解了，姜迎喝着粥，吃了小半个月饼，双黄馅的。

她给云岘发消息，问他店里怎么样。

云岘说这会儿人少了，今天街上热闹，让她赶紧起床。

姜迎回了个兔子打滚儿的表情包，收拾收拾准备出门。

今天她起得晚，到店的时候正好是午饭时间，上午的客人已经离开。

姜迎馋的兔子布丁一早上基本就卖得差不多了，苏丞做的数量有限，发了朋友圈之后更是被预订了好几份。

牛奶布丁冻成兔子的模样，口感 Q 弹香甜，主要是颜值高，长得太可爱了，大家都喜欢。

云岘在后厨给姜迎藏了两个，给她留着当饭后甜点。

下午有客人特地来买，肖然的“不好意思已经卖完了”说了一遍又一遍。

看着失落而去的客人们，姜迎餍足地吃着碗里的布丁，笑嘻嘻地对云岘说：“当关系户的感觉还不错哦。”

苏丞早见怪不怪，两人没在一起的时候云岘就老往后厨冰箱给姜迎藏东西。

做完今早的份他就休假了。走之前，苏丞拍拍肖然的肩，幸灾乐祸道：“然姐我先走了，你在这儿慢慢给他俩当电灯泡吧。”

肖然倒是不这么觉得，老板和老板娘很般配，长得好看性格又好，他俩站在一起让人觉得舒服，有的时候她看着看着都会不自觉地笑起来。

下午的时候李至诚来了，带着猫包，里面装着橘猫沓沓。

看到姜迎围着围裙在这儿，他啧了两声，讨问云岘：“我员工怎么又在你这儿打工呢？”

姜迎笑笑不说话，问他想喝什么。

云岘说：“她不打工，她是我领导。”

李至诚挑了挑眉：“哟，那我就是你领导的领导了。”

云岘攒了团纸砸他身上，笑着骂：“你真就什么便宜都占呗。”

这两人加起来都有六十多了吧，相处方式还是跟小学生一样。

姜迎不理他俩，端着盘子去给客人上菜。

李至诚把猫包放到桌上，对云岘说：“我出门两天，猫主子托付给你了。”

云岘上下打量他，明知故问：“去哪儿啊？找谁啊？”

李至诚不正经地回：“月球，嫦娥。”

云岘还想继续说两句，那人就起身要走了。

“怕晚了堵车，我先走了啊。”

“行，路上小心。”

到了晚上他刷朋友圈的时候看见李至诚的最新动态，图片上一桌子好菜，以及不知是有意还是无意，坐在对面的人也入了镜，粉红色上衣，纤细的胳膊，一看就是个女人。

这人怎么秀恩爱也暗藏心机，云岘摇了摇头，给李至诚点了个赞。

中秋月圆，适逢国庆，这样的佳节难遇，和心爱的人在一起，凑一个团圆美满，那是最好不过的。

晚上 8 点，云边咖啡馆提前打了烊。

云岘倒了两杯柠檬茶，取了三四块月饼装在瓷盘上，又把木桌和木椅摆在店外的院子里。

夜空如墨，圆月金黄，周遭安静，晚风徐徐吹拂，空气里飘着桂花香。

云岘和姜迎坐在木椅上，一起仰天望月。

时光在这一刻似乎放慢了步调，姜迎眼睛里装着月亮，心里盈着惬意，她将手探过去牵住云岘。

从春天到秋天，他们在一起的时间说长不长，说短不短，但一想到往后有许许多多个这样的日子等着她们，姜迎就对未来充满期待。

云岘从口袋里摸出手机，单只手操作着，不知道干了些什么，一会儿就收了起来。

晚上入睡前，姜迎翻着微信，才知道云岘那时在编辑一条朋友圈。

三张图片，第一张是天上的月亮，第二张是桌上的月饼，第三张是牵在一起的手。

他说——

以前喜欢节日是因为有假可放，现在喜欢节日是因为想有个理由和你约会。

中秋快乐，明年也要陪我一起赏月。

番外三·爱是本能

『云想，是想念的想。』

云岘的生日在 9 月 7 号，他们在那一天领了证。

是个大晴天，从民政局出来，姜迎捧着红本本，头顶阳光灿烂，她半眯着眼睛，抬头去看云岘，说："我 25 岁生日的时候你送我一张生日券，你 31 岁我送你一本结婚证。"

"也算是礼尚往来了。"云岘伸手抚了抚上头的烫金字体，他在这座城市留下的印记又多了一个。

姜迎把手递给他："走吧。"

云岘牵住，两人沿着街道慢悠悠地往前走。

白衬衫他经常穿，但今天这一身的意义不一样。

云岘看着地上的影子，问："要不要试着喊一声？"

姜迎："喊什么？"

云岘捏了捏她的手背："你说喊什么？"

姜迎反应过来，张开嘴，卷起舌头发出一个音节："老……"

云岘收紧呼吸，等着她说下去。

姜迎艰难地蹦出第二个字："板。"

云岘一口气差点没喘上来，感到无语："你看清楚，我又不是李至诚。"

姜迎提起口罩挡住整张脸，想要赖皮："人家喊不出来了啦，以后再说行不行？"

"行吧，以后。"

他的声音听上去不太高兴，姜迎慌了，摘下口罩抬眸去瞄他。

云岘察觉到，侧过头迎上她的目光。

在两人对视之前，姜迎飞快地撇开脑袋。

云岘被她这些小动作逗笑了，忍不住说：“法律都已经认可我们的夫妻关系，怎么现在看我一眼还害羞了？”

姜迎的脸颊红了一片，羞恼道：“那你喊啊，你喊声我听听。”

“老婆。”

果断而干脆，仿佛这个称呼已经被用过几千几万次，他喊起来非常顺口。

姜迎提气闭眼，如果不是还在大街上，她现在真的很想原地打一套空气拳。

她死死咬着下唇，压住已经涌到喉咙口的尖叫，不想让自己失态。

云岘松开手，去捏她的耳垂，明知故问：“怎么耳朵也这么红？”

姜迎瞪他一眼，恼羞成怒了，张口就指控他：“你这人怎么这么随便啊！”

她说完就一个人急匆匆地往前走，云岘加大步伐追上她。

“随便吗？难道你不是我老婆吗？”他跟在后头喊。

姜迎的脸都快熟透了。

上周云岘带着姜迎回了趟北京，原本双方家长要见一面，但是眼看着学生开学了，云岘母亲抽不出空，父亲又在外考察，所以只能先让他带着姜迎回家一趟，等日后有机会他们再到溪城登门拜访。

云岘要结婚的消息不知怎么就传了出去，好几个曾经的同事朋友都来关心他的近况。

得知未婚妻比他小五岁，他们都戏称姜迎为云岘的“小妻子”。

现在看看这可真贴切，喊她一声老婆而已，都能羞成这样。

看她微博上画的同人图都挺狂野的，怎么私底下这么纯情呢。

到底还是小姑娘一个，禁不住逗。

云岘重新牵起姜迎的手，及时打住："好了好了，不说了。"

姜迎说："我得慢慢习惯。"

"好，慢慢习惯。"

风一吹，有落叶掉在脚边。

姜迎望着熟悉的街道，有些恍惚，都要入秋了，时间过得真快，上一个春天还仿佛就在昨天。

不知想到什么，姜迎舒展开眉眼，对云岘说："刚知道你家里情况的时候，我还担心过来着，怕你会成为'不婚主义者'。"

云岘不知道她还有过这样的想法，觉得意外："为什么会这么想？"

"就是，怕你觉得婚姻总会带来不幸，不是很多人都这样吗？原生家庭不幸福，所以不想让自己也成为不幸的制造者。"

云岘点点头："是，以前我确实挺担心的。"

姜迎歪着脑袋看他："那现在呢？"

"现在当然不这么想了。"

"为什么？"

云岘笑起来："因为遇到了你呀，以前担心是因为没怎么好好爱过人，也没怎么见过一段稳定幸福的情感关系是怎样的，未知所以才恐惧。"

姜迎挑起眉毛，得意起来了："所以是我教会你怎么爱人了吗？"

云岘摇头："不，不是教会。是你让我明白，爱其实是本能，所以我不觉得婚姻可怕。"

爱是本能。

姜迎在脑海中品味这句话。

阳光透过树叶的缝隙洒在他们身上，她的双颊被晒得绯红。

她家云老板啊，怎么总是能在不经意间说出这些浪漫的情话。

“那我们就一起加油吧。”姜迎伸出拳头。

云岘也攥拳，和她碰了一下：“加油。”

婚后，每个周末云岘和姜迎都会一起回娘家吃饭。

姜天晖还是不乐意女儿这么早就嫁出去，但又没法说出反对的话，毕竟云岘是妥妥的青年才俊，他能有什么不满意的呢。

但不管女婿有多完美，在做父亲的眼里，那就是一只拱了他家白菜的猪而已。

邵玲芳的心境就完全不一样了，看云岘哪儿哪儿都满意，逢人就要夸女儿找了个多好的归宿。

今天家里炖了鲫鱼汤，饭桌上，云岘把鱼刺挑干净，肚子上的肉全部分到姜迎碗里。

邵玲芳看了，对云岘说：“云岘，你自己也吃啊，我煨了两条呢，你多吃点。”

云岘笑着应好。

看着女儿就长了一张嘴等着吃，邵玲芳咳嗽一声，问姜迎：“姜迎，你最近是不是胖了？”

姜迎愣住，惊恐地睁大眼睛：“很明显吗？你都能看出来我胖了？”

邵玲芳佯装嫌弃地说：“你看看你这脸上的肉，轮廓都没了。”

姜迎的嘴角向下撇，碗里的排骨都不香了。

姜天晖宝贝女儿，赶紧维护道：“哪里胖了？别听你妈瞎说，这不挺好的嘛，她就是在制造那个什么什么身材焦虑！”

云岘忍俊不禁，这老丈人说话太有意思了。

他一笑，姜天晖的注意力立刻转移到他身上：“云岘你说，姜迎胖不胖？”

云岘赶紧收起笑容，摇头说：“不胖。”

姜天晖指着他说：“听到没？人家老公都没多说什么。”

邵玲芳翻了个白眼，小声嘀咕：“昨天晚上还在和我说后悔把女儿嫁出去，今天就‘人家老公’了。”

姜迎和云岘对视一眼，不敢吱声。

悄悄话被抖搂出去，姜天晖脸上一臊，扯着嗓子为自己解释：“我是觉得女儿还太小了，嫁得太早，我又不是说后悔把她嫁给云岘。你你你，你别曲解我意思啊。”

邵玲芳哼了一声，不愿再搭理他。

云岘和姜迎抿唇偷偷笑。

过了会儿，邵玲芳问他俩：“想好了没啊？什么时候办婚礼？这些事情都要早点决定好。”

在这个问题上姜天晖与她保持统一战线，附和道：“对对对，你们想什么时候办啊？证都领了，可别怕麻烦就省了啊。”

姜迎喝着鱼汤，回答说：“你俩放心吧，办，肯定办。就是两边不好凑时间，得等寒假了，要是那会儿太冷就等明年春天再说。”

姜天晖想了想，还是叹口气：“就该再等等，起码得过个一两年再领证。”

说来说去又是这个问题，邵玲芳已经无语凝噎，一天得叨叨十遍，她耳朵都要起茧子了。

“哎哟，爸。”姜迎夹了块排骨到他碗里，“反正我都确定是这个人了，一年两年不都一样吗？我们俩真的不是头脑一热才做这个决定的，你们就放心吧。而且谁规定恋爱要满几年才能结婚啊？”

这些话在决定结婚前就说过了，道理姜天晖也懂，但心里还是很难释然，他捧在手心里的姑娘，不可能舍得，不可能不心疼。

看气氛有些沉重了，云岘放下筷子，开口说：“爸、妈，领完证之后其实我们的生活状态没多大改变。未来会发生什么谁都不能保证，但是我和姜迎已经做好了一起面对一切的准备。我家在北京，如果你们实在心里过意不去，可以就当我入赘了。”

他这话一说出来，可把在场的其他三人吓坏了。

“瞎说什么呢云岘，我们可没这个意思的啊。”邵玲芳出声打断他。

姜迎扯了扯云岘的衣袖，表情严肃地朝他摇摇头，示意他不能说这样的话。

云岘这才意识到可能引起他们的误会了，他没想太多，也不觉得入赘有什么，重要的是他和姜迎，其他的他都不在乎。

姜天晖咳嗽一声，启唇说：“云岘，你要体谅我，做父母的都是很矛盾的，她不管几岁我都舍不得她出嫁。我有的时候这么说几句，你别放心上。姜迎在溪城有我们，有朋友，左右都不会吃亏。你们既然结婚了，我和你丈母娘也都把你当自己的孩子看，我们也舍不得看你受委屈。”

他一番话说完，屋子里陷入沉默。

冷不丁地，邵玲芳轻飘飘地说了句：“喔唷，难得说一次人话了。”

姜迎和云岘又扑哧一声笑了起来。

下午两人还要回店里，最近冷空气来袭，到店的客人不多，外卖订单量倒是持续增长。

出门前，邵玲芳把沙发上的外套抱给他俩，拿起衣服的时候有个小盒子从口袋里掉了出来。

姜迎意识到那是什么，想伸手去抓，但她妈已经先一步捡起脚边的东西，拿在手里看了看。

“这什么啊？烟啊？”

云岘说：“嗯，我的。”

“哦。”邵玲芳把烟盒放回他的口袋里，有些奇怪道，“怎么没见你抽过啊？”

云岘平静地解释：“在戒，很少抽了。”

邵玲芳一听，马上看向自己老公说：“听到没？多和女婿学学。”

姜天晖不爱听这些唠叨，摆摆手。

姜迎接过两人的外套，匆匆套上：“爸妈我们俩走了啊。”

邵玲芳送他们到门口：“哎，路上慢点开。”

日子一天天地过，姜迎依旧每天公司、云边和家三点一线。

近来发生的唯一一件大事就是李至诚和大学时期的女友周以历经多年终于重新走到一起。

周以在申城当大学老师，没课的时候就在溪城，她长得漂亮又聪明优秀，姜迎可喜欢她了。

周末出行，李至诚终于不再落单，四人经常约着出门游玩。

李至诚和周以比他们晚结婚，却先一步生了孩子。

李逢舟小朋友白白胖胖，遗传了妈妈的大眼睛和高鼻梁，一看将来就是个大帅哥。

云岘是孩子的干爹，姜迎自然就是干妈。

他俩得空了就去隔壁楼串门，这个年龄段的小孩可太有趣了，看见他们就笑，云岘一抱就舍不得撒手。

李至诚看他这么喜欢，问姜迎："你们什么时候打算要啊？"

姜迎不知道怎么回答，看向云岘。

云岘说："过两年再说吧，不着急。"

李至诚笑了笑："这么喜欢就自己生一个去。"

姜迎不说话，弯腰去碰李逢舟的小肉手。

小孩紧紧抓住她的手指，眼瞳乌黑明亮，歪着脑袋盯着她看，笑得很甜。

当晚回到家，姜迎深呼吸一口气，做出决定说："我们也生一个吧。"

李逢舟三岁的时候，他的干爹干妈给他生了一个妹妹。

李至诚和周以带他去医院看姜迎，周以指着保温箱里的小婴儿告诉他："那是你的小云妹妹。"

李至诚不正经，非要补一句："也可能是未来老婆哦。"

周以瞪他一眼，警告他别教坏儿子。

取名字的那天，两家父母和云岘的弟弟云岍都在医院里。

这里文化水平最高的是云岘的父亲云程帆，云岘和云岍的名字也都是他取的，姜迎提议说那就让公公起一个吧。

云程帆看了看粉嫩可爱的孙女，像是早就已经想好了，说："就叫'云想'吧。"

"哪个 xi ǎ ng？"

"'想'是……"他顿了顿，"'思想'的'想'。"

"那就是'云想衣裳花想容'的'云想'吗？意境很美欸。"

“不错，好听好记。”

“云想云想，一听就是个漂亮的小姑娘，不愧是教授哦。”

大家你一言我一语地讨论起来，只有夏芝始终一言不发。

云岘察觉到母亲的走神，轻声问：“妈，怎么了？”

夏芝回过神，扯开嘴角对他笑了下，用只能两个人听到的音量告诉他：“好多年以前，我和你爸还没分开。我怀着你，他在外地出差。我俩打电话，讨论要给你取什么名字，他说是女儿就叫云想吧，他想我了。”

云想，是想念的想。

“这个名字很好。”云岘说。

夏芝拍拍他的肩：“儿子，要幸福。”

云岘抬眸，看向病床上的姜迎，姜迎也看过来，他们相视一笑。

“会的。”

- 全文完 -
